सत्तापुर के नकटे

सत्तापुर के नकटे

गोपाल चतुर्वेदी

सत्साहित्य प्रकाशन, दिल्ली

प्रकाशक : **सत्साहित्य प्रकाशन**
694–ए, (पहली मंजिल) चावड़ी बाजार, दिल्ली–110006
 / संस्करण : 2025 / मूल्य : तीन सौ पचास रुपए
मुद्रक : प्रिंट मीडिया, नई दिल्ली ISBN 978-81-7721-231-0

SATTAPUR KE NAKTE
satire by Shri Gopal Chaturvedi ₹ 350.00
Published by **SATSAHITYA PRAKASHAN**
694-A, (First Floor) Chawri Bazar, Delhi-110006

अनुक्रम

१.	जहाज-हेलीकॉप्टर की हड़क	७
२.	कंप्यूटर के सामने बैठा आदमी	१३
३.	पात्रों का विद्रोह	२०
४.	महिलाएँ और डार्विन का उसूल	२७
५.	भ्रष्टाचार उन्मूलन संस्थान	३४
६.	गौरैया और आदमी	४०
७.	जात पूछियो साधु की	४६
८.	अब सब रिमोट हैं	५२
९.	आधुनिक हितोपदेश	५८
१०.	सोने के सुख	६५
११.	कूड़ा कल्चर	७३
१२.	जेल सुधार की दरकार	७९
१३.	यादों का अतीत, भविष्य के गे-रिश्ते	८६
१४.	सपने दिखाने का हुनर	९४
१५.	अच्छे पड़ोस की पहचान	१००
१६.	कालू कल्चर और कीचड़	१०६
१७.	साहित्यकार के शाश्वत तत्त्व	११२

१८.	सत्तापुर के नकटे	११८
१९.	हर दफ्तर का चहेता जूता	१२४
२०.	आजादी, जुगाड़ और विद्वान्	१३१
२१.	भारत के नैतिक सुधार संस्थान	१३७
२२.	प्रशासन, पान की दुकान और बियाबान	१४३
२३.	भैंस और सरकार	१४९
२४.	साँझ के समझौते	१५५

जहाज-हेलीकॉप्टर की हड़क

आपने सामान्य जीवन में हड़काऊ वस्तुओं की भरमार है। सड़क पर चलते-चलते आज मुख्यमंत्री का कारवाँ निकला तो वरदीवाले ने खदेड़कर हमें किनारे कर, सड़क की ओर पीठ किए खड़ा कर दिया। अब टापते रहो, अनजान बहुमंजिली इमारतें। कभी-कभी हमें शक होता है। क्या अपनी शक्ल पर मानव-बम जैसी खतरनाक, विस्फोटक इबारत लिखी है? हम घर जाकर शीशे में अपना चेहरा चैक करते हैं। अपने को कोई फर्क नजर नहीं आता है। जैसा भद्दा, दागदार, बदसूरत सवेरे था, वैसा ही अब भी है। क्या पता, पुलिस को हर बदशक्ल व्यक्ति में मानव-बम की संभावना लगती है? हमें डर है। कुछ प्यार-मोहब्बत में पागल होते हैं, पुलिसिया संदेह-नफरत में।

बहरहाल, इस दौरान हमें एक अन्य दिलचस्प नजारा देखने को मिला। सूबे की राजधानी में गधों-कुत्तों की भरमार है। अपने नगर निगम का नजरिया समता-समानता का है। वह आदमी-जानवर में कोई फर्क नहीं करता है। सब में प्राण है। आत्मा है। बस एक छोटा सा, पर अहम अंतर है। एक घूस दे सकता है, दूसरा इसके काबिल नहीं है। लिहाजा इन दोयम दर्जे के जीवों से क्यों छेड़छाड़ की जाए? छुट्टा घूमते हैं, घूमने दो। लिहाजा, सड़क के सुअरों, गधों, कुत्तों वगैरह को सुविधा है कि वे जहाँ चाहें मस्ती से घूमें, बैठें, सोएँ। वे भी, क्यों बाज आएँ? वह इस रियायत का पूरा फायदा उठाते हैं। किसी पर भौंके, किसी को दौड़ाया, किसी बदकिस्मत को सींग मारे। कॉरपोरेशन के कारण शहर में घटना-प्रधान क्षण आते ही रहते हैं। जब हम हड़काकर खदेड़े जा रहे थे, हमें आश्चर्य हुआ यह देखकर कि कुत्ते-सुअर खुद-बखुद कूड़ेदान के अंदर जा छिपे। पुलिसियों की हड़काऊ भाषा कितनी व्यापक है! इनसान तो इनसान, इसे जानवर तक समझते हैं।

हमें एक और अहसास हुआ। हमारे नेताओं की फौज या तो पारिवारिक है या प्रजातांत्रिक। परिवारवालों की अपने-अपने क्षेत्र में ऐसे ही खासी हनक है। उनके बाप-दादा, देश, दौलत और समाजवाद के कर्णधार जो ठहरे। जो सूबों की सियासत में रहे, उन्होंने वहाँ भी मुल्क में प्रचलित लोकप्रिय पारिवारिक प्रवृत्ति का अनुकरण किया। सूबे की बागडोर स्वयं सँभाली और अपने सामने ही पुत्र, भतीजा, भाई, पुत्रवधु को पदासीन कर दिया। इस किस्म के महान् नेता से किसी पत्रकार ने पूछा, ''लोहियाजी तो प्रजातंत्र में एक परिवार की सत्ता का विरोध करते थे। यह क्यों, कि एक निष्ठावान शिष्य, खुद अपने गुरु की सीख की अवहेलना कर रहा है! कहीं ऐसा तो नहीं कि गुरु गुड़ रह गया और चेले शक्कर हो गए।''

जाने किसने भ्रामक अफवाहें फैला रखी हैं कि नेता निरक्षर हैं। उनमें बुद्धि और ज्ञान का अभाव है। उनके लिए देश के विकास का पर्याय अपने परिवार का विकास है। अपन तो अपने नेताओं के कायल हैं। क्या गजब की सहज-बुद्धि है उनमें। कुरसी-सत्ता की काजल की कोठरी में रहते हैं और हर चुनाव में जनता को कामयाबी से बरगलाते हैं कि उनके जैसा सफेद झक धवल तो मानसरोवर का हंस भी नहीं है। पत्रकार जैसे पिद्दी की उनकी विराट् शख्सियत के सामने हस्ती ही क्या है?

हमने देखा है, नेता हमेशा मुसकराते हैं। दरअसल, उनका मन मुल्क के अभावग्रस्त, उपेक्षित, भूखे, गरीब, पिछड़ों के दर्द, दुःख से उदास रहता है। वह मुसकराते हैं, क्योंकि उनकी मुसकान इन सबके रिसते घावों की इकलौती मरहम है। नेताजी पत्रकार के प्रश्न पर मुसकराए और बोले, ''भैया, हम तो सदा से लोहियाजी के आदर्शों को जी-जान से समर्पित हैं। पर हमारे ऐसे अदने जनसेवक को जनता के आगे झुकना ही पड़ता है। जनता की जिद पर पप्पू को लड़ाया, अब उनकी पत्नी को। आप लोग आजाद हैं कुछ भी कहने को। अपन तो अवाम के गुलाम हैं।''

यह उनकी गुलामी है जो उन्हें जनतंत्र का राजा बनाती है और उनके परिवार को प्रजातंत्र का राज-परिवार। पहले के राजा की सवारी हाथी-घोड़े की थी। वक्त की तरक्की के साथ राजा कार पर सवार होते, जनता साइकिल पर। आज के जन-सम्राट् को तो विज्ञान ने पंख दे दिए जो अमूनन इनसान के पास नहीं हैं। नतीजतन, मशीनी पंख की देन से ऐसे सम्राट् हाजत के लिए भी हेलीकॉप्टर या जहाज पर उड़ते हैं। जनता आज भी पैदल है। कुछ तो आम आदमी से ऐसे जुड़े हैं कि जनता देखती है और वह हेलीकॉप्टर की आड़ में लघु-शंका से निबटते हैं। उनका

खयाल है कि वह यों खास से आम हो जाते हैं। उनके आलोचकों का विचार है कि इससे वह जनता को प्रोत्साहित करते हैं कि 'प्यारे! डरो मत। शहर की किसी दीवार, पार्क, सार्वजनिक स्थल को न बख्शो। हम तुम्हारे साथ हैं।'

जानकार बताते हैं कि हेलीकॉप्टरों का इस्तेमाल सैन्य कार्यों में भी होता है। विशेषकर युद्ध-क्षेत्र से घायलों को अस्पताल पहुँचाने में या फिर देश में तकरीबन हर साल आती बाढ़ में राहत के लिए। एक जमाना था कि जहाँ न पहुँचे रवि, वहाँ कवि पहुँचता था। आज के समय में कवि कल्पना की उड़ानों में कम यकीन करते हैं। यह काम उन्होंने हेलीकॉप्टर के लिए छोड़ रखा है। आलोचक-साहित्यकार ऐसी कविता से सहमत हों न हों, नेताओं को विश्वास है कि वह हेलीकॉप्टर के जरिए हर ऐसे कोने की दौड़ लगाने में समर्थ हैं जहाँ सूरज की आमद न हो।

अकसर ऐसी दौड़ नेता चुनाव के दिनों में लगाते हैं, नहीं तो एकाध जन-संपर्क के वास्ते। हेलीकॉप्टर का एक और महत्त्वपूर्ण आकर्षण है। उत्तर भारत और बिहार के अधिकतर ग्रामीण क्षेत्रों ने अभी तक काफी प्रगति की है, अपनी कुदरती पहचान कायम रखने की दिशा में। हवाई-जहाज तो आसमानी है, बहुतों ने तो लेटेस्ट मॉडल की गाड़ी आज के जमाने तक नहीं देखी है। देखते तो कैसे देखते! उनके यहाँ सड़क ही नहीं है। उनके लिए आकाश से जाती और उनके गाँव में उतरती लोहे की चिड़िया एक अविश्वसनीय अजूबा है। नेता जब वहाँ जाता है तो भीड़ उमड़ती है। उसके दर्शन को कम, लोहे की चिड़िया के दीदार को ज्यादा। हमारे लीडरों को इससे कोई एतराज नहीं है कि जनता उन्हें देखे या उनके उड़नखटोले को। उन्हें तो भाषण देना है। आला कमान को बताना है कि उन्होंने कितने तूफानी दौरे किए। गाँव-गाँव में कैसी भीड़ उमड़ी। वह इस दौर के दर्शन-प्रदर्शन के कितने महान् तुर्रमखाँ हैं! कौन कहे! हनक उनकी है कि उड़नखटोले की? क्या इतना काफी नहीं है कि वह ऐसी हरकतों से हाई कमांड के हृदय में उतरते हैं।

ऐसे कुछ को मुगालता है कि वे नेता मसीहे-फरिश्ते या साधू-संत हैं। उन्हें इनके भ्रष्ट आचरण, दुर्व्यवहार और लचीली नैतिकता से निराशा होती है। अपन को नहीं है। हमें आततायी ने अक्ल दे दी है। उनकी मान्यता है कि गांधी, सुभाष, पटेल, नेहरू के दिन कब के लद गए। एक जमाना था कि साधू-संत संसार से संन्यास लेते थे, आध्यात्म के चक्कर में। आजकल वह इन्हीं का चोला पहनकर भौतिक जगत् के भोग-विलास का सुख भोगते हैं। फरिश्ते-मसीहे आसमानी जीव हैं। उनका आततायी को पता नहीं है, शायद चील-कौओं को हो। अपने पल्ले यही पड़ा है कि इक्कीसवीं सामान्य और लघु मानव की सदी है, सबमें गुण-दोष हैं।

जिनमें ढोंग, फरेब, मक्कारी, चालाकी, दादागिरी आदि की जितनी प्रतिभा है, वह उतनी ही तरक्की करता है। अपवाद हर क्षेत्र में हैं। यहाँ भी होंगे।

यही कारण है कि जब एक भूतपूर्व पायलट ने हमें बताया कि बड़े लोगों की सनक भी बड़ी होती है, तो हमें न ताज्जुब हुआ, न नैराश्य। हाल तक वह राज्य सरकार में जहाज उड़ाते थे। हमने जानना चाहा कि कौन सी बड़ी सनक, कौन से बड़े लोग? उन्होंने सूचित किया कि वह सूबे के मुख्यमंत्री की चर्चा कर रहे हैं—'वह भी एक नहीं, दो-तीन की।' अपनी रुचि जगी।

दूसरों की हमें जानकारी नहीं। यों अपने परिचित, मित्रों और दोस्तों की वजह से हमें विश्वास है कि परचर्चा की प्रवृत्ति में हम सबकी सानी नहीं है। फिर यहाँ तो बड़े लोगों की बात है। कुत्ता भी बड़े खंभे को देखते ही टाँग उठा देता है। फिर हम तो इनसान हैं, बेजुबान नहीं हैं, श्वान के समान। सियासी खंभों की चर्चा को आगे बढ़ाना हमारा कर्तव्य और दायित्व है।

'मुख्यमंत्री' सुनते ही अपने कान खड़े हो गए। हमने आगे बताने को उनसे आग्रह किया, उन्होंने हमें अनुगृहीत। ज्ञात हुआ कि एक मुख्यमंत्री सिर्फ घर के धुले कपड़े पहनते थे। नतीजतन, जब कभी वह अपनी राजधानी से देश की राजधानी पधारते, तो केवल एक जोड़ी कपड़ों के साथ सफर करते। यह सूबे के सरकारी जहाज की ड्यूटी थी कि सवेरे तक पुराने कपड़े वापस कर, नए हाजिर करे। कुछ केवल विदेशी ब्रांड के सूट-शर्ट, कोट-पतलून पहनते हैं। वह धनी हैं। समृद्ध हैं।

नेता तो वर्तमान के सियासी सुल्तान हैं। वह यदि सादा जीवन, उच्च विचार के आदर्श पर चलकर सिर्फ देसी वस्त्र धारण करें और उन्हें घर में ही धुलवाएँ तो इसमें गलत क्या है? उन्होंने जिंदगी भर यही किया है। कैसे मुमकिन है कि वह सठियाने यानि साठोपरांत अपनी आदत बदलें? ऐसी अपेक्षा सिर्फ खामखयाली है। दिवास्वप्न है। सीधे-सादे शब्दों में महामूर्खता का नया कीर्तिमान है।

भैया, वह पूरे राज्य के प्रधान हैं। कोई ऐसी-वैसी हस्ती तो हैं नहीं कि अपने जैसे साधारण आदमी की तरह व्यवहार करें। आदत को पड़ना था, पड़ गई। अब तो उसे निभाना-ही-निभाना। अपना तो खयाल है कि यही क्या कम गनीमत है कि उनके कपड़े विदेशों की लॉण्ड्री में नहीं धुलते हैं! अगर धुलते तो भी कोई क्या कर लेता?

बड़े लोगों की आदतें अच्छी हों या बुरी, देश को हमेशा भारी पड़ती हैं। गांधीजी की महानता ही नहीं, सादगी का रहन-सहन भी निर्विकार है। रेल के तब

के थर्ड क्लास में सफर करते थे। आज की रेल में बराबरी और गुणवत्ता का दौर है। हर दर्जा थर्ड समान है। यह दीगर है कि डिब्बे में वह और उनके चेले-चाँटी ही होते थे।

बकरी का दूध उनको प्रिय था। अब बकरी की खुराक में फल-मेवे, अनुयायी उसे खिलाएँ तो गांधीजी का क्या दोष? भक्त-अनुयायी होते ही इसी किस्म के हैं। ऐसी ही ऊटपटाँग हरकतों के लिए जाने जाते हैं। यह तो उनकी करतूत है जो व्यक्ति के भक्त हैं, कुछ पद के भक्त भी होते हैं। वे तो व्यक्ति-पूजक से कहीं आगे हैं।

एक सचिव पद के ऐसे ही श्रद्धालु थे। निंदक उन्हें चमचा भी कहते। तब सचिव की कुरसी पर आसीन महानुभाव के पास केवल एक अदद कुत्ता ही परिवार के नाम पर शेष बचा था। दोनों बेटे विदेश याने अमेरिकावासी थे और पत्नी स्वर्गवासी। बुढ़ापे का सहारा, हमदम, दोस्त, हित-चिंतक, देखभाल करनेवाला कौन? इकलौता कुत्ता। इनको तो अभी डेढ़-दो साल की मोहलत है। कुरसी, कार, चपरासी, पी.ए.··· अधिकार वगैरह-वगैरह से लैस हैं फिलहाल। इनसे गए-बीते तो वे हैं, जिन्होंने अपने काबिल बेटों को शौक से पढ़ने विदेश भेजा और वे वहीं के हो गए। अब वृद्ध और बीमार मियाँ-बीवी आधा वक्त नर्सिंग होम में बिताते हैं और आधा घर में। पास-पड़ोस में किसे फुरसत है कि इनके हाल-चाल ले, जब अपने बेटों से ही संपर्क ई-मेल तक सीमित है। उसमें भी वर्जित है कि दोनों अपने बेटों को सेहत की वास्तविक जानकारी दें। वह दोनों सात समुंदर पार हैं। उनके दिल पर क्या बीतेगी?

चमचा सोचता कि सचिव का लाड़ला बस केवल कुत्ता है। सचिव उसी की मुट्ठी में रहेंगे, जो कुत्ते का लाड़ला हो। वह बुढ़ापे में कुत्ते को देखते और सीटी बजाते जैसे कोई आधुनिक युवक किसी अनजान युवा कन्या की सुंदरता की शान में। त्रासद यह था कि सीटी से न कुत्ते पर असर होता, न लड़की पर। एक भौंकता रहता, दूसरी अपनी राह चलती रहती।

चमचे ने सुना कि घोड़े का दिल जीतने के लिए उसे गुड़ खिलाओ, कुत्ते को हड्डी। वह एक दिन 'सर' की हाजिरी में गए तो भावी कुत्ता-सखा के लिए मुरगे की टाँग लेकर। 'सर' लॉन में टहल रहे थे, कुत्ता उनके साथ-साथ। सर से बात करते-करते उन्होंने कुत्ते की ओर टाँग उछाली। उसने क्रिकेट के अच्छे फील्डर की तरह टाँग कैच कर ली। उसे पंजों से दबाकर चबाने लगा। सचिव किसी काम से चमचे को कुरसी पर बैठा छोड़ अंदर सिधारे। चमचे ने दोस्ती गाँठने का मौका

पाया। वह उठे। कुत्ते की ओर बढ़े, अपनी समझ से दोस्ताना अंदाज में सीटी बजाते। पास पहुँचकर चमचे ने कुत्ते के झुके सिर पर हाथ फेरा ही था कि उसने इनका हाथ दबोच लिया, इस मुगालते में कि यह गलत नस्ल का कुत्ता कहीं पालतू की चबाई हड्डी हथियाने की फिराक में तो नहीं है। वह एक टाँग पर खड़े विवश, भय से काँपते, 'हाय दैया' का आर्तनाद करने लगे। सर अंदर से दौड़ते पधारे। उन्होंने 'चैपी' से चमचे को मुक्ति दिलाई। अपनी गाड़ी से उन्हें डॉक्टर के पास भेजा। डॉक्टर ने लहूलुहान हाथ की मरहम-पट्टी की और सावधानी के लिए एंटी-रैबीज की सुई लगाने की सलाह दी। यह उनके साहस, लगन और दृढ़ निश्चय का नतीजा है कि आज वह चैपी के दोस्त हैं।

दिमाग की स्क्रीन पर यह सब जैसे पल भर में गुजर गया। हमने फिर पायलट की उत्कंठा से ताका। उसने एक अन्य मुख्यमंत्री का वाकया नाटकीय अंदाज में बयान किया। उनको जहाज में कैश ढोने का मर्ज था। वह कमबख्त कैश का रोग भी लाइलाज है, जिसे लगा, वह इससे फिर बीमार ही रहता है। एक बार मुख्यमंत्री दिल्ली जा रहे थे, उनके साथ कैश के ढेर सारे बैग थे। पहले बैग लदे, फिर मुख्यमंत्री स्वयं। पायलट ने सामान और सवारियों का मुआयना किया और अदब से मुख्यमंत्री से कहा, 'सर! सामान ज्यादा है, 'टेक ऑफ' मुश्किल है।'

'क्यों! मौसम तो साफ है।'

'सर! बोझ ज्यादा है जहाज उलार है।'

'कुछ सवार उतार दें क्या?'

'काम नहीं चलेगा सर! बोझ ज्यादा है।'

प्रजातांत्रिक राजा कैश का मोह कैसे छोड़ते। उन्होंने जाने का कार्यक्रम मुल्तवी कर दिया और विमान-चालक को सस्पैंड।

अपने को जहाज-हेलीकॉप्टर जैसे उड़नखटोले के खतरे नजर आए। जनसेवक वाकई खतरों के खिलाड़ी हैं। वह जान हथेली पर रखकर जनता के कल्याण में जुटे हैं। कभी मौसम साजिश करता है। हादसे हो जाते हैं और वह तथा उनके अन्य हवाई साथी ऐसी स्थिति में पहुँचते हैं कि जहाँ से उन्हें उन्हीं की खबर तक नहीं आती। अपनी राय में तो आज के प्रजातांत्रिक राजा बधाई के पात्र हैं। इस सबके बावजूद वह धरती से दूर आकाश में विचरने से कभी जी नहीं चुराते हैं। जन-सेवा की उनकी ऐसी लगन है कि वश चले तो वह आसमान में ही रहें।

□

कंप्यूटर के सामने बैठा आदमी

उसकी उँगलियाँ की-बोर्ड पर थिरक रही हैं। किसी गायक की धुन में आलाप की तरह या नृत्यांगना के लय-ताल में बँधे पदचापों के समान। किसी के लिए कंप्यूटर शौकिया ज्ञानर्जन का स्रोत होगा, इसकी रोजी-रोटी है। सात-आठ घंटे वह कोठरी में बैठकर कोर्ट-कचहरी के मुकदमों की ब्रीफ टाइप करता है। यहाँ से छुट्टी पाकर, शाम दो घंटे निजी संस्थान में बिताता है, जहाँ का वह अंशकालिक गुरु है। दस साल होने को आए, यही काम करते-करते। अब तो आलम यह है कि कब दुकान का नियत वक्त बीता, कब संस्थान का प्रारंभ हुआ, वह बिना घड़ी देखे, यों ही, 'चल गुरु हो जा शुरू' कहकर अपने आप को बता देता है। उसे कभी-कभी शक होता है कि या तो हर आदमी के अंदर एक 'चिप' फिट है या फिर वह खुद एक मशीन बनता जा रहा है। उसकी उँगलियाँ थिरकती रहीं की-बोर्ड पर किंतु मन पर क्या नियंत्रण है? वह भटक गया।

अपने बचपन में किस गरीबी में पला-बढ़ा था वह। घर में भले चाय न बनती, पर पाव भर दूध उसे बिला नागा पिलाया जाता। उसे ध्यान आया। घर क्या, ईंटों पर बरसात, जाड़े या धूप से बचाव को पड़े टाट के ढाँचे को कहते हैं? एक दिन उसके पिता बल्लियों के जाल में खड़े जुड़ाई कर रहे थे कि अचानक फिसले और धड़ाम से खुद के बनाए पत्थर-सीमेंट के फर्श पर एक भयावह चीख के साथ टपक पड़े। यह सारा हादसा उसकी सहमी हुई आँखों के सामने हुआ। तब वह इतना कम उम्र था कि उसे क्या पता था कि निर्माण कार्य में लगे मजदूर ऊँचाई से गिर भी सकते हैं? आदमी मरता भी है।

माँ की धाड़ मारकर रोने की आवाज ने उसकी मानसिक आघात-जनित संज्ञा-शून्यता को भंग किया। माँ को किसी ने खबर भेजकर बुलवाया था। दुर्घटना

के समय वह माल-लदे ट्रक से ईंटों की ढुलाई कर रही थी। माँ को रोते देख वह भी रोने लगा। अकसर ऐसा होता है। सामाजिकता का निर्वाह एक-दूसरे की नकल ही तो है। कोई रोए तो रोओ, कोई हँसे तो हँसो।

साइट पर काम करनेवाले आदमी उसके अंकल और औरतें 'आंटी' थीं। एक आंटी ने शोक-संतप्त माँ की मदद की। उसको माँ की गोद से छीना और चुप कराने लगी। पास ही इन खानाबदोशों का ईंट-टाट का ठाठदार 'घर' था। वह उसे वहाँ ले गई गुड़ खिलाने, पानी पिलाने। उसकी सर्दी की कँपकँपाहट जरा कम हुई। पेट की मार से मारवाड़ से महानगर भटके इन मजदूरों की मिठाई यही गुड़ था। अनवरत काम की तलाश और ताड़का सी ऊँची विशाल इमारतों के निर्माण में जुटे इन विस्थापित मजदूरों की एक ही आस कभी लौटकर अपने इलाके कोटा के पास वाले गाँव में पहुँचने की थी। खून-पसीने को एक करने की जिंदगी में ऐसे सुख के अंतराल कम ही आते।

ज्यादातर बच्चों की पैदाइश भी साइट के पास के घरों में होती और परवरिश भी। हर इमारत का निर्माण कोई भी छोटी-बड़ी कंपनी करे, मजदूरों के लिए उसका एक न एक ठेकेदार होना ही होना। अगर ठेकेदार है तो उसके गुर्गे भी लाजमी। जहाँ गुर्गे हैं, उनका दायित्व शारीरिक श्रम कम और मालिक के हितों का संरक्षण ज्यादा। वह जानते हैं। ठेकेदार के पास धंधे-ही-धंधे। कभी एक सरकारी आका को पटाना, कभी दूसरे को। यही पूरे वक्त का धंधा। फिर उनके छोटे-बड़े ऊलजलूल फुटकर काम, कार की खरीद से लेकर, झूठ-मूठ की फर्जी रसीद तक का इंतजाम। उस पर बाहर से पधारे बड़के साहबों के लिए 'माल' की सप्लाई अलग। नहीं तो दिन-भर की 'वोडका-जिन' के श्रम की थकान कैसे उतरे?

गुर्गे कल्पना करते कि उनका मालिक ऐसा-वैसा नहीं, साक्षात् रावण है। इतनी सारी जिम्मेदारी कोई भला बिना दस शीश और बीस हाथ तथा सौ उँगलियों के कैसे निभाएगा? उनके जहन में यह सवाल भी गूँजता कि हो न हो, उनका स्वामी रावण से भी बड़ा है। कौन कहे, उसके पंद्रह सिर हों और उसी के अनुपात में हाथ-उँगलियाँ। गुर्गों को लगता कि इक्कीसवीं सदी में आदमी के अलावा सबकुछ बढ़ा है। कभी एक मंजिल के मकान थे, अब चालीस-पचास के। जड़ मकान इतनी तरक्की कर गए तो सदाबहार और अमर रावण क्या वैसा का वैसा ही बना रहेगा? रावण का निवास हो और गुर्गों का न हो, यह कभी, मुमकिन है क्या? अमूमन गुर्गों का कद भी बढ़ना ही बढ़ना। कद बढ़ा तो, जिम्मेदारी भी। इधर मजदूर मरा, उधर एक ने सूचना अपने स्वामी को दी। दूसरे ने उसकी बीवी के सिर

पटक-पटक कर रोने की। "वह तो गनीमत है सरकार कि प्रेस, टी.वी., कंपनीवालों से किसी ने अभी तक चुगली नहीं खाई। पर कब, कौन कमबख्त ऐसी हरकत कर जाए, किसे पता है?" एक गुर्गे ने अपना कर्तव्य निभाया। दूसरे ने सुझाया—"मालिक! बस इशारा भर हो तो लाश, लाश की बीवी और बच्चे को मिनटों में वहाँ से गायब कर दें। न रहेगा बाँस, न बजेगी बाँसुरी।"

मालिक ने एक के कान में कुछ फुसफुसाया, फिर दूसरे के कान में। वह अपनी-अपनी मोटर साइकिल पर फुर्र हो लिये, मालिक अपनी मर्सिडीज पर सवार होकर उनके पीछे। पाँच मिनट में वह लाश और मरे की बदहवास बीवी के पास खड़ा संवेदना व्यक्त कर रहा था, "जब सुना तो हमसे रहा न गया। ऐसे निष्ठावान लोग अब मिलते कहाँ हैं! याद है, जब तुम्हारे बेटा हुआ था तो हमने चाँदी की कटोरी दी थी। तब आज की दुर्घटना की कल्पना किसने की थी?"

इतने में एक गुर्गा बोला, "सर! दोष किसी का नहीं, उसी का है। वह खुद-बखुद गिर पड़ा उस ऊँचाई से। उसने जानबूझकर आत्महत्या की है।" दूसरे ने जड़ा—"सर! इधर उसकी संगत गलत किस्म की थी। वह हर वक्त नशे में रहता था।" मालिक उर्फ ठेकेदार ने दोनों को चुप किया—"सब बकवास है। होनी को कोई टाल पाया है अभी तक? हमें तो उनकी चिंता है जो रह गए हैं। इस बेचारी और इसके बच्चे की देखभाल अब कौन करेगा?" इतना कहकर उसने मजदूरिन को लाश के पास से उठाया और उसके हाथ में नोटों के ढेर भर दिए। "अब तुम बच्चे के पास चलो और हाँ, चाहो तो अपने गाँव भी हो आओ। जब भी लौटोगी, काम पक्का।" फिर उसने मृतक के दाह-संस्कार के प्रबंध का निर्देश गुर्गों को दिया और मजदूरिन को इंगित कर बोला, "अब काम बंद। यह कहें तो इनको भी ले जाना। ऐसे रीत तो नहीं पर नया जमाना है, सब संभव है।"

गुर्गे हुकुम के बंदे होते हैं। ठेकेदार का निहित स्वार्थ था कि लाश जल्दी-से-जल्दी फुँके। ऐसी आनन-फानन कि न अखबारों को खबर हो, न टी.वी. को। नहीं तो कंपनी के बड़े अफसर उसे ब्लैक-लिस्ट न कर दें। मजदूर सुरक्षा और कल्याण के ढेरों कानून हैं। अगर हर धंधा नियम-कानून से हो तो बस कागज का पेट भरेगा, काम-काज नहीं होगा। किसी सिरफिरे ने जाँच बिठा दी तो लाखों का फेंटा है। ठेकेदार ने तय किया कि हजारों की चोट मंजूर है, लाखों की नहीं।

मृत मजदूर की पत्नी की देखभाल, उसे नकदी की भेंट, सार्वजनिक रूप से प्रगट की गई सहानुभूति, ठेकेदार की उदारता की छवि अलग बनाएँगे। इसे कोई रुपए की तराजू में तौल सकता है क्या?

मजदूरनी ने घर पहुँचकर सबसे पहले रुपए गिने। पूरे दस हजार। इतने तो उसने एक मुश्त कभी देखे तक न थे। इसी में उसे दो घंटे लग गए। वह तो प्रभु की कृपा से दर्जा पाँच फेल थी वरना उसके अधिकतर संगी-साथी तो काला अक्षर भैंस बराबर की मसल के जीते-जागते नमूने। शाम तक ठेकेदार के गुर्गे आए उसके पास। उन्होंने क्रिया कर्म, पंडितों की उपस्थिति, मंत्रोच्चार की आँखों देखी रपट दी। ''बहना, हम हैं, आपके हितैषी भगवान् समान मालिक हैं। कतई फिक्र न करो। कल सबेरे तक फूल भी बीनकर दे देंगे। सब विधि-विधान से हो रहा है। जीवन-मरण तो ऊपर वाले के हाथ है। इसमें कोई कर ही क्या सकता है? मालिक ने कहा है कि आपका जैसा 'प्रोगराम' हो, वह इंतजाम हम कर दें।''

अगले दिन पति के पूरे जीवन को मिट्टी के एक घड़े में सँजोकर मजदूरनी ने महानगर से कोटा के लिए विदा ली। कौन ठेकेदार ऐसा मददगार होता है? यह इनसान तो वाकई फरिश्ता है, उसने सोचा। टिकट का ही नहीं, उसने कोटा में अपने एक परिचित के घर मजदूरनी की नौकरी का भी जुगाड़ कर दिया। दरअसल, ठेकेदार नहीं चाहता था कि मजदूरनी कभी महानगर लौटे। नहीं तो फिजूल इस दर्दनाक दुर्घटना की याद ताजी होगी। एक से दूसरे तक पहुँचेगी खबर और फिर पूरे शहर में फैलेगा अफवाहों का हैजा। प्रशासन और मजदूर नेता, गैर-सरकारी संस्थाएँ सब अपने-अपने 'हिस्से' की वसूली वास्ते चेतेंगे। सबकी मंजिल एक है। कोई पैसा कमाकर प्रचार पाता है, कोई प्रचार पाकर पैसा कमाता है। मजदूरनी का मन विचलित था। वह गाँव जाकर क्या करेगी? कौन वहाँ अपना है? खिलानेवालों की गुजर तो है वहाँ, सिर्फ खानेवालों की नहीं। अर्थाभाव ने रिश्तों का अर्थ केवल रुपया कर दिया है। रुपएवाला है तो भाई है। छोटा या बड़ा हो, इज्जत के काबिल है वरना न कोई सगा है, न कोई अपना है। उसका पति तो महज मजदूर था। तीज-त्योहार, शादी-ब्याह में, फिर भी रुपए जरूर भेजता। पर उसके बस का गाँव में है क्या। न नौकरी, न इस नन्हे के लिए स्कूल।

उसके अंतर में एक दृढ़ निश्चय था। उसके हाड़-मांस का यह लाड़ला मजदूरी नहीं करेगा कभी। इसके लिए स्कूल-पढ़ाई जरूरी है। कहीं गाँव गए तो अनपढ़ रहेगा, उसका जिगर का टुकड़ा। बस खेती-किसानी में उपयोगी एक हाथ। वह कोटा में ठेकेदार द्वारा दिए गए पते पर गई। रहने को एक कोठरी, करने को घर की साफ-सफाई, झाड़ू-पोंछा, चौका बरतन, खाना-कपड़ा और एक हजार रुपए हर माह का वेतन, उसे लगा जैसे स्वर्ग मिल गया।

कंप्यूटर के सामने बैठे आदमी की तंद्रा टूटी। कोटा रहकर ही वह पढ़ा-

लिखा। ग्रेजुएशन कर आज यहाँ बैठा है, इस अकेले बंद कमरे में, टाइप करता हुआ। उसके अंतर की घंटी बजी—"चल गुरु हो जा शुरू।"

वह यादों की भीड़ को पीछे छोड़कर संस्थान की ओर चल दिया। वहाँ उसने मशीनी अंदाज में अपना गुरु का रोल किया। उसका मन अतीत के अवसाद से भारी था, कुछ भरा-भरा। यों बैठने को वह यहाँ भी वहाँ भी कंप्यूटर के सामने बैठा। जिज्ञासुओं को उसने इंटरनेट का करिश्मा दिखाया, 'माउस' के एक क्लिक पर सारी दुनिया का ज्ञान। अंदर ही अंदर उसे खयाल आता रहा कि बेहद दुर्घटना प्रधान है, उसका सीमित परिवार। पिता गुजरे दुर्घटना में बहुमंजिली इमारत से, माँ को कोटा आने के बाद नगर-बस लील गई, बाजार से लौटते वक्त।

उसने घबराकर इधर-उधर ताका, स्क्रीन से नजरें हटाकर। कोई बस तो नहीं आ रही उसे कुचलने। फिर उसे एकदम खयाल आया। भला, इस कमरे में कैसे बस आएगी? उसे अपनी मूर्खता पर हँसी आई, यकायक। वह फिर कंप्यूटर स्क्रीन पर तवज्जो देने लगा। धीरे-धीरे उसके घर जाने का वक्त हो गया। वह कंप्यूटर के अकेले के मेले को पीछे छोड़ बाहर आया।

क्यूँ तोड़कर, हड़बड़ी में कंधा-कोहनी मारते बस पकड़ना, महानगर के जीवन की सामान्य रूटीन है। आज बस स्टैंड की भीड़ से उसे भय सा लगा। वह सतर्क होकर इधर-उधर देखता रहा। कहीं कोई ब्लू-रेड लाइट उस पर धावा तो नहीं बोल रही है। यह बसें भी तो झपट्टा मारते बाज की तरह आती हैं। न कोई पूर्व-सूचना, न चेतावनी। बस आई। एक बारगी कुचला-दबाया। अनजाने, अजनबी शिकार का काम-तमाम। उनका ना काहू से बैर है, न दुश्मनी। यहाँ तक कि दोस्ती भी नहीं। बस बाज की तरह झपट्टा मारना उनकी आदत है। किसी भी व्यक्ति विशेष में न उनका लगाव है, न द्वेष। आज बहुत ही नियंत्रित तरीके और सावधानी से वह बस पर बैठा मैट्रो स्टेशन पर उतरने के लिए। सहमा-डरा, घबराया आदमी कुछ अधिक ही अनुशासित हो जाता है।

मैट्रो पर बैठकर उसकी साँस में साँस आई। उसके घर में भी तो एक अदद बीवी और बच्चा है, बिलकुल उसी उम्र का, जब पिता उसे छोड़ गए थे। वह इस खयाल से काँप सा उठा। मैट्रो भी कौन सेफ है? यहाँ भी कुछ-न-कुछ जानलेवा लगा ही रहता है। उसे समझ नहीं आया कि तरह-तरह की दानवीय मशीनें इनसान की जान के पीछे क्यों पड़ी हैं? क्या, शायद इसलिए कि मानव के प्राण सस्ते हैं, मशीन के मोल के मुकाबले। ऐसे ही विचारों में डूबते-उतराते उसका स्टेशन आ गया। वहाँ से दस मिनट का रास्ता था, उसके एक कमरे, किचन और टॉयलेट से

सुसज्जित दड़बे के लिए।

वह चला यह सोचते कि हर महानगर में दो बस्तियाँ हैं, एक पुल के ऊपर की चमचमाती, आकर्षक, रंगीन, बड़ी-बड़ी अट्टालिकाओं और शानदार कारोंवाली। दूसरी पुल के नीचे की अंधेरी, बदबूदार, घुटन, सीलन, सड़ाँध, टूटे फर्श और खस्ताहाल दीवारों की। इनमें दो तरह के सुअर पलते हैं, एक बाहर की सड़क-गलियों के, दूसरे घर के अंदर के। दोनों की जिंदगी में समानता है। कई सुअर कूड़ेदान में मुँह मार-मारकर भी भूखे रह जाते हैं, कई घरों में चूल्हा नहीं जल पाता है। यों सुअर फायदे में हैं। उन्हें पेट की आग बुझाने लंबी दौड़ नहीं लगानी है, सुबह से शाम तक। मियाँ की मंजिल मसजिद, पंडित की मंदिर और सुअर की कूड़ेदान।

इतने में उसका एक कमरे का घर आ गया। वह उदास सा घुसा। हाथ-मुँह धोया। पप्पू से खेला। पत्नी ने कहा, "कल आते वक्त दाल ले आना।" "कौन सी?" "सबसे सस्तीवाली।" "आजकल तो सब ही महँगा है।" सिर्फ मूल्यों में समानता का समाजवाद है, उसने सोचा। जाने क्यों, उसकी भूख गायब थी। उसने बेमन से खाया। हाथ धोए। उसके अंदर जैसे बस्ती का सुअर-बाड़ा प्रवेश कर गया था। उसे महसूस हुआ कि आज भी वह सुअरों से कौन बेहतर है? वह ही क्यों, उसके जैसे लाखों-करोड़ों हैं। उसे पुल के ऊपर की बस्ती के रईसों का ध्यान आया। वह कौन आदमी है? झूठ, भ्रष्टाचार, साजिश की विष्टा में जीते हैं।

यह दीगर है कि उनके कूड़ादान पर कीमती मखमली फर्श है। उस पर रोज परफ्यूम छिड़का जाता है कि दुर्गंध अंदर रहे, बाहर न आए। बस कभी-कभी बदबू पूरे मुल्क में छाती है, जब कभी किसी हवाला या रक्षा सौदे के कमीशन की पोल-पट्टी खुलती है। उनके भद्दे मोटे थूथने की जगह, चिकने, चालाक मुँह हैं, जिनसे सिर्फ नैतिकता और सदाचार के मोती झरते हैं। कौन कहे, यही मुँह में राम, बगल में छूरी जैसी, कहावत के जनक हों। उसे लगा कि बड़े सुअरों के मन और मुँह के बीच खाई कुछ ज्यादा ही चौड़ी है। उसने सोचा कि छोटे सुअरों के साथ ऐसा नहीं है। वहाँ भी खाई है, पर इतनी बड़ी नहीं है।

इन्हीं खयालात में उलझकर उसे नींद आ गई। उसके सपने में भी सुअरों ने उसका पीछा नहीं छोड़ा। गुरगुर करते हुए छोटे, बड़े, मँझले सुअर। डरावना नजारा था। उसने देखा कि एक बड़े सुअर ने साहित्य, संस्कृति, कला का शौकीन होने का भ्रम पाला है। उसे किसी ने सलाह दी कि 'एंप्रैस ऑफ ब्लैंडिंग' की काल्पनिक शिल्पकृति नई कोठी के बगीचे में सुरुचि का परिचायक होगी। जब

हुसैन के घोड़े और स्वामीनाथन की चिड़िया ड्राइंगरूम की शोभा बन सकती हैं तो सुअरिया क्यों नहीं?

शिल्पकार को वुडहाउस द्वारा शब्दों में रची इस प्रसिद्ध सुअरिया का विवरण दिया गया। उसके गार्डन के बीचो-बीच 'एंप्रैस ऑफ ब्लैंडिंग' स्थापित हुई। कलाकृति का अनावरण एक और बड़े सुअर, प्रदेश के संस्कृति मंत्री, ने किया।

अब रईस सुअर अपने हर 'विजिटर' को 'एंप्रैस' के पास ले जाता है। उसके थूथने प्यार से सहलाता है। अपनी-अपनी आदर्श जीवन शैली है। सुअर यदि सुअरिया को प्यार नहीं करेगा तो किसे करेगा?

□

पात्रों का विद्रोह

कहानी के पात्र कुनमुना रहे हैं। सबने तै किया है कि इस कहानीकार की खबर लेंगे। यह कोई भगवान् तो है नहीं। कभी-कभार आदमी भी तंग आकर उससे गुस्सा होता है। पर कर ही क्या सकता है? न इनसान ने भगवान् की शक्ल देखी है, न आवाज सुनी है, न उसका अता-पता है। खीजकर वह यही कह लेता है, मंदिर में घंटी बजाकर कि आज प्रभु दुनिया से लापता है।

इस लेखक को तो सारे पात्र जानते हैं। इसके घर से परिचित हैं। इसकी हरकतों से भी। इसके नाजायज संबंधों से भी। इसकी यह मजाल कि जो खुद चोरी-छिपे करता है, उन्हीं वारदातों को पात्रों पर थोपे। इतना ही नहीं, आलोचना भी करवाए उनके अपनों से। पात्र बहुत देर तक खुसुर-फुसुर करते रहे आपस में कि इसको कैसे पाठ पढ़ाएँ।

अपने आका से डर सबको लगता है, इनसानों को भी और किताबों के पात्रों को भी। यों आका का खौफ आदमियों में है तो पर किताबी जीवों से कमतर है। बॉस खफा हुआ तो ज्यादा-से-ज्यादा नौकरी लेगा। जान तो लेने से रहा। लेखक तो पात्रों का भाग्य विधाता है। जब जी चाहे उनकी हत्या करवाए, जब मन में आए दुर्घटना। ऐसे कोई प्राण-लेवा रोग भी उनको लगवा सकता है लेखक। यह तो उसी के हाथ में है कि उनको डॉक्टर मिले, न मिले।

चरित्रों की मिसकौट बहुत देर तक चली। नतीजा कुछ न निकला। एक ने कहा कि कहानीकार खतरनाक है। इसका कोई भरोसा नहीं है। कौन जाने प्रयोग के नाम पर हमें मध्य वर्गीय नैतिक नपुंसक से साहसिक कैसानोवा सा नायक बनाकर बदनाम कर दे। अभी तो उसने हमें इस लायक भी नहीं छोड़ा है कि हम अपनी प्रेमिका से प्रणय निवेदन कर सकें। बस मन-ही-मन उससे प्यार करते हैं।

कल्पना में उसको बाँहों में भरते हैं और सामने पड़ते ही सिर झुका लेते हैं। इक्कीसवीं सदी में कौन ऐसे लिजलिजे युवक को विश्वसनीय मानेगा? पर कहानीकार साबित करना चाहता है कि उन्नीसवीं और इक्कीसवीं सदी हिंदुस्तान में समानांतर सफर पर हैं। न एक पूरी तरह गई है, न दूसरी पूरी तरह आई है। पात्र की स्वीकारोक्ति है—''हम गाँव के परिवेश में पले-बढ़े हैं और वहाँ भी दूसरे गाँव के युवकों की तरह सिलबिल्ले थे और यहाँ शहर आकर भी वैसे के वैसे हैं।''

गाँव के बारे में इससे अनपढ़ और अनुभवहीन कहानीकार कोई होगा क्या? अगर जीवन में इसका गाँव से कभी साबका पड़ा होता तो यह जानता कि प्यार, साजिश, गुनाह, धोखा, बेईमानी, लंपटी, क्या-क्या नहीं है गाँव में? जाने शहरी अपनी किन उपलब्धियों पर फिजूल इतराते हैं। यह जरूर है कि शहर में कभी-कभार सार्वजनिक बंबे से एकाध बूँद पानी टपक पड़ता है, गाँवों में नल नहीं है कि ऐसी कोई वारदात मुमकिन हो। यही हाल बिजली का है। शहर में कभी-कभी शक्ल तो दिखाती है, गाँव में तार, खंभे, लट्टू से शायद कुछ नाखुश है। उस ओर रुख ही नहीं करती है।

हमें पता है कि गाँव का जीवन न आदर्श है, न अनुकरणीय, पर शहरों का तो और भी गया-बीता है। प्यार-मोहब्बत के मामले में गाँव शहरों से हर हाल में बेहतर है। वहाँ कुदरती रूमानी माहौल है। शहरों में तो मोमबत्ती जलाकर बनाना पड़ता है, बिजली बुझा के। गाँव में बहुत हुआ तो चाँदनी की रोशनी है, नहीं तो लालटेन की। पोखर के पास पेड़ों के साए में रात का बुना सन्नाटा है, दादुर-मच्छर का संगीत है और एक दूसरे से लिपटते दो शरीर! नगरों में यह सुविधा कहाँ है? रात के होते ही सब अपने-अपने घर भागते हैं। जब दिन में लड़कियाँ सार्वजनिक चौराहे से, तुंदियल वरदीवाले के सामने से, उठ जाती हैं और वह हादसे की ओर पीठ करके खड़ा रहता है, तो रात को क्या होगा?

खबर है कि आशिक-माशूका दोनों चले थे सूने पार्क में चोंच मिलाने और बैठते-बैठते उठ गए। अब नदारद हैं। असंतुष्ट पात्र कहता है कि हो न हो, लेखक उसके जरिए अपनी यौवन की विवशता का वर्णन कर रहा है।

लेखक की शादी हुई और दूसरों का, खासकर अपने पात्रों का छिद्रान्वेषण करनेवाले इस तथाकथित आदर्श आदमी ने अपनी पत्नी की छीछालेदर की। महिला विमर्श के नाम पर इसने कितनी स्त्रियों को उल्लू बनाया। इसके हिसाब से स्त्री मुक्ति का एक ही अर्थ है कि वह कुंवारी हो या शादी शुदा, जब चाहे जिस पुरुष से अपने संबंध बनाए। लेखक महिला शोषण के विरुद्ध है। नारी मुक्ति की कहानियाँ

लिखता है। उसके शोषण के खिलाफ आवाज उठाता है। जाहिर है कि चिराग तले अँधेरा रहना एक स्वाभाविक प्रक्रिया है। उसका अपनी पत्नी से दुर्व्यवहार इसी नियम के तहत आता है, लिहाजा उसमें कुछ असाधारण नहीं है।

एक अन्य पात्र की शिकायत और भी गंभीर थी। वह बोला कि कहानी के नाम पर उसने हमें ऐसा बैठाया कि पूरे दिन हम खड़े तक न हुए, चलने का तो सवाल ही नहीं है। ऐसा भी संभव है कहीं? एक बैठा हुआ आदमी, बस उसका दिमाग इधर-उधर दौड़े, पूरी दुनिया के चक्कर काटे। अपन बीमार होते तब भी कोई बात थी। हम तो भले-चंगे थे। बेरोजगार होते तब भी कुछ निराशा होती। हमें तो अभी तक नहीं सूझा कि ऐसा अवसाद किसलिए? हमसे प्यार का वादा करनेवाली लड़की ने बिना बताए किसी और से शादी कर ली। कर भी ली तो क्या गजब हो गया?

आज की लड़की समझदार है। दस-बारह पुरुषों को परखती है। उनकी हैसियत आँकती है। परिवार कितना बड़ा है? कहीं ऐसा तो नहीं कि सास-ससुर के साथ रहना पड़े! कोई कमअक्ल नालायक छोटा भाई तो नहीं है कि होनेवाले पति को उसका भार ढोना पड़े। जब सब ठोक-बजाकर संतुष्ट हो लेती है तो सात फेरों की औपचारिकता की अनुमति देती है। वह जानती है कि रिश्ते-नाते, विवाह वगैरह-वगैरह सिर्फ पारस्परिक स्वार्थ साधन के बहाने हैं। हिस्सा लेकर बेटा बाप को ठुकराता है। उसी के घर में उसी के लिए जगह नहीं है। बूढ़े-बुढ़िया नौकर के क्वार्टर में गुजारा करें, जब तक कि घर में नौकर नहीं है। भाई भाई के इतने सगे हैं कि बस चले तो एक-दूसरे का गला घोंट दें। वह तो कुछ हिम्मत की कमी है, कुछ कानून का डर है कि सिर्फ अन बोला-चाली है। एक-दूसरे को देखते हैं तो मुँह फेर लेते हैं।

ऐसे सुखद सामाजिक हालात में न कोई लैला है, न कोई मजनूँ है। न पारो है, न देवदास है। युवक भी पहले यह आँकते हैं कि मन मिलते हैं कि नहीं। उसके पश्चात् इस अहम और जरूरी तथ्य का नंबर आता है कि कन्या के माँ-बाप की प्रतिष्ठा कितनी है? सामाजिक प्रतिष्ठा अब स्वतंत्रता सेनानी के परिवार में पैदाइश के चांस या विद्वत्ता अथवा अच्छे लेखन से नहीं हासिल होती है, वह खरीदी जाती है। इसके पास कितना काला धन है? कितनी कार, कोठियाँ हैं? अगर लड़की का बाप उद्योगपति है तो फिर बल्ले-बल्ले। पूरा-पूरा मौका होगा, उसकी फैक्टरी हथियाने का। अगर लड़की का भाई वारिस है तो भी क्या? शहर में अपहरण, हत्या, दुर्घटना के हादसे रोजमर्रा के जीवन का अनिवार्य अंग हैं। उसमें कब, कहाँ

और क्यों एक और हादसे का इजाफा हो जाए! प्रेमी के अंतर में यह एक प्रेरक और सुखद संभावना है।

बैठे-ठाले इस लेखक ने अँधेरे बंद कमरे में बैठे इस चुस्त, चतुर पात्र को अवसाद ग्रस्त बना डाला! यह भी कोई तरीका है। ऐसी नाइनसाफियाँ ही विद्रोह की जनक हैं। पात्र को लगा कि लेखक के कई दोस्त मनोविश्लेषक या मनोचिकित्सक हैं। उन्हीं में से किसी ने रचनाकार को यह गुर दिया होगा कि इस मन के मारे को अकेले कमरे में कैद करो! न उठे, न चले। बस अतीत के घेरे में सुधियों की कुलाँचें भरे। लेखक को कौन यह सजा झेलनी थी? उसने सोचा कि क्यों न इसे अवसाद-विषाद से त्रस्त प्रेम में हारे इस पात्र की पीड़ा का अतिरंजित वर्णन कर पाठकों को चमत्कृत किया जाए! असफल प्रेम एक सार्वभौमिक प्रक्रिया है। दूसरों का दुःख समाज में लोकप्रिय भी है। दूसरे को 'बेचारा' कहने से कौन ऐसा है, जिसका अहम संतुष्ट नहीं होता है? सफल प्रेमियों का कोई हिसाब नहीं है। इस कारण कि किसी और की कामयाबी ज्यादातर दूसरों को रास नहीं आती है।

एक पात्र ने दूसरे को बताया कि इस लेखक ने 'हम सबको अपनी रचना की प्रयोगशाला में बलि का बकरा बना डाला है।' नतीजतन, कोई भी चरित्र सामान्य और साधारण नहीं होता है। याने इनमें कोई लघु मानव नहीं है, सारे-के-सारे महामानव हैं। कोई प्यार का शिकार है, कोई सैक्स का। कोई औरत को सिर्फ 'देह' मानता है, साथ ही पुरुषों के ऐसे विचारों की विकृत मानसिकता का सबूत भी। यह सब घनघोर यथार्थवादी लेखन है रचनाकारों का।

कभी-कभी फंतासी भी कहानीकार को आकर्षित करती है। दीवाल में खुलती खिड़की से उसका पात्र दुनिया को देखता है। कभी कोई हाथी सूँड़ उठाए उसके छोटे-सँकरे दरवाजे से घर के अंदर तक ही नहीं, उसके बैडरूम में टहल आता है। इसके बावजूद, उसका दरवाजा वैसा-का-वैसा ही है।

पता लगता है कि यह वास्तविक हाथी नहीं है, उसके सपनों का गजराज है। ऐसा ऐरावत, जिस पर कभी धरती पर राजा सवारी करते थे और स्वर्ग में इंद्रदेव। जाने क्यों, कहानीकार ने अपने इस नायक को मंत्री क्यों नहीं बना दिया! बहैसियत मंत्री वह, कभी हाथी की शोभा बनता, कभी बड़की कार की, तो कभी हवाई जहाज की! जहाँ जाता, सायरन बजाता जाता। घपला-घोटाला उसके बाएँ चलता, केश के थैलेवाले उसके दाएँ। जहाँ ठहरता, भाड़े की भीड़ उसका जय-जयकार करती और किराए की कन्या बाँहों में समाती।

यों रचनाकार की अपनी दृष्टि है, दर्शन है। वह अतीत के राजा से ही नहीं,

उसके ग्लैमर से भी आक्रांत है। जालिया-फ्राडिया इंडिया का प्रतीक मंत्री उसे भाता नहीं है। यह तो लेखक की कलम का करतब है कि वह जिसे चाहे, जैसा बना दे। हमें तो एक ही दुःख है। यदि वह मंत्री पर कलम चलाता तो उसका चरित्र 'ऑल इन वन' हो जाता। एक नायाब मंत्री में भ्रष्टाचार, सत्ता का दुरुपयोग, अनैतिक जीवन, जनता से नफरत वगैरह-वगैरह क्या-क्या नहीं है?

उसको भी शायद सताया होगा इस प्रश्न ने। फिर उसे खयाल आया होगा कि उसे तो कई कहानियाँ लिखनी हैं। एक ही में सब कुछ समाया तो वह कहानी कहाँ रहेगी, उपन्यास बनेगी। देखने में आया है कि ज्यादातर कहानीकार बात का बतंगड़ बनाने की कला में दक्ष होते हैं। जो एक पन्ने में कहा-समाना संभव है, उसे वह दस में खींचते हैं और धीरे-धीरे उपन्यासकार बनकर ही उन्हें चैन मिलता है।

पन्नों से बाहर निकलकर कागजी चरित्रों ने बाहर की दुनिया देखी उन्हें ताज्जुब हुआ। निराश प्रेमी को तो गुस्सा आया। प्यार-मोहब्बत कहाँ है? दहेज की एक मंडी है। इसमें बोली लगाकर वरों की बिक्री चालू है, जैसे सोनपुर के मवेशी मेले में ढोर-जानवरों की। लड़की चाहे कितनी योग्य और कुशल हो, भले पति से बेहतर नौकरी करती हो, पर वर को तो बिकना-ही-बिकना। यह खरीद-फरोख्त शादी के बाजार में दहेज के शालीन-सम्माननीय नाम से जानी जाती है। वरपक्ष वाले कमाऊ कन्या के साथ ज्यादा-से-ज्यादा दहेज में एक-दो प्रतिशत की रियायत के अलावा कुछ नहीं करते। इसे पुरुष-प्रधान समाज न जाने क्यों कहा जाता है? अगर है तो यह दहेज-प्रधान समाज है। एक बार वधू घर आई तो वर अपना बिकना भूलता है। अगर पढ़ा-लिखा है और कहीं काम कर रहा है तो दफ्तर से घर आकर ऐसे निढाल होता है कि जैसे मूर्च्छित लक्ष्मण को जीवन देने बजरंगबली पूरा पर्वत ढोकर भी नहीं हुए थे। वधू भी थकी-माँदी आती है, पर उसके जिम्मे चाय-रसोई सबका भार है। सास-ससुर प्रसन्न हैं कि उन्हें एक पढ़ी-लिखी नौकरानी मिल गई है, उस जमाने में जबकि नौकरों के नखरे, बड़े परदे के नायक-नायिकाओं से अधिक हैं। लड़की घर से भागे किसी के साथ तो उसके माँ-बाप मन-ही-मन सुख-चैन का अनुभव करते हैं। चलो, दहेज से बचे। यह दीगर है कि बाहर वह रोने-धोने का नाटक करें।

कागजी पात्र का पारा और ऊपर चढ़ता है! अवसाद ग्रस्त होना है तो लड़कियों को होना। लेखक ने उससे किस जन्म का बदला लिया है? दूसरे पात्र भी लेखक-बुद्धि की ही उपज हैं। पन्नों से बाहर उनका चिंतन भी लेखकीय सोच तक ही सीमित है। न वह उसके आगे का सोच पाते हैं, न कोई नई तरकीब उनकी बुद्धि में

घुस पाती है। वह यह जरूर जानते हैं कि लेखक कितने दाँव-पेंच लगाकर पुरस्कार की जुगत भिड़ाता है, कैसे अपने प्रतियोगियों को चित करता है, कैसे विश्व साहित्य के अपने अध्यापन का ढिंढोरा पीटता है।

पात्रों ने उसके दिमाग में रहकर यह भी सीखा है कि शाम को कहानीकार कैसे व्हिस्की का डौल बिठाता है। जो जैसा है, उससे हाँ में हाँ मिलाता है, इस हद तक कि वह मुँह देखकर किस चतुराई से धारा प्रवाह तर्कों से विरोधाभासी विचारों का समर्थन करता है, बिना चेहरे पर शिकन लाए!

जब वह शराब पीकर धुत लौटता है तो उसे अपनी पत्नी से नहीं, मच्छरों से डर लगता है। दरवाजे-कुरसियों से टकराते वह अंटागफील अपने बिस्तर तक बमुश्किल पहुँचता है। वह कहता भी है कि मच्छर बुद्धिजीवियों के दुश्मन हैं। कभी कान में भिनभिनाते हैं, कभी नाक में। विचारों में व्यवधान उनके जीवन का मिशन है। मच्छर काना-बाती-कू करें तो चिंतन-मनन कतई मुमकिन है क्या! लेखक की नजर में जन कल्याण, मच्छर उन्मूलन का पर्याय है। कोई सरकार इसे अपनी प्राथमिकता नहीं बनाती, उन्हें इसका दु:ख है। किताब के बाहर पात्रों की अक्ल का दायरा भी लेखकीय बुद्धि की सीमाओं में कैद था और उनके हाथ-पैर भी ठप थे। उनकी बोल-चाल भी उनके संवादों से आगे न बढ़ पाती। वह किसी को दिखे तक नहीं, इतने छोटे-छोटे कागज के नाम लिखे उनकी पहचान के टुकड़े थे। बड़ी कठिनाई से वह एक बिजली के खंभे से टिके तेज पछुआ का मुकाबला कर रहे थे। वह भी इसलिए कि उन्हें अपने जनक की तबियत ठिकाने लगानी थी।

यह तो पूरी तरह एक दीवाने समाजसेवक की सफाई की लगन थी कि उसने कागज के इन तीन-चार टुकड़ों को बिजली के खंभे की शरण से उठाया और सौभाग्यवश लेखक के घर के सामने के कूड़ेदान में उछाल दिया। उन्हें वहाँ से हवा ने उड़ाया और लेखकीय आवास में पहुँचा दिया। वहाँ से वह लेखकीय शयन कक्ष में दाखिल हो लिये। संसार की हर बड़ी घटना सही समय और संयोग का नतीजा है। यहाँ भी यही हुआ।

जब लेखक झूमता-डगमगाता आया तो कागजी पात्र उसके दिमाग में प्रवेश कर गए। अब बाहर मच्छर भिनभिना रहे थे और लेखक के सिर के अंदर उसके पात्र। वह तंग आकर सिर पीटने लगा। ऐसे गाढ़े वक्त उसकी पत्नी ही काम आई। डॉक्टरों ने देखा और खून की जाँच से लेकर, उसके सिर तक का कैट-स्कैन करवा डाला।

नींद की गोली दी गई उसे। डॉक्टर हैरान थे कि हर जाँच में स्वस्थ पाए गए

लेखक को अचानक यह क्या हो गया। शहर के साहित्यकारों ने उसके शीघ्र स्वास्थ-लाभ के लिए सभा की और प्रभु से प्रार्थना। अंदर-ही-अंदर कइयों ने सोचा कि यह बहुत दिनों से तिकड़म के तांडव से कामयाबी का कारगिल बना हुआ है। खोटों के सामने हमारे जैसे खरे सिक्के क्या करें? इसने जोड़-तोड़ कर साहित्य से हमें निष्कासित करवा रखा है। ऊपर वाले के इनसाफ में देर भले हो, पर अंधेर नहीं है। अब करता रहे रतजगा!

इधर लेखक अपने पात्रों की भिनभिनाहट से आजिज आ गया। उसे क्या खबर थी कि यह उसी के द्वारा रचित पात्रों की शरारत है। उसने ही इनको कागज पर नया जीवन दिया था। उसे यह शक तक कैसे होता कि उसके प्रिय पात्र ही घर के भेदी हैं और उसके सिर की सोने की लंका ढहाने में जुटे हैं। एक बार कागज से उतरकर बाहर आए यह भूत भिनभिना-भिनभिनाकर उसके दिमाग में सतत बवाल मचाए थे, जैसे अपनी प्रजातांत्रिक सरकार चुनाव के तत्काल बाद कभी कीमतें, कभी टैक्स बढ़ाकर जनता का जीना हराम करती है। चुनाव पास आए तो फिर जनहित के तहत, वादे-स्कीमों का पिटारा, फिर जनता को पेश होता है, बेशकीमती तोहफों की तरह!

भूत पात्रों की भिनभिन से लेखक ऐसा भन्नाया है कि इसके अलावा कुछ सोच ही नहीं पाता है। खुद को चरक-लुकमान का वंशज समझने वाले डॉक्टर मजबूर हैं। क्या दवा दें? सुनते हैं कि भूतों ने लेखक के दिमाग में ऐसा बवाल मचाया है कि लेखक को 'राइटर्स ब्लॉक' हो गया है। फिलहाल उसे लगता है कि उसका यह मर्ज असाध्य और लाइलाज है। कौन जाने, आगे क्या हो?

□

महिलाएँ और डार्विन का उसूल

हुल्लड़-हल्ला, हाय-हाय हमारी जनतांत्रिक चेतना की पहचान है। यहाँ तक कि कुछ समझदार अपना नाम तक हुल्लड़ रख लेते हैं। कोई सुने कि हुल्लड़जी पधारे हैं, तो अपेक्षा भी करें कि अब तो हुल्लड़ होना-ही-होना। सड़क पर होगा, संसद् में होगा, यहाँ तक कि शादी के शामियाने में भी होगा। जाने क्यों कहते हैं कि विवाह दो इनसानों का निजी मसला है। पावन मिलन है। इसकी गंभीर मर्यादा है। पर इसे भी हम निरंकुश सामाजिक उत्सव की तरह मनाते हैं। पटाखे भी छूटने, भाँगड़ा भी होना, बैंड भी बजना। यों अपना खयाल है कि बैंड प्रतीकात्मक है नव युगल के जीवन में। सब विवाहित जोड़े मानते हैं। विवाह के मुबारक मौके पर बैंड खुशी में बजता है। उसके बाद जीवन भर बजता ही रहता है। जन्म से लेकर मरण तक यह हल्ले-हुल्लड़ का अनवरत सिलसिला थमता नहीं है।

टी.वी., अखबार इसके प्रेरक तत्त्व हैं। हर हाय-हाय, हल्ला अखबार की सुर्खियों में छाता है। उसकी फोटू खिंचती है। हाय-हल्ले के प्रणेता अपने परिवार को अखबार दिखाकर बताते हैं कि 'तुमने देखी हमारी तसवीर।' 'भोंपू', 'नगाड़ा' और 'ढोल' सब में अपना चौखटा मौजूद है। घरवाले प्रभावित होते हैं। छोटे पप्पू बाल सुलभ जिज्ञासा जताते हैं—'पापा! आपको लाल बत्ती कब मिलेगी?' पप्पू का खयाल है कि फोटू लालबत्ती वालों की ही छपती है। फोटू के नायक बताते हैं—'बेटा, हम तो विरोध के हैं। लाल बत्ती मिले-न-मिले, अपने पास लाल झंडा है।'

दोस्त उनकी हाय-हाय की प्रतिभा के कायल हैं। उनकी आवाज बुलंद है, हमारे छोटे शहर के वीर रस के कवियों की तरह। जब वह चिंघाड़कर 'हाय' की हाँक लगाते हैं तो अगर शिकार तक हाय पहुँची तो उसे 'हाय' लगना-ही-लगना। जानकारों की मान्यता है कि वह यूनियन में अपनी जोरदार आवाज की ही कमाई

खा रहे हैं। ऐसी ताकतवर मूँछदार आवाज है कि जिस इमारत के सामने चीखे, उसके शीशे काँपे। इसकी इनायत है कि वह आज बाबू, यूनियन के महासचिव हैं। किसी माँग के सिलसिले में अफसर के पास जाते हैं तो कान के परदों की सुरक्षा की खातिर वह तत्काल माँग मान लेता है। यह दीगर है कि बाद में मुकर जाए। तभी तो वादा-खिलाफी जो पहले नेताओं तक सीमित थी, अब अफसरों को भी घेर चुकी है। यह यूनियन के ऐसे नायकों की आवाज का असर है।

यूनियन के अलावा हल्ला-होड़ में कुछ समाजसेवी संस्थाएँ भी हैं। इनका समाज पर व्यापक प्रभाव है। हमारे शहर में नारी-मुक्ति आंदोलन की महिला कार्यकर्ताएँ हैं। अपना अनुभव है। महीने में एकाध बार इन्हें जोश आता है। उनकी मान्यता है कि दहेज और चूल्हा-चक्की जैसी समस्याओं से मुल्क की खातूनों को तभी मुक्ति मिलेगी जब वह 'लिव इन' का फलसफा अपनाएँगी। जो बिना शादी के साथ रहते हैं, ऐसे मर्द, पुरुष की श्रेष्ठता से भ्रम-ग्रसित, नहीं हैं। वह किचन से लेकर घर की सफाई तक उसका हाथ बँटाते हैं। 'लिव-इन' का रिश्ता बराबरी का है। इससे पुरुष की पारंपरिक सत्ता का भट्ठा बैठता है। एक नए समानता के समाज का आह्वान है 'लिव इन'।

लिहाजा इसकी समर्थक पूरे मेकअप से सजकर पहले टी.वी. के हर न्यूज चैनल को चेतावनी देती हैं कि आज शहर में क्रांति आने वाली है। वह तख्ती और बैनर लेकर सड़क पर उतरेंगी। उनका नारा होगा 'दहेज मिटाओ, लिव इन लाओ', एक और भी है—'शादी तो बरबादी है, लिव इन ही आजादी है'। सनसनी टी.वी. की शान है। सब चैनल आठ-दस रँगी-चुंगी महिलाओं की सीमित प्रोटेस्ट को, राष्ट्रव्यापी स्वरूप देने नियत समय घटनास्थल पर पहुँच जाते हैं।

वहाँ पहले महिलाएँ बैग से शीशा निकालकर अपना मेकअप चैक करती हैं। उसके बाद नाजुक नारों और गांधी की प्रतिमा के सामने के विरोध प्रदर्शन का रिहर्सल होता है। पत्रकारों को पैट्री-वैस्ट्री दी जाती है, जिससे इस पूरे पूर्वाभ्यास के दौरान वह सिर्फ मक्खी न मारें। उनका मन भी लगा रहे। फिर गंभीर मुद्रा बनाए, मिमियाती आवाज में नारे लगाती, तख्ती हाथ में लिये, बैनर हिलाती महिलाएँ 'शूट' की जाती हैं।

शहर की इस अदृश्य हलचल की खबर पूरे देश में गूँजती है। एक स्थानीय निवासी के पेट में पीड़ा है। बिना उनको पता लगे शहर में इतना बड़ा विरोध-प्रदर्शन कैसे हो गया? वह दूसरे से पूछते हैं—'भैया, इस बारे में तुम्हें कुछ जानकारी है?' वह चहकते हैं, 'नहीं यार, हम तो गांधी मैदान में ही थे। हमें तो कुछ हलचल नजर नहीं आई।'

हमने भी इस क्रांति की झलक टी.वी. पर ही देखी है। सब महिलाएँ शादी-शुदा लगती हैं, अच्छे खासे, खाए-पिए समृद्ध घरों की, ऐसी कि कोई दौड़ाएँ तो दौड़ न पाएँ। उनकी नुची-चिकनी शक्लों से जाहिर है कि वह 'बुटीक' में रोज जाती हैं, पाँच तारा की किटी-पार्टी में भी। अपने जकूजी सज्जित बाथटब में ऐसे लेटकर स्नान करती हैं, जैसे भैंस पोखर में। हमें शक है कि रसोईघर की सूरत भी इन्होंने कभी देखी है। इस तरह का जीवन बिताते-बिताते 'बोर' होने वालों की 'लिव इन' की हसरत स्वाभाविक है। महिला मुक्ति उनका मिशन नहीं, वक्त काटने का साधन है। टी.वी. पर नजर आने का बहाना है। चलो, ताश ले खेल आएँ। कुछ समाज-सेवा भी कर लें।

टी.वी. वालों को भी चौबीस घंटे का न्यूज चैनल चलाना है। अपनी टी.आर.पी. बढ़ानी है। प्रतियोगियों से टक्कर लेनी है। इन समाज-सेवी महिलाओं के आंदोलन को शूट कर वह दर्शकों के 'अपर सैगमेंट' में अपनी जगह बना रहा है। यों चैनल के लोग जानते हैं। हिंदी चैनल की टी.आर.पी. कितनी भी हो, रहना इसे डाउन मार्केट ही है। हिंदुस्तान में यही हिंदी की नियति है और यही उसके अखबारों और चैनलों की।

महिला मोरचा अपनी कामयाबी पर खुश है। चाय-कॉफी पीने का वक्त हो गया है। इतनी समाज-सेवा कर ली। थकान तो आनी-ही-आनी। एक शिकायत करती है—'पहले से जरा सा अँदेसा होता तो चाय-कॉफी का फ्लास्क ले आते।' दूसरी का मन रेस्तराँ में जाकर कुछ 'स्नैक्स' खाने और चाय-कॉफी पीने का है। यह सबको स्वीकार है। इतने 'एफर्ट' के बाद कहीं 'रिलेक्स' तो होना-ही-होना।

रेस्तराँ में रिलेक्स करते-करते तारा दूसरों को यह बोध कराती हैं कि वह अखबार भी पढ़ती हैं, 'कल मैंने पढ़ा कि इधर खाने-पीने की चीजें बहुत महँगी हो गई हैं, वेजीटेबल भी। सुनते हैं कि 'कॉमन मैन' इससे बहुत परेशान हैं।' मिसेज अस्थाना ब्राउन ब्रेड की चीज सैंडविच, चबाते-चबाते फरमाती हैं कि यह एक अच्छा 'इश्यू' है। हमने 'लिव इन' के लिए इतना किया है, कीमतों के लिए भी कुछ करना चाहिए। यह जो 'कॉमन मैन' है, इसका खयाल रखने कोई तो आगे आए। शीलाजी की शिकायत है कि उनकी मेड भी शिकायत कर रही थी, सब्जी और दाल तो इधर देखने को नहीं मिलती हैं। हमें सुनकर बुरा लगा। हमने उसकी तनख्वाह बढ़ा दी है।'

एक प्रस्ताव आया कि जल्दी ही कीमतों के 'इश्यू' पर आंदोलन छेड़ा जाए। यह भी तो महिलाओं का मुद्दा है। कीमतें बढ़ती हैं तो कॉमन मैन-वूमैन सभी

भुगतते हैं। श्रीमती रावत ने जोर दिया कि इस 'इश्यू' को पहले 'स्टडी' करके ही कुछ किया जाए। कीमतें बढ़ी हैं तो कितनी बढ़ी हैं? क्यों बढ़ी हैं? कहीं यह ग्लोबल वार्मिंग का नतीजा तो नहीं है? इतने में एक और समाज-सेविका ने श्रीमती रावत के असहमति व्यक्त करते हुए कहा कि उन्हें कभी-कभी डर लगता है कि मूल्य-वृद्धि मीडियाजनित समस्या तो नहीं है। लिपस्टिक, पाउडर, सैलफोन, टी.वी., वाशिंग मशीन वगैरह-वगैरह की कीमतें घटी हैं तो दाल-चावल की कैसे बढ़ गईं? देश में इतनी विदेशी मुद्रा है, इंपोर्ट कर लेते वेजीटेबल, शुगर, पल्स, सीरियल और ह्वीट। यह जो कॉमन मैन है, इसकी दिक्कत है कि यह हैल्दी ब्रेकफॉस्ट नहीं करता है। हमारा आइडिया है कि पहले हम सेमिनार कर इन्हें हैल्दी लिविंग के बारे में बताएँ। हम यह भी सोचते हैं कि प्रॉब्लम शॉर्टेज का नहीं, डिस्ट्रिब्यूशन और करप्शन का है।

महिला मुक्ति मोरचों का अलिखित नियम है कि वह किसी भी विवादित मुद्दे से कन्नी काटते हैं। फिर यहाँ तो हैल्दी लिविंग के चक्कर में उन्हें गाँव भी जाना पड़ेगा। कीमतें बढ़ने के खिलाफ 'एजिटेशन' एक प्रकार से सरकार के विरोध में भी है। कहीं पुलिस ने अरेस्ट कर लिया तो? उनका लक्ष्य समाज-सेवा है। न उसमें लाठी-डंडे खाना शामिल है, न जेल जाना। वह समाज को समर्पित है। सेवा को तत्पर है, पर आराम के साथ, अपनी ऐशो-इशरत की रोजमर्रा की जिंदगी में खलल डाले बिना।

दरअसल, एक अहम मुद्दा है कि मूल्य-वृद्धि क्यों हो रही है? यह जो महिला मुक्ति की कर्ता-धर्ता हैं, वह बड़ी समझदार हैं। कीमतें बढ़ने के 'क्यों' में बड़ा खतरा है। इसमें कहीं जमाखोरों की भूमिका तो नहीं है? अगर है तो कोई क्या कर लेगा? लोग शिकायत करेंगे, लेख लिखेंगे, अपनी राष्ट्रीय प्रवृत्ति के अनुसार हल्ला-गुल्ला मचाएँगे और फिर चुप बैठेंगे। अकसर ऐसा होता है। जितने संभव कर्म थे, हमने कर लिये। अब क्या करें? विरोध करना था, वह भी हो गया, कीमतों के आसमानी उछाल के बाद। अपनी आदत है, हर छोटी चीज के लिए हम सरकार का मुँह ताकते हैं। मूल्य-वृद्धि एक उलझा मसला है। गरीबों के जीवन-मरण का प्रश्न है। अब सरकार और ईश्वर का ही सहारा है।

सुना है कि जमाखोर रसूकवाला है। उसके ऊपर से नीचे तक संबंध हैं। आज के युग में रिश्ते रुपए के हैं, खून के नहीं। कौन के संबंध से किसका कितना उल्लू सीधा होता है? दो सगे भाई हों, तब भी एक से दूसरा सिर्फ निजी स्वार्थ के लिए ही ताल्लुक रखता है।

सरकार जनता की गुहार सुने तो कैसे सुने? इलेक्शन जीतने के बाद हर सरकार कान में सत्ता का तेल डालकर ध्यानमग्न बैठती है। अगले इलेक्शन के फंड जुटाने का यही तो माकूल मौका है। सरकार उगाही के चिंतन-मनन में व्यस्त है। उसे फुरसत नहीं अभी कि जनता की चीख-चिल्लाहट की ओर ध्यान दे। जो उसके वश में है, जैसे भाषण देना, आश्वासन देना, वह करती रहती है। वैसे उसे जनता की दिक्कतों की खबर है। इतना ही नहीं, वह उन्हें दूर करने के उचित कदम उठाने पर विचार भी कर रही है गंभीरता से!

एक दिन सरकार का मंत्री एक बड़े ट्रेडिंग हाउस के मालिक से मिलता है। उसके फॉर्म हाउस में रंगीन शाम गुजारता है। अगले ही दिन मंत्री के आंतरिक अँधेरे में बुद्धि का बल्ब जलता है। उसे आम आदमी से किए गए वायदों का घोषणा-पत्र याद आता है। अभी तक वह भूला हुआ था कि यह आम आदमी कौन सी बला है, उसे ध्यान आता है कि वह बेचारा दाल-सब्जी के लिए तरस रहा है, तो हम जनसेवक हाथ-पर-हाथ धरे कैसे बैठे रहें? वह अपने खास संवाददाता को बुलाकर उसे दारू की बोतल और इंटरव्यू देता है। स्पष्ट करता है कि उसे आम आदमी की पीड़ा कतई बरदाश्त नहीं है। राज्य सरकारें अपने कर्तव्य से विमुख हैं। यह सारा-का-सारा मूल्य-संकट जमाखोरों की देन है। वह इनसे दो-दो हाथ करेगा। मुल्क के पास विदेशी मुद्रा का भंडार है। हम उसका उपयोग करेंगे दाल, खाद्यान्न, चीनी, दूध सब आयात करने में। हमने जमाखारों के दाँत खट्टे करने का फैसला कर लिया है।

जमाखोरों का कुछ नहीं होता है, न मूल्य नीचे आते हैं। अभी तो चुनाव दूर हैं। जल्दी क्या है? इस बीच मंत्री अपने कमीशन की सौदेबाजी कर रहा है। कमीशन तो हर आयात में मिलना है, जब तक संतोषजनक सौदा नहीं होता है, आयात कैसे हो! ट्रेडिंग कंपनी का मालिक इस सौदेबाजी में जुटा है। एक-दो प्रतिशत कमाई तो बिचौलियों की भी होती है। इससे ही तो फॉर्म हाउस बना है और पॉश बस्ती में घर! ऐसी ही आमदनी से बड़े अफसरों-मंत्रियों की सेवा होती है। तभी तो वह सबका लाड़ला है।

ऐसे निष्काम लाड़ले सेवकों का महत्त्वपूर्ण स्थान हर सरकार में तै है। जैसा ऐसे सेवकों के साथ अकसर होता है, उनका व्यक्ति से नहीं, कुरसी से लगाव है। उसी से लेना-देना है। कुरसी सत्ता की सराय है। मंत्री-अफसर जैसे मुसाफिर तो उसमें आते-जाते ही रहते हैं। इनकी खासियत है कि यह आने वाले की धन-लगन से खातिर करते हैं और जाने वाले से दुआ-सलाम का शरीफाना रिश्ता रखते हैं।

याने उसे नए साल पर शुभकामनाओं का सलाम कर लिया और दिवाली पर मिठाई की दुआ दे आए।

कुछ धंधे वाले तो कतई खुदगर्ज हैं। काम निकला और कुरसी छुटी तो हर रिश्ते की छुट्टी। कहीं भूले-भटके मिलें तो पहचानते तक नहीं हैं। कुरसी वाले जानते हैं। ऐसे कामनिकालू मतलबी मोहरों से दुआ-सलाम का संबंध रखने वाले हर हाल में बेहतर हैं, इसीलिए लोकप्रिय भी। सब उनका लोहा मानते हैं, उनकी ईमानदारी का भी। उन्होंने आज तक किसी के कमीशन में पैसा-कौड़ी का घपला नहीं किया है। उलटे वह उसे विदेशी बैंकों में सुरक्षित रखवाने के विश्वसनीय सलाहकार भी हैं।

इसमें कोई संदेह नहीं कि जमाखोर भी ऐसे सेवकों से संपर्क साधते हैं। सरकार उनका भी खयाल रखती है। अपन तो सरकार की सूझबूझ के कायल हैं। उसने मूल्य-वृद्धि के एक तीर से दो शिकार साधे हैं। एक है डार्विन का योग्यतम का उत्तरजीविता (सरवाइवल ऑफ दि फिटैस्ट) का उसूल। इसके अनुसार मानव-विकास की प्रतियोगिता में केवल योग्यतम का ही अस्तित्व बचना है। कीमतों का उछाल केवल एक परीक्षण है भारतवासियों का। देखें बच्चा, तुम इस काबिल हो कि नहीं कि बढ़ते मूल्यों की अनवरत मार झेल सको।

यदि सफल रहे तो सब मिलकर 'हम होंगे कामयाब' का तराना गाएँगे, वरना अस्तित्व की रोज की किचकिच से छुटकारा पाएँगे। जो बचे वह दिल-दिमाग और शरीर, सबसे ताकतवर होंगे।

हम कामयाब जनसेवकों की हृदय से कद्र करते हैं। वह करोड़ों के बीच अपनी जालिया-फ्राडिया प्रतिभा से इंडिया में 'टॉप' पर हैं। वह साहसी हैं। शक्तिशाली हैं। उनके हाथी के दाँत और गिरगिटिया व्यक्तित्व बुद्धिजीवियों से लेकर अनपढ़ों तक को आकर्षित करता है। चुनावी जीत एवरेस्ट की चोटी की फतह से कम है क्या? कुछ ही हैं, जिन्होंने इस कठिन संघर्ष में विजयश्री प्राप्त की है। भ्रष्टाचार की जंग भी कोई आसान तो है नहीं। इसमें उन्होंने अपने को भ्रष्ट-श्रेष्ठ साबित किया है, वरना वह बिना किसी आय के साधन के कैसे करोड़ों कमाते? वह आज के योग्यतम हजारों में से एक हैं। हमें उनका सम्मान करना चाहिए।

आज देश के ऐसे सार्थक-समर्थ लोग त्वरित विकास के आदर्श माध्यम बन सकते हैं। कमजोर-निर्धन मूल्य-वृद्धि से टें बोलें तो बोलें। हमें विश्वास है, डार्विन कुछ भी कहते रहें। दशकों से हमने ऐसी स्थितियाँ झेली हैं और हार नहीं मानी है, सिर्फ रार ठानी है। जैसे स्वर्गीय ज्ञानी महान् कह गए कि आदमी जैसे बंदर की

औलाद हो सकता है? डार्विन गलत है। हम भी कह सकते है कि 'योग्यतम की उत्तरजीविता' एक बेहूदा सिद्धांत है। हमारा गरीब जिजीविषा से जिंदा है, दाल-रोटी से नहीं। इसी कारण तो कवि कहता—

'भूख से न मरता है,
आग से न जलता है।
सूखे में जिंदा है,
बाढ़ में न डूबा है।
भारत का आदमी,
वाकई अजूबा है!'

सरकार ने सरकारी सेवाओं में डार्विन के योग्यतम की उत्तरजीविता के उत्तर में अपना अनुकरणीय नमूना पेश किया है। यह 'अयोग्य कामचोरों की पदोन्नति का उसूल' है। यानी जो कर्मचारी जितना कामचोर है, वह उतना ही ऊँचे पहुँचता है। ऐसा सुयोग्य व्यक्ति न कभी निर्णय लेता है, न धेले भर का काम करता है। उससे गलती हो तो कैसे हो? ऐसे बेदाग व्यक्ति की पदोन्नति लाजमी है!

इसी उसूल के आधार पर सरकार अस्पताल, स्कूल, पुल, सड़क, वगैरह-वगैरह की फिजूलियात की सिर्फ बात करती है, वोट पक्के करने को हर क्षेत्र में बस आरक्षण के इंतजाम में लगती है। उसे पता है, गरीब इतने सख्त जान हैं कि न बीमार पड़ते हैं, न भूख-प्रदूषण से उनका बाल बाँका होना है। यों भी अगर मरें तो मरें। आबादी ही कम होगी। अधमरे रहें तब भी कोई बात नहीं। वोट-बैंक ही बढ़ेगा, उम्मीदों की कागजी फसल उगाना सरकार की विशेषता है।

भारत उत्सव-प्रियों का देश है। यही कारण है कि सरकार का हर मंत्रालय इनसे डटकर अपने-अपने तरीके से होली खेलता है! कभी कोई कीमतें गिरने की भविष्यवाणी करता है तो कोई खाद्यान्न के समुचित आयात की। अंत में होता-जाता कुछ नहीं। इस सब के बीच कोई समृद्ध एक भोला सा सवाल दागते हैं, महँगाई कहाँ है? सच है कि ऐसों के लिए न थी, न होगी। कीमतें बढ़ें या घटें, उन्हें फर्क क्या पड़ता है। कोई कंपनी खाने का खर्च उठाती है, कोई पीने का! ऐसे सत्ता और धन के मद में अंधे हैं, इन्हें कैसे दिखे महँगाई? महँगाई बस आँख वालों के लिए है। उन्हें ही सताती है।

□

भ्रष्टाचार उन्मूलन संस्थान

अपना-अपना तौर-तरीका है। स्टाइल है। अप्रोच है। केंद्र सरकार पद्म सम्मानों से प्रतिभाओं को सम्मानित करती है। इनमें से कुछ को जनता जानती है, बाकी को सिर्फ सरकार। सरकार के साथ अकसर ऐसा होता है। उसकी जानकारी के स्रोत सैकड़ों हैं। जनता के पास क्या है? वही अखबार, टी.वी., रेडियो और अफवाहों का अटकल-टप्पू। इसीलिए सरकार ऐसी प्रतिभाएँ भी खोज निकालती है, जिनसे सिर्फ सरकार परिचित है। जनता ने उनका नाम भी नहीं सुना है।

कई लेखक और समाजसेवक इसी श्रेणी के हैं। एक बार ऐसे ही मोहल्ले के कवि बैठे-ठाले पद्म सम्मान से नवाजे गए। सम्मान के लिए चुना गया था, उसी जिले के एक कहानीकार को। कवि और कहानीकार के नाम एक से थे। इनसान गलतियों का पुतला है। कौन से गलती नहीं होती है? इसीलिए तो कहावत है, भूल-चूक लेनी-देनी।

जाँच एजेंसियाँ अकसर गलती करती हैं। उन्हें साबित करना होता है कि वह भी इनसान हैं। उन्होंने कहानी-लेखक की जगह कवि का पता भेज दिया। उसे सम्मानित होना था, हो गया। जो भाग्य में बदा है, उसे कौन टाल सकता है? 'करम गति टारे नाहिं टरी।' उसके ज्योतिषी ने कहा था कि समय उत्कर्षमय है। कवि को लगा कि कविताएँ छपेंगी। यहाँ बैठे-ठाले सरकार का सम्मान मिल गया। कविताएँ छपें, न छपें। क्या फर्क पड़ता है?

इससे बड़ी दुर्घटना तो समाजसेवक के साथ हुई। एक मंत्रीजी ने अपने खास सिपहसलार की लिखित सिफारिश की थी। सरकारी सूचना तंत्र ने पता लगाया और पाया कि उसी नाम का एक काला बाजारिया है। पूरे शहर में उन्हें उस नाम का कोई अन्य समाजसेवक मिला ही नहीं। उठाईगीर, दादा, जमाखोर, नेता, मंत्री

वगैरह-वगैरह का ही शुमार आजकल स्थापित जाने-माने समाजसेवकों में है। जैसे ही उसे जाँच का निर्देश मिला, स्थानीय अफसर ने काला-बाजारिए को जाकर बधाई दी, मिठाई खाई और फौरन से पेश्तर 'ऑल-क्लियर' का संदेश भेज दिया। जाने अधिकारी ने मिठाई के साथ क्या-क्या खाया था कि उसकी याददाश्त रिपोर्ट भेजते वख्त गुम सी हो गई। वह भूल गया कि कालाबाजारिए समाजसेवक के विरुद्ध कई आपराधिक मामले दर्ज हैं। इस श्रेष्ठ समाज-सेवक को सरकार ने कवि के समान पद्म से सम्मानित किया। उसे यकीन हो गया। पैसों से सम्मान क्या, वह सरकार तक खरीदने में समर्थ है।

हमारे भ्रष्टाचार उन्मूलन संस्थान ने इन सब दुर्घटनाओं की विस्तृत जाँच और खोजबीन की है। संस्थान की आला कमेटी इस सुविचारित निष्कर्ष पर पहुँची है कि ऐसा एकाध हादसा हर वर्ष होता है। पर यह कोई घोटाला नहीं है। बस केवल मानवीय चूक है। इतनी विस्तृत सूची में एकाध गलती तो होना-ही-होना। यह तो वैसा ही है कि गोपनीय चेतावनी और सूचना के बावजूद मुल्क में कहीं आतंकी वारदात हो जाए। इसका यह अर्थ कदापि नहीं है कि हम अपने सुरक्षा तंत्र की ईंट-से-ईंट बजा दें। कमेटी को विश्वास है कि जहर जहर को मारता है। होती रहे ऐसी असावधानी। एक-न-एक दिन इसका शुभ और वांछित नतीजा निकलना-ही-निकलना। तब तक हमें हाथ-पर-हाथ रखकर नहीं बैठना। हम अपने 'जहर से जहर मरता है' के उसूल का अन्य क्षेत्रों में भी तजुरबा करेंगे, उसी प्रकार, जैसे सुरक्षा और सतर्कता एजेंसियाँ, आतंकवाद के दायरे में कर रही हैं।

हमारे गैर-सरकारी संस्थान का सरकार से कोई ताल्लुक नहीं है। इसीलिए हम कार्यकुशल, निष्पक्ष और पारदर्शी हैं। बस हमें अच्छी-खासी सरकारी और विदेशी ग्रांट मिलती है। हमारी आला और नीति-निर्धारक कमेटी में एक भूत जज, सेवानिवृत्त नौकरशाह और देश की अर्थव्यवस्था में पारंगत एक पूँजीपति है। जैसे केंद्र सरकार राष्ट्रीय सम्मानों से प्रतिभाओं को सम्मानित करती है, हमने निश्चय किया है कि हम भ्रष्टाचारियों को करेंगे। हमारे अगले पंचवर्षीय कार्यक्रम का यही इकलौता एजेंडा है।

सच्चाई यह है कि भ्रष्टाचार भगवान की तरह सर्वव्यापी है। सरकार की स्याही में है। निर्माण के ठेकों की बुनियाद में है। हथियारों की खरीद में है। गालिब मियाँ कितना दुरुस्त फरमा गए थे—'रगों में दौड़ने-फिरने के हम नहीं कायल, जो आँख से ही न टपका तो फिर लहू क्या है।' उड़ती नजर से ही देखिए, आस-पास कोई-न-कोई मिल ही जाएगा, जो भ्रष्टाचार का शिकार होकर खून के आँसू रो

रहा है। भ्रष्टाचार सत्ता-समर्थ की रगों में दौड़ता फिरता है और खून के आँसू असहाय शिकार की आँखों में। राम-नाम की तरह बाबू-बड़े बाबू जपते हैं। किससे कितना लेना है? धन-पशु तो है ही जानवर। उनसे इनसानी संवेदना, जन कल्याण की आशा कतई मृगतृष्णा है। उन्हें हड्डी फेंककर आदमी को कुत्ता बनाने में क्यों एतराज हो?

वह इनसान को श्वान बनाने की कलाकारी में माहिर हैं। उन्हें प्रसन्नता होती है। एक और मिला जो अपनी जानवर बिरादरी की शान बढ़ाएगा। जो ईमानदारी भौंकेगा और हड्डी चबाने से नहीं चूकेगा। कायदे-कानून गुर्राकर डराएगा और फिर हड्डी देखकर दुम हिलाएगा। भ्रष्टाचार के श्वान राज्य में ऐसों की संख्या में रात-दिन इजाफा हो रहा है। जो चंद आदमी बचे हैं, वह बिरादरी बाहर ही नहीं, राज्य से निष्कासित भी हैं। उनको ठिकाने लगाने को पुलिस है। सी.बी.आई. है। मंत्री-नेता हैं। अगर कोई इनसाफ माँगने जैसी जलील हरकत करे तो वकीलों की फीस है। दाल-रोटी के लाले हैं। कोर्ट के निर्णय का सालोसाल का इंतजार है। अपील करने में सत्ता का क्या जाता है? कौन उसकी जेब से पैसे-कौड़ी का खर्चा होना है? जनता की रकम है। जनहित में जा रही है। भ्रष्टाचार के विरुद्ध अनवरत जंग का हिस्सा है यह, वरना कुछ बचे-खुचे इनसान श्वान-राज्य को बदनाम करेंगे!

हम जानते हैं। हड्डी-कुत्ता संस्कृति से संघर्ष आसान नहीं है। इसी को ध्यान में रखकर हमने भ्रष्टाचार प्रोत्साहन संस्थान की स्थापना की है। हम अपने सदस्यों और साथियों को आश्वस्त करना चाहते हैं कि हम इनसानों के साथ हैं, कुत्तों के साथ नहीं। अगर फिर कोई जिज्ञासा करे कि इस प्रोत्साहन संस्थान के गठन की क्या दरकार है? इससे तो मर्ज ठीक होने के बजाय और बढ़ेगा ही। तो अपना विनम्र निवेदन है कि जरा हमारे संस्थान के 'जहरीले उसूल' (जहर जहर को मारता है) का स्मरण कीजिए। हमारा विश्वास, आस्था-निष्ठा उसी में है। इसीलिए हमने निश्चय किया है कि हम हर साल पचास भ्रष्टाचारियों को पुरस्कृत करेंगे। इससे भ्रष्टाचार की पोल खुलेगी। पॉर्नसाइट इंटरनेट पर स्वीकार्य है, वैसे ही भ्रष्टाचार भी होगा। जब इंटरनेट पर पॉर्न-ही-पॉर्न होगा, तो उसमें स्वाभाविक परिवर्तन का सुधार अनिवार्य है। होके रहेगा। भ्रष्टाचार के बारे में भी हमारी संस्था की यही मान्यता है।

राज्यों की हमारी शाखाओं से निवेदन किया गया कि वह शीघ्र से शीघ्र अपनी संस्तुति भेजें, जिससे भ्रष्टश्रेष्ठ के शिखर सम्मान और अन्य पुरस्कारों का

चयन और घोषणा की जा सके। विभिन्न राज्य शाखाओं से यह भी अनुरोध था कि वह भेजे गए तथ्यों का पुष्टीकरण निगरानी एजेंसियों से भी करवा लें। कुल जमा हमारे गैर-सरकारी संस्थान का इरादा था कि बड़े और स्थापित घोटालों में से श्रेष्ठ और अन्य भ्रष्टाचारियों का चयन किया जा सके। छोटी-मोटी भूल-चूक हो, तब भी चलेगा, बस कोई एवरेस्ट स्तर की गलती न हो। कहीं भ्रष्टाचार के हिमालय पर कोई शंकर सा औघड़ ईमानदार न जा बैठे! इससे संस्थान और श्वान दोनों की बदनामी होगी।

कई राज्य की शाखाओं ने जायज जिज्ञासा जताई। उनका क्या करें जो बेझिझक, खुलेआम नेताओं, सत्ताधारियों और आला अफसरों के जबरजंग सूटकेस नोटों से भरते हैं? उसी प्रकार जैसे कोई शहर का खूँखार दादा कभी-कभार मंदिर के बाहर की भूखों, भिखारियों और लतियल स्मैकियों को प्रसाद का खाना देकर अपनी दानवीर की छवि बनाए। भैया, आदमी का अच्छे-बुरे होने से 'की फरक पैंदा?' जो अनिवार्य है, वह उसकी अच्छी छवि है। इससे ही हिंसक गुंडे अहिंसक गऊ बनते हैं और नाकारा कामचोर, कर्तव्य-प्रवण और कार्यकुशल। सब अखबारों की इनायत है। मीडिया की कृपा है। आज के समाज में सियासी और प्रशासनिक आकाओं के सूटकेस भरनेवाले रईस और उद्योगपति कहलाते हैं तथा दादा दानवीर रॉबिनहुड से टक्कर लेते हैं।

राज्य से प्राप्त संस्थाओं की शंकाओं को जज, नौकरशाह और पूँजीपति की कमेटी के सामने रखा गया। उसे ही फैसला करना था, सम्मानों का। इस वजह से प्रक्रिया के निर्धारक भी वही थे। उन्होंने गंभीर मनन, चिंतन और डिस्कशन के साथ पाँच सितारा में लंच किया। अगर सूटकेस भरा तो कुल राशि कितनी थी? किस काम के एवज में यह उदारता दिखाई गई? इसका क्या सबूत है? कहीं यह कोरी अफवाह तो नहीं है, जो अकसर बड़े लोगों जैसे मंत्री, अभिनेता और समाज के शातिर खंभों को घेरे रहती है। पूरे लंच के दौरान चर्चा चलती रही। यों समाज के संभ्रांत उम्रदार तथा व्यस्त लोग खाते ही कितना हैं? उनका गुजारा तो अखाद्य किस्म की चीजों को खाने से होता है। किसी ने जायदाद खा ली तो किसी ने गैर-सरकारी संस्थान। कोई महिला-खोर है तो कोई चवन्नी-चोर। बहरहाल, इस आला समिति ने निर्णय लिया कि ऐसे सबूतविहीन मामलों को प्रोत्साहन-योग्य भ्रष्टाचार के दायरे में सम्मिलित नहीं किया जा सकता है। वह उन्हीं मामलों पर विचार करेगी, जहाँ सरकारी एजेंसियों जैसे पुलिस-सी.बी.आई. ने केस का संज्ञान लिया, जाँच की और कोर्ट में केस दायर किया। अन्यथा कमेटी की पारदर्शिता-निष्पक्षता

को खतरा है।

राज्य के गैर-सरकारी संस्थानों का उचित शंका-समाधान कर दिया गया। विभिन्न क्षेत्रों से संस्तुतियों की बाढ़ आ गई है। हमने स्वप्न में भी नहीं सोचा था कि इन सम्मानों को लेकर संस्तुतियों की ऐसी झड़ी लगेगी। अपने संस्थान के कर्ता-धर्ताओं के पल्ले पड़ा कि नंगई वर्तमान समाज का युगधर्म है। सत्ता के राजा और राजकुमारों को कपड़े उतारने का शौक है। वह हमाम में ही नहीं, अवाम के बीच भी नंगे हैं। लाज-शरम उन्हें छूकर नहीं गई है। वह घर भरने को सब करने को प्रस्तुत हैं। उनमें से कुछ कभी पकड़ जाते हैं, बाकी का बाल भी बाँका नहीं होता है। इनमें से कोई भी शर्मसार नहीं है अपनी हरकतों पर। उलटे इनमें बड़ा-से-बड़ा हाथ मारने की एक स्वस्थ प्रतियोगिता है। बड़ी प्रतियोगी पीढ़ी है वर्तमान समय की।

इस बार कमेटी को मेहनत करनी पड़ी। उसने प्राथमिक स्क्रीनिंग के लिए सहायक रखे। पाँच सितारा होटल में लगातार लंच-डिनर पर शक्ल दिखाई। कभी सूप पिया, कभी कोल्ड कट खाए। विस्तृत बहसें हुईं। यह कैसे मुमकिन है कि जब तीन अक्लमंद आदमी बात करें तो उनमें विवाद न हो? विवाद हुआ और जमकर हुआ।

सेवानिवृत्त आला अफसर को भ्रष्टश्रेष्ठ संभावित व्यक्ति पर गंभीर संशय था। मामला उसी की सरकारी कौम के एक अधिकारी युगल का था। आय से बढ़कर संपत्ति के आरोप में सी.बी.आई. ने उनके घर पर छापा मारा। कुल जमा साढ़े चार करोड़ की धनराशि की अधिकृत धर पकड़ हुई। पता नहीं वाकई कितनी थी और कितनी सी.बी.आई. के भुक्खड़ खा गए।

उसने भूत जज को सूचित किया—''यह तो हमारी बिरादरी पर कलंक है। भारतीय प्रशासनिक सेवा का कमाऊ युगल और कुल जमा साढ़े चार करोड़ की टुच्ची राशि! इससे ज्यादा तो हमारे नगर विकास निगम के छोटे कर्मचारी कमाते हैं।'' फिर उन्होंने पूँजीपति पर दृष्टि डाली और बोले, ''इस बारे में आपकी क्या राय है?'' पूँजीपति ने जिन-टॉनिक और बिटर्स का एक घूँट सिप किया और कहने लगे—''हमारा अनुभव है कि एक अच्छी बड़ी डील का कद कमीशन, उसके आर्थिक डील-डॉल से तै होता है। चार-पाँच करोड़ की राशि का असली मोल मुद्रास्फीति के युग में है ही क्या? कतई चिकन फीड! पर अपने पास जितने प्रत्याशी हैं, सबकी अनधिकृत रकम साढ़े चार करोड़ से कम है। हम करें तो क्या करें?''

इसका हल निकालना एक लार्ज जिन, एक कंपारी और वोडका-पानी के दौर के बाद संपन्न हुआ। तीनों तीन तरह की ड्रिंक का सेवन कर रहे थे।

इस बीच अनवरत वार्त्ता में विराम नहीं पड़ा। भूत जज ने अपनी कौम की तारीफ की, ''हमारी बिरादरी तुलना में काफी पाक साफ है।'' नौकरशाह ने सुबह उठकर शायद अपनी ही शक्ल देखी थी। या फिर लंच पर आने के पूर्व उसकी अपनी युवा प्रेमिका से तकरार हुई थी। पत्नी के साथ ऐसा कुछ होने का प्रश्न ही नहीं था। अरसे से उन दोनों की बातचीत बंद थी। उसे जज का कथन बरदाश्त न हुआ, ''जज साहब, मुँह मत खुलवाइए। नाना के आगे ननिहाल की बातें। नीचे से लेकर ऊपर तक जज कौन दूध से धुले हैं? बेल पर छोड़ने तक की तो रेट फिक्स है। बस यह दीगर है कि प्रेस और पुलिस सबकी 'कंटेंप्ट' की ताकत के कारण बख्श देते हैं। अब तो ऐसों के काले कारनामे भी सामने आने लगे हैं।''

जज साहब को यह बात जमी नहीं। वह तो डिस्ट्रिक्ट जज का काम करते-करते हाईकोर्ट तक पहुँचे थे, एक लंबे सफर के बाद। पूँजीपति ने 'सारे जज कंटेंप्ट के आदेश नहीं देते हैं, एक मछली पूरे तालाब को गंदा करती है' जैसे जुमले उछालकर उनके आहत अहम के जख्म पर थोड़ा मरहम लगाया। पर उनका मन खट्टा हो गया था। नौकरशाह का मूड तो उखड़ा ही था।

जज साहब को केस मुल्तवी करने और डेट देने की पेशेवर आदत थी, पूँजीपति को सही समय के इंतजार की। संस्थान के प्रयास निष्फल हुए। भ्रष्टाचार के नन्हे-मुन्ने नमूने को भ्रष्टश्रेष्ठ कैसे घोषित किया जाता? भ्रष्टश्रेष्ठ का चयन स्थगित हो गया। जज ने सोचा कि सरकार में सब ही भ्रष्टाचार की मिसाल हैं। इनमें से एक श्रेष्ठ का निर्णय कर दूसरों को अपमानित क्यों किया जाए?

□

गौरैया और आदमी

जब भी हम गौरैया की गुमशुदगी का प्रलाप करते हैं, हमारे मित्र मुरारी सवाल उछालते हैं—'गौरैया में ऐसा क्या खास है, जो दूसरी चिड़ियों में नहीं है?' 'सुमित्रानंदन पंत की चिड़ियाँ' 'टी.वी. टुट-टुट' करती थीं, मुरारी के अनुसार पंछी सिर्फ 'चीं-चीं' करते हैं। तभी तो वह हमें ज्ञान देते हैं कि सभी छोटी चिड़ियाँ समान हैं, बस चिचियाती रहती हैं। कभी इधर फुदकती हैं, कभी उधर। कभी-कभी हमें यह कहकर चिढ़ाती भी हैं—'हमें तो तुम्हारी गौरैया से यह काली-सफेद धारीवाली चिड़िया ज्यादा भाती है। फुदक-फुदककर चलती हैं, तो लगता है कि फैशन-शो के रैंप पर मॉडल चहल-कदमी कर रही हैं।

अपनी-अपनी नजर है, सोच है, कवि की चिड़िया टी.वी. टुट करती है, इनकी इन्हें खूबसूरत की याद दिलाती है। जब मुरारी पान भी चबाते हैं तो फरमाते हैं—'भैया, जब लड़कियाँ लिपस्टिक से होंठ सजाती हैं, तो हम पान क्यों न रचाएँ?' वह न कवि हैं, न लेखक, फिर भी उनका जीवन कन्यामय है।

वह जानते नहीं हैं, गौरैया हमारी बचपन की दोस्त है। बचपन के दोस्त भुलाए नहीं भूलते हैं। हमें याद है, दादी कभी-कभी जाड़े की धूप में गेहूँ बीनती, गौरैया चुपके से आती। एक दाना ले उड़ती। दरवाजे पर जा बैठती। हमें निर्देश मिलता—'बेटा, देखा, शरारती गौरैया सारा गेहूँ लिये जा रही है। जरा आकर इन्हें भगा।' हम दादी को लाख समझाएँ कि उनके पास हजारों दाने हैं, एक-दो गौरैया ले गई तो फर्क क्या पड़ता है? गरीब गौरैया के पास न खेत है, न पंसारी की दुकान। भूख लगी तो कहाँ खाने जाएगी? वह जैसे ही चुप होती कि दरवाजे पर बैठी गौरैया फिर से ताक लगाकर हमला बोल देती। बस एक दाने की तकरार में पूरी जाड़े की भोर कट जाती।

दादी गौरैया को अकसर शातिर चोर की पदवी से सम्मानित करतीं। यह भी एक विवाद का विषय बनता है, हम उन्हें बताते कि गौरैया में चोरों का एक भी लक्षण नहीं है, तब तक अपना ज्ञान बेहद सीमित था। 'वह खुलेआम आप के सामने गेहूँ के दाने चोंच में फँसाकर उड़ जाती है। आपके ही दरवाजे पर बैठकर उसे खाती है। जब उसका पेट नहीं भरता तो फिर यही हरकत दोहराती है। बिल्ली मौसी तो नजर बचाकर पूरा दूध चट कर जाती है। गौरैया चोर कैसे है?' अपनी समझ में तो चोर रात के अँधेरे में लुक-छिपकर माल पार करते हैं। हम दादी से सुनी कहानी ही उन्हें सुना देते। वह मुसकराकर बड़बड़ातीं, 'मियाँ का जूता, मियाँ के ही सिर।'

वह तो हमें अब पता लगा है कि आज के सफेदपोश चोरों को अँधेरे की दरकार नहीं है। उनमें भरे उजाले में किसी को कंगाल बनाने की कूवत है। वह गौरैया ऐसे भोले भी नहीं हैं कि भूख की विवशता में एक-दो दाने या रोटी के टुकड़े से काम चलाते। वह हर धंधे में अपना कमीशन खाते हैं। उनकी पहुँच हर क्षेत्र में है। कुछ का कमाऊ दायरा समाज सेवा है, कुछ की पैठ शासन में है। कुछ बिल्डर हैं, कुछ फिक्सर। कुछ ने रक्षा सौदे में महारत हासिल की है। सब में पैसे खाने का समान तत्त्व है। सब खाऊ-बिरादरी के माननीय सदस्य हैं।

यह जो खाऊ-बिरादरी है, इसकी पहुँच पूरे देश में है। इतना ही नहीं, इसके सदस्य वास्तविक विश्व नागरिक हैं। इस करप्शन क्लब में न जात का अंतर है, न संप्रदाय का, न पेशे का, न देश का। तभी तो आज यह आलम है कि एक बाबा दूसरे से खुद को कमतर समझता है, जब तक उसके 'आश्रम' की शाखाएँ विदेश में न खुलें, और तो और, देसी भक्त भी ऐसा ही मानते हैं। जब तक बाबा के स्थानीय आश्रम में चंद गोरी चमड़ी वाले नजर न आएँ, जब तक उसकी वेबसाइट में यूरोप, अमेरिका के शहरों का हवाला न हो, वह कैसा आध्यात्म गुरु है? उसे देसी भक्त भी क्यों घास डालें! आश्रम में गोरे-गोरे अर्द्धनग्न युवा-युवती हों, कोई जाए जीवन का तिलिस्म और आत्मा का रहस्य समझने, तो सत्य के उस खोजू को आध्यात्म मिले न मिले, नैन-सुख तो मिले-ही-मिले।

यह भी देखने में आया है कि हर आश्रम में एक खास और एक आम कक्ष होता है। यह आम कक्ष गरीब भक्तों के लिए है, खास में सिर्फ समृद्धों का प्रवेश है। अब जब विदेशी श्रद्धालु पधारते हैं, तो उनको न्यूनतम भौतिक सुविधाएँ, जैसे—वातानुकूलित, आरामदेह कमरा, अलग तरह का नाश्ता वगैरह-वगैरह तो होता ही है, नहीं तो आत्मा की उन्नति कैसे होगी, अगर कोई शरीर के सामान्य

मसलों में ही उलझा रहा? निर्धन भक्तों को भूख, अभाव, मौसम के बदलते मिजाज की आदत है। इसीलिए उसके लिए केवल पंडाल का प्रावधान है। यह भी एक तरह की विलासिता है। कौन जाने? कितने बाहर फुटपाथ पर नीलगगन के तले पड़े रहते हैं। यह भी तो मुमकिन है कि वह इस दिव्य बाबा के दर्शन-प्रवचन के बजाय पंडाल के नीचे मीठी नींद लेने आते हों।

कई बाबाओं के आश्रम-प्रबंधक वित्तीय मामलों में सचेत हैं। वह तो स्वयं व्हार्टन के एम.बी.ए. थे, बाबा के आकर्षण से आश्रम चले आए। उन्होंने वित्तीय प्रबंधन में विशेषज्ञता प्राप्त की है। आश्रम के पाँच सितारा भोजन से लेकर पंडाल के ढाबों तक ठेका देना उन्हीं की जिम्मेदारी है। आश्रम का वित्तीय इंतजाम पूरी तरह पारदर्शी है। वातानुकूलित विशेष कमरों की चादर-तौलिया रोज बदली जाती है, बिल वक्त पर पेश और वसूल होता है। प्रबंधक को देय कमीशन चुकाए बिना न पाँच सितारा किचन चलता है, न ढाबा। यह चिंतन-मनन का विषय है कि कमीशन में सिर्फ व्हार्टन-पलट मैनेजर का हिस्सा है कि सिद्ध, प्रवचन, प्रवीण बाबा का भी। ऐसे अकसर अपने प्रवचन में वह नैतिकता और सादगी का बखान करते हैं। क्यों न करें? उनके फ्लैट में मर्सिडीज से लेकर हर तरह के आधुनिक रथ हैं। सब में आश्रम का झंडा है, जैसे हर चद्दर-तौलिए पर आश्रम का प्रतीक चिह्न! क्यों न हो? आश्रम आकर खास लोगों को यह तो लगे कि उनकी एक नई पहचान बन रही है।

यह सब सुनी-सुनाई नहीं है, देखी-भोगी है। अपन एक ऐसे आश्रम में अतिथि बनकर जा चुके हैं। किलेनुमा प्रवेश-द्वार पर यूनिफॉर्मधारी पहरेदारों की सिक्योरिटी थी। वे सबके निमंत्रण और एच.आई.वी. से मुक्त होने का प्रमाण-पत्र देख रहे थे। अंदर जाने की इजाजत सिर्फ उन्हें थी, जिनके पास ऐसा सर्टिफिकेट था। अंदर आश्रम के विशाल खुले प्रांगण में सफेद चादर बिछी थी। सामने मंच का स्थान था, जहाँ से चौरसियाजी के बाँसुरीवादन का कार्यक्रम चल रहा था। चारों ओर रातरानी की भीनी, मादक गंध, बाँसुरी के मधुर स्वर और इसका मजा किरकिरा करते पेट में उछल-कूद मचाते चूहे। रात के दस बजे थे। हमारे साथ बैठे आश्रमवासी कवि भी शायद भूख-ग्रसित थे। वह हमें साथ लेकर अपने कमरे में गए। वहाँ फल और बिजली की कैटल, टी और व्हाइटनर के बैग रखे थे। उन्होंने चाय बनाई। फल और चाय से लैस होकर हम लौटे तो बाँसुरी के स्वर कुछ अधिक मीठे तथा रात-रानी की गंध थोड़ी अधिक ही लुभावनी लगने लगी। वातावरण और बाँसुरी का यह जादू ब्रह्मवेला तक चला। भोर के समय हमें दो-तीन अहसास हुए।

चिड़ियों की चहचहाहट में कई विविध पंछी शरीक थे। जो नहीं थी, वह हमारी परिचित जानी-पहचानी गौरैया। पुणे के इस कार्यक्रम में या तो विदेशी आश्रमवासी उपस्थित थे, जो स्थानीय सज्जन पधारे, वह सब कारवाले थे। हमारे मन में एक अनाम कवि की दो पंक्तियाँ गूँज गई 'भूखे भजन न होए गोपाला, यह लो अपनी कंठी माला।' हमें लगा कि बाँसुरी का संगीत भी, यदि कोई खोकर बजाए और श्रोता लीन होकर सुने तो अध्यात्म का रूप है। बस शर्त सिर्फ एक है। भूखे पेट भजन, प्रवचन या वादन कतई अर्थहीन है।

अध्यात्म के इस पाँच सितारा आरामगाह को देखकर जब हम वहाँ से लौटे तो मन में एक ही सवाल घुमड़ता रहा। यहाँ से गौरैया क्यों गायब है? यहाँ तो हरियाली है। पेड़-पौधे हैं। सौंदर्य है। शहर के मुकाबले शांति है। पंछी हैं। उनका कलरव है। फिर खयाल आया कि गौरैया को घरों में रहने का अभ्यास है। उसे कौन अपना श्रेष्ठता-बोध प्रदर्शित करना है, पंछियों की बिरादरी में कि आध्यात्म की इस पाँचतारा सराय में आकर बसे? यों कवि-चिंतक दुनिया को भले सराय मानें, फिर भी घर का अपना महत्त्व है। सराय, मुसाफिरखाने या धर्मशाला में कोई जीवन गुजारता है क्या? उसके लिए घर जरूरी है। गौरैया ऐसे ही घरों में बसती है। परिवार के साथ घुल-मिल जाती है।

अपनी स्मृति में अब भी अंकित है। जो दादी उसके गेहूँ के दाने चुगने पर क्रोध का नाटक करती थी, वही गरमियों में हमें निर्देश देतीं, 'बेटा, जरा कुल्हड़ हो तो, नहीं तो किसी प्याली में पानी भर के रख दे, गौरैया को प्यास लगी होगी। कैसी छोटी सी चोंच खोले बैठी है।'

हमने देखा है बचपन से गौरैया को, तिनके बीन-बीन, ला-लाकर अपना नन्हा घोंसला बनाते हुए। इससे एक बार हमारे घर में विचित्र और अभूतपूर्व कठिनाई उपस्थित हो गई। घर के बरामदे में एक सीलिंग फैन था। सबेरे अकसर पिताजी वगैरह वहीं बैठकर चाय पीते। अखबार पढ़ते।

गरमियों के पहले पतझर, पतझर के दौरान या बाद में गौरैया ने अपना घोंसला वही बना लिया था। यह सारा हादसा ऐसे चुपचाप और गुपचुप तरीके से हुआ, जैसे आतंकवादियों ने हमलों के पहले अपने लक्ष्यों की 'रैकी' की होगी। दरअसल, यह सारी वारदात दिन के उजाले में संपन्न हुई। हम सबेरे स्कूल जाते, माँ-बाप दफ्तर। घर में बचती दादी। ऐसा नहीं कि वह घोंसले की साजिश से बेखबर रही हों, पर उनकी हमदर्दी 'निरीह, लाचार, बेघर' गौरैया के साथ थी। गौरैया के लिए दादी यही विशेषण प्रयोग में लातीं।

घोंसला बनना एक ऐसी दुर्घटना थी कि वहाँ दादी की निषेधाज्ञा से पंखा चलाने पर रोक लग गई। कोई मिलने आए, तो बिना पंखे वहाँ बैठे। एक बार पिताजी ने बरामदे में बैठकर अखबार पढ़ने का प्रयास किया। अनजाने वह पंखा चलाने जा ही रहे थे कि दादी ने उन्हें डाँटा—'खबरदार, जो पंखा चलाया। इतने बड़े हो गए, अभी तक अकल नहीं आई। पंखे पर गौरैया और उसका परिवार है। उनका घोंसला है। कौन जाने उसमें अंडे हों। पंखा चला तो घोंसला तहस-नहस हो जाएगा। अंडे फूटेंगे। क्यों यह भ्रूण हत्या करने पर आमादा हो?'

जब तक घोंसला रहा, वहाँ पंखे का प्रयोग वर्जित रहा। पिताजी अकसर हमें डाँटते रहते थे। उनको झाड़ पड़ी तो हमें मन-ही-मन खुशी हुई। वही दादी, जो हमें इतना लाड़-प्यार करती हैं, पिताजी को डाँटती हैं। इससे बेहतर स्थिति क्या हो सकती है? बड़े होकर हम महसूस करते हैं कि गौरैया संवेदना और स्नेह की भूखी है। हो-न-हो, इन मानवीय भावनाओं के कम होने और गौरैया के गायब होने में कोई-न-कोई गहरा संबंध है।

शायद यही वजह है कि पुणे के इस हरे-भरे आश्रम में दाना-पानी सब है, बस गौरैया नहीं है। यों तो वहाँ सामान्य मानव के प्रवेश-द्वार पर रोक नहीं है, पर वह प्रवेश की शर्त कैसे पूरी करे? एच.आई.वी. का टेस्ट कराकर रिपोर्ट कैसे लगाए? इतने में तो उसकी एक दो दिन की रसोई चलेगी। वह हाड़-तोड़ मेहनत कर रोटी कमाए कि गायन, वादन, प्रवचन में जाए? उसकी प्राथमिकता शरीर बचाने की है। शरीर बचेगा तभी तो आत्मा बचेगी। अगर वह सोचे कि आध्यामिकता रईसों के चोंचले हैं, तो गलत क्या है? उनकी समाजसेवा, दान से बनाए मंदिर-धर्मशाला में भी उनका पुण्य और नाम कमाने का निजी स्वार्थ निहित है। नेता खुद के नाम से योजनाएँ चलाकर, उद्घाटन से जुड़कर, तो कभी खुद पत्थर की प्रतिमाएँ लगवाकर, अपनी नश्वरता को नकारना चाहते हैं। उनकी जेब से क्या जाता है? बरबादी जनता के धन की, नाम अपना, तो सौदा क्या बुरा है? ऐसे खटमली जनसेवकों से तो दान-सेवा करने वाले सेठ, उद्योगपतियों का योगदान बेहतर है। अपना नाम खुदवाने को जेब तो ढीली करते हैं। उन्हें इसका कुछ श्रेय तो मिलना ही चाहिए।

हमें डर है कि धीरे-धीरे आम, सामान्य या गरीब आदमी भी गौरैया के समान लुप्त होने के कगार पर है। वह रोज भूख, बेकारी, महँगाई, भ्रष्टाचार, कुपोषण की सजा भोग रहा है, वह भी बेगुनाह। कतई उन तथाकथित अपराधियों के समान, जिन्हें पुलिस ने फँसा दिया है। जिनके पास कोर्ट में अपनी बात कहने

को जोरदार महँगे वकील नहीं हैं।

इस देश में लोकतंत्र का वही सबसे बड़ा संबल है। उसी के सर्वाधिक वोट हैं। उसे ही तरक्की के सपने दिखाकर विभिन्न दल लुभाते हैं। कोई उसे रोटी-रोजगार की जगह चाँद पर ले जाने के स्वप्न देता है तो कोई उसे सामाजिक न्याय का झुनझुना। 'बस बच्चा, जब भी भूख लगे, इसे बजा लेना, पेट में चैन पड़ेगा।' कोई कहता है कि 'मुल्क के सारे सुधार बस तुम जैसों के वास्ते हैं। अपने करप्शन चटे तंत्र और प्रधानों के जरिए साल में सौ दिन का गारंटीड रोजगार देंगे। अभी तुम भले चलने लायक न हो, भरोसा रखो, शिक्षा और अनाज का हक देकर हम तुम्हें दौड़ना सिखाएँगे। भरोसा रखो, हमारा ही इकलौता दल है, जिसने आजादी के बाद से दौड़ा-दौड़ाकर जाने कितने लोगों को सत्ता और समृद्धि के शिखर पर पहुँचा दिया है। हमने गरीबी मिटाते-मिटाते अनगिन गरीबों को मिटा दिया है। हम तुम्हें ऊपर उठाने को कृत संकल्प हैं।'

असहाय, गरीब, मजबूर वोटर किस पर विश्वास करे? सब उसे खयाली पुलाव खिलाते हैं। ऐसा कोई सियासी दल नहीं है, जिसने उसे झाँसा न दिया हो। उल्लू न बनाया हो। अब उसके पास विकल्प क्या है? वोट के अधिकार का प्रयोग तो करना-ही-करना। सबकी लफ्फाजी से तंग आकर भी वह इसके इस्तेमाल से नहीं चूकता है। वह तो पढ़े-लिखे, आरामतलब शहरी हैं, जो प्रजातंत्र में आस्था खोते जा रहे हैं। कभी कड़क धूप है, कभी हाड़ कँपाती ठंड। उन्हें घर से निकलने को हमेशा आदर्श मौसम का इंतजार रहता है।

हमें खुशी है। गौरैया के अस्तित्व का संकट मिटाने को संसार प्रयास कर रहा है। इस मजबूर आदमी को बचाने की शपथ हम कब लेंगे? नहीं तो गौरैया कैसे बचेगी? अपने अभाव, पीड़ा के बावजूद इसके दिल में दूसरों का दर्द है। सिर्फ अपने हित-साधना की प्रतियोगिता में लगे सफल लोग कभी दूसरों का सोचते भी हैं क्या?

□

जात पूछियो साधु की

फ्री की मानसिकता इस देश को सरकारी सेवकों की देन है। लोकप्रिय भाषा में इन्हें बाबू भी कहते हैं। घर, कार, अनुचर, मनोरंजन, भोजन, रसद-राशन, फोन, मोबाइल, कंप्यूटर, त्योहारी (होली-दीवाली की दान भेंट) आदि-आदि इनकी आदत में शुमार है। इनका वेतन तो दिखावे के दाँत हैं। उससे इनकी सरकारी सीढ़ी की हैसियत होती है। यों वेतन सीधा बैंक में जाता है। वह कभी-कभी ही बाहर आता है, यह साबित करने कि सरकार की यह जबरजंग जोंक सिर्फ जनता के खून पर गुजारा नहीं करती है। उसके पास अपना पर्स और जेब दोनों हैं जो ऐसी-वैसी नहीं—खासी वजनदार ही नहीं, भारी-भरकम भी हैं। जैसे छूत की बीमारी है, वैसे ही फ्री की लत भी। अफवाह की आग सी फैलती है। कितनी भी रोक-टोक हो, कोई फायदा नहीं। कभी गणेश जी दूध पीते हैं, कहीं अबोध बच्चा वेदोच्चार करता है।

भारत में रेल इसलिए यात्रा का लोकप्रिय साधन है। इसके अनारक्षित और आरक्षित डिब्बों में पूरी तरह फ्री की, नहीं तो डिस्काउंट या रियायत की मानवीय सुविधा उपलब्ध है। अपने बिना टिकट सफर का भी यह प्रिय साधन है। अब थोड़ी बहुत सफरिंग तो होनी ही होनी। कहते भी हैं कि दान की बछिया के दाँत कौन गिने? मुफ्त के भोज में क्या शिकायत कि सब्जी में नमक कम है या मिर्च ज्यादा है! यही क्या कम है कि बिना धेला-कौड़ी दिए हम दिल्ली से देवरिया पहुँच रहे हैं।

साथ ही रेल की यात्रा का एक शिक्षाप्रद पहलू भी है। डिब्बा भारत की विविधता का प्रतीक है। हालाँकि अपने डिब्बे में ज्यादातर यू.पी.-बिहार के प्यारे-भाई बंद हैं। एक हमारा नाम पूछते हैं। नाम सुनकर उन्हें संतोष नहीं होता है। "ई

विमल बिहारी तो आधा-अधूरा नाम है, जैसे गैया मैया की कोई पूँछ काट दे। अरे! पूरा नाम बताओ, भैया!'' हमने उन्हें बताया कि हम जाति-पाँत में विश्वास नहीं करते हैं, इसलिए हम सिर्फ विमल बिहारी हैं।

उन्होंने अपने पास बैठे सहयात्री को देखा और बोले, ''ई सब शहर की हवा का असर है। गाँव से इत्ते जाते हैं और चुटिया कटा के लौट आते हैं।'' फिर उन्होंने हमारी ओर रुख किया और बोले, ''आप नहीं करते हैं, पर भैया हमें तो जाति-पाँत में विश्वास है। सैकड़ों सालों से पुरखों की परंपरा चली आ रही है। हम कैसे तजें?'' वह हाथ धोकर हमारे पीछे पड़े रहे और हमसे उगलवाकर ही छोड़ा कि हम ब्राह्मण हैं। इतना सुनना था कि उनकी बाँछे खिल गईं। उन्होंने हमें भी अपने ब्राह्मण होने का सूचित किया। वह तो रेल के डिब्बे में थे वर्ना उनकी मुद्रा से लगा कि वह शर्तिया गले पड़ते। उन्होंने झोले से एक डिब्बा निकाला, इधर-उधर देखा और फिर बेसन का एक लड्डू हमें पेश किया। फ्री के माल से तो अपना भौतिक और भावनात्मक दोनों तरह का लगाव है। हमने उसे तत्परता से उदरस्थ किया।

सुनते हैं कि यात्री को अगड़म-बगड़म खिलाकर जरायम-पेशा उसका माल पार करते हैं। हमें यकीन है। अपने ऐसे रमते जोगी के पास रेल का टिकट तक तो है नहीं, माल का क्या सवाल है? लड्डू खाकर अपनी सोई थकी चेतना कुछ जाग्रत् सी हुई। हमें खयाल आया कि आज पहली बार ब्राह्मण होने का कुछ फायदा हुआ है। इतने में हमें एक वर्दीधारी रेलकर्मी नजर आया। हम डरे-सहमे बाथरूम की ओर बढ़ लिये। हमें ताज्जुब हुआ। एक टॉयलेट अंदर से बंद था, दूसरे का पल्ला रेल प्रशासन की पारदर्शिता के समान गायब था। हम दुर्गंध की तरफ पीठ कर, नाक दबा, वहीं दुबक लिये।

वहाँ खड़े हमें आभास हुआ कि भारत की सामान्य जनता राजनीति के प्रति कितनी जाग्रत् है। हमारे पीछे बैठे मुसाफिर अपने नेताओं के कसीदे पढ़ रहे थे। जो हमने नाक दबाए सुना, उसका सार यह था कि उनके नेता कितने शक्तिशाली हैं। सत्ता में नहीं हैं, तो क्या हुआ। उनकी हनक और प्रभाव में कोई कमी नहीं आई है। उनकी आवाज में दम है। तभी तो उन्होंने ऐसा हल्ला मचाया कि सरकार को उनकी माँग माननी पड़ी। आजाद भारत में अब पहली बार जनगणना जाति आधारित होगी। एक ने कहा, ''भैया, नेता हो ऐसा। अभी तो आरक्षण कम है। एक बार सही गिनती आई तो फिर आगे-आगे देखिए होता है क्या!''

नाक दाबे-दाबे हमें उबकाई आने लगी थी। दूसरा दरवाजा ऐसा बंद था कि खुलने का नाम ही नहीं ले रहा था। हमें लगा कि यहाँ भी कोई अपने ऐसा बेटिकट

मुसाफिर है। हमें उससे हमदर्दी हुई। बेचारे पर इस बदबू में क्या गुजर रही होगी! कहीं बेहोश न हो गया हो। हमने साहसिक कदम उठाया। हम अपनी सीट की ओर लौटने लगे। जो होगा, देखा जाएगा। जब हम अपनी सीट पर पहुँचे तो वह रेलकर्मी, लड्डूवाले पांडेजी से हँस-हँसकर बातें कर रहा था।

"आइए तिवारीजी!" उन्होंने हमें संबोधित किया और उस टिकट चैकर भतीजे से मिलाया—"यह अपना भतीजा है। रेल में काम करता है। आपने बड़ी देर लगा दी।" हमने अपनी पीड़ा गाथा सुनाई—"एक शौचालय का दरवाजा नहीं है, दूसरा अंदर से बंद है। मुँह-हाथ कोई कहाँ धोए?" टिकट चैकर ने विभागीय निष्ठा दिखाई—"पैसेंजर गाड़ी है। जब जिसका मन होता है, इस राष्ट्रीय संपत्ति से बतौर अपने हिस्से के कुछ भी उखाड़ लेता है। आज का जमाना ही उखाड़-पछाड़ का है।"

उनके चाचा ने फिर जादुई झोला खोला। लड्डू वितरण किया और भतीजे की प्रशंसा—"जब से छटंकी रेल में आया है, हमने तो टिकट लेना ही बंद कर दिया है। सफर की रात स्लीपर में बीतती है, और दिन में यहाँ बैठ जाते हैं।" छटंकी उर्फ छोटे लाल ने हमसे टिकट का न पूछा, न हमने बताया। कौन कहे! आ साँड, मुझे मार!

हमें विचार आया। अगर आगे से बेटिकट यात्रा करनी है तो टिकट चैकर की जाति, गोत्र, अल्ल वगैरह का जानना उपयोगी होगा। ब्राह्मण कुल में जन्म लेने के सैकड़ों नुकसान हैं पर एकाध संभावित लाभों का उपयोग तो करना ही चाहिए।

ऐसे हमें क्या फर्क पड़ता है? वक्त-जरूरत जाति परिवर्तन संभव है। हम तो विमल बिहारी हैं। जो जाति चैकर की, वही अपनी। वर्मा भी हो सकते हैं, यादव भी, सिंह और राम भी। एक ज्ञानी ने हमें बधाई दी थी कि हमने बुद्ध, गांधी, विवेकानंद, लोहिया, अंबेडकर जैसे महापुरुषों की शिक्षा के अनुकरण में, जाति सूचक शब्द हटाकर, बड़ी बुद्धिमानी का परिचय दिया है। हम उन्हें कैसे बताते कि अपन ने इन सबका बस नाम सुना है। इनके विचारों, ज्ञान, लेखन से अपना दूर-दूर का वास्ता नहीं है।

वह तो हम जन्म के वख्त अच्छे खासे विमल बिहारी तिवारी थे। हमारे आचरण से निराश होकर पिताजी ने 'तिवारी' की छुट्टी कर दी। यह भी मुमकिन है कि उन पर लोहिया का प्रभाव पड़ा हो। उनकी मान्यता थी कि ब्राह्मण जन्म से नहीं कर्म से होता है। वह विश्वविद्यालय में प्रोफेसर थे। हम उन्हीं के विभाग का प्रश्न-पत्र आउट करने की समाजसेवा में प्रयासरत थे, जब यह दुर्घटना घटी। उन्हें

हमारी इस नामाकूल हरकत की खबर हुई तो सबसे पहले उन्होंने पुलिस को सूचित करने की ठानी। वह तो हमारी माताश्री ने हमें बचा लिया। बाद में ठंडे दिमाग से उन्होंने फैसला लिया कि इसकी उचित और उपयुक्त सजा हमें ब्राह्मणत्व से वंचित करना है। उनके अनुसार हम में ब्राह्मण का एक ही, वह भी, सबसे घटिया गुण है, दान पात्र लेकर भीख माँगने का। दरअसल, वह पुराने खयालों के थे। वह उधार ही नहीं क्रेडिट कार्ड के उपयोग को भी भीख के समकक्ष मानते थे। जैसे उन्हें खबर ही न हो कि उधार पर ही देश की नहीं, दुनिया की भी अर्थव्यवस्था कायम है।

तिवारी का हटना हमारे लिए आदर्श का एक सुविधावादी डैंचर हो गया है। जब चाहे लगा लिया, जब चाहे उतार दिया। अपने छोटे-मोटे स्वार्थ इससे सिद्ध होते रहते हैं। वह तो गनीमत है। सही वख्त पर एक मसीहा ने सही निर्णय ले लिया, माननीय मंडलजी की रिपोर्ट को लागू करने का। कुछ जले-भुने यह भी कहते हैं कि यह फैसला कोई तवारीखी कदम न होकर, एक निजी स्वार्थ-प्रेरित निर्णय था। एक बुजुर्ग और जमीनी किसान नेता की रैली से घबराए, तथाकथित मसीहा ने, मंडल रिपोर्ट लागू कर लोकप्रियता अर्जित करने की कोशिश की।

कोई कुछ भी कहे। हम तो उनके हृदय से आभारी हैं। औद्योगिक क्रांति, समाज सुधारकों के प्रयास और शहरी रहन-सहन के चलते जाति-प्रथा नगरों से ब्राह्मणों की चुटिया या ठाकुर की मूँछों सी लुप्त हो रही थी। मान लीजिए, तीन-चार दशक में, खुद-बखुद, जातियाँ शहरों से गधे का सींग बनतीं तो हमारे ऐसे बेटिकट यात्रियों का क्या होता? खैर, अपना कुछ होने न होने से किसे फर्क पड़ता है? पर कोई सोचे। नेताओं पर क्या बीतती? बेचारे, विकास की झूठी रट लगाकर और जाति का वोट पाकर ही तो लीडर बनते हैं। अपने के साथ कोई और जाति या संप्रदाय जुड़ जाए, तो कहना ही क्या! कतई पौ बारा।

हमें एक सज्जन ज्ञान दे रहे थे कि गांधी, नेहरू, पटेल ने कभी जातिवादी सम्मेलन नहीं किए। यह बड़े नेता देश के हर वर्ग-संप्रदाय, जाति के स्वाभाविक प्रतिनिधि थे। सच्चाई यह है कि आजादी के बाद देश ही नहीं, नेता भी छोटे हो गए हैं। उनके सोच की सीमा, सत्ता है। जन कल्याण के मुखौटे के पीछे, उनकी सार्वजनिक लूट, हिंसा, हत्या की घिनौनी शक्ल है। पहली प्राथमिकता परिवार है, रिश्तेदार है, जाति है। न देश है, न उसकी जनता। स्विफ्ट के इन लिलिपुटिओं को देश नजर आए तो कैसे आए? आकाश का विस्तार तो उतना ही है, जितना यह बौने देख पाएँ।

हम इन सज्जन से सहमत नहीं है। पचास-साठ फीट की ऊँची होर्डिंग

लगवाने वाले नेता बौने कैसे हो सकते हैं? हमें तो इतना ही पता है। किसी को क्या दोष दें? अपनी-अपनी समझ है। हमारे आज के नेता जानते हैं कि जाति कितनी जरूरी है। जब जातियाँ जुटती हैं तो वोट मिलता है। जब हर जाति का नेता पहले अपना और फिर जाति का ध्यान रखता है तो 'जात-तंत्र' बनता है। इसी को कुछ भूले-भटके जनतंत्र भी कहते हैं। इस प्रकार जाति हमारे लोकतंत्र का मूल तत्त्व है। जनता क्या है? इन्हीं जातियों का तो समूह है। कुछ सिरफिरे, गरीबी की बकवास के आदी हैं। वह भूलते हैं। जातियों का कल्याण होगा तो गरीबों का भी होगा।

जब से पिताजी ने हमारा तिवारी तजवाया है, अपना तो एक ही अरमान है। इन ऊँची जातवालों के अलावा देश में सबके लिए आरक्षण हो। इनके साथ वास्तविक ऐतिहासिक न्याय यही होगा। जहाँ तक योग्यता, कुशलता का प्रश्न है, सरकार में इसकी कोई दरकार है क्या? बाबू फाइल बनाते हैं, टिप्पणी लिखते हैं, नियम-उपनियम, पहले के फैसले, प्रिसीडेंट, बताते हैं, अफसर क्या करता है? या तो खाने-पीने और गपशप के लिए पाँच-छह एकत्र होकर बैठते हैं और यह मीटिंग कहलाती है, नहीं तो दौरे पर जाकर दोस्तों की दावतें उड़ाते हैं। इसे सरकारी भाषा में 'निरीक्षण' के भारी-भरकम अहम नाम से जाना जाता है।

कुछ वसूली के लतियल 'निरीक्षण' के दौरान अपना उगाही का धंधा भी चलाते हैं। किसी को डाँटा, किसी को तबादले की धमकी दी, किसी को सस्पैंड किया। अब वह करते रहें फरियाद। लगाते रहें दौड़। सिर पर आया संकट तभी टलेगा, जब नियत चढ़ावा चढ़ेगा। अगर इस सबसे फुरसत मिली तो फाइल पर चिड़िया बना दी।

हमें इसमें कोई शक नहीं है कि चिड़िया बनाने की प्रतिभा रिक्शेवाले, भिखमंगे, चोर, गिरहकट, फेरीवाले, झुग्गीवासी किसी में भी है। ज्यादा-से-ज्यादा यही तो होगा कि उन्हें दस्तखत करने का प्रशिक्षण देना पड़े। इसमें क्या दिक्कत है? अफसरों की ट्रेनिंग होती है, उनकी भी हो जाएगी। इसी चक्कर में वह मुल्क की अनौपचारिक राष्ट्रभाषा अंग्रेजी भी सीख लेंगे।

हमें भरोसा है। इससे भ्रष्टाचार कम होगा। इस तरह के सड़क छाप अफसरों का हाजमा अठन्नी-चवन्नी का होगा। वह सैकड़ों से आगे बमुश्किल ही बढ़ेंगे। यों सड़क छाप अधिकारी भी सरकार में हैं। उनकी उगाही की मानसिकता लचीली है। वह न्यायप्रिय प्रवृत्ति के हैं। पहले खिलानेवाले की क्षमता आँकते हैं। उसी के हिसाब से खाते हैं। ऐसों के लिए काम के एवज में खाना, उसूल का मसला है। वह उसूलन खाते हैं, इसलिए कभी-कभार रियायत भले कर दें, पर खाने का हक

छोड़ते नहीं हैं। यों इनकी बेईमानों में गिनती नहीं है। कुछ तो ऐसे हैं जो खाते भी हैं और काम भी नहीं करते हैं। ऐसों के हत्थे कभी इंद्र चढ़े तो यह ऐसे हैं कि ऐरावत हजम कर जाएँ और डकार तक न लें।

हमें विश्वास है। शत प्रतिशत आरक्षण से सरकार की कार्यकुशलता पर कोई फर्क नहीं पड़नेवाला है। वहाँ जनता की सुनवाई अब भी नहीं है, तब भी नहीं होगी। बस इतना जरूर है कि अतीत के सामाजिक अन्याय का इनसाफ किश्तों-किश्तों न होकर एक बारगी हो जाएगा।

फिलहाल, जातिगत जनगणना से इसकी जमीन तैयार की जा रही है। कुछ को शिकायत है कि जातीय नेता भारत की एकता के खंड-खंड पाखंड का नाटक रच रहे हैं। ऐसी जनगणना सिर्फ अगड़े-पिछड़े की खाई और दरार को और चौड़ा करेगी। जो अंग्रेज न कर पाए, वह हिंदुस्तानी आज स्वयं करने पर उतारू हैं। इस तरह की मर्दुमशुमारी से फायदा क्या है? उन्हें लगता है कि राष्ट्रीय दल भी जातीय पार्टियों की इस भेड़चाल में शामिल हैं। इन सब सियासी दलों के बारे में उनका एक ही निष्कर्ष है। देश से इन्हें कोई लेना-देना नहीं है। सबका इकलौता लक्ष्य केवल कुरसी है।

ऐसे शंकालु लाइलाज हैं। इन्हें ज्ञात नहीं है कि एक बार शत-प्रतिशत आरक्षण का प्रावधान हो गया तो भविष्य में कभी अगड़े भी सामाजिक न्याय के हकदार बनेंगे! इक्कीसवीं, भौतिक प्रगति और उसकी सामाजिक श्रेष्ठता की सदी है। जाहिर है कि इन अगड़ों का हाल भी बदहाल हो। लोग इनसे कतराएँ। इनका साया भी छुए तो नहाएँ। गुजारे के लिए बेचारे वही सब करें जो पहले दलितों ने किया। आज नहीं तो कल कोई-न-कोई जालिया फ्रॉडिया मसीहा चंद वोटों के खातिर अगड़ों की दुर्दशा पर कोई 'बंडल' रिपोर्ट लागू कर ही डाले। ऐसे जातीय जनगणना के आलोचकों से इस बात पर अपन हमराय हैं कि इसके बाद भारत में सिर्फ इनसान का अस्तित्व नामुमकिन है। उसके कोई-न-कोई जाति की दुम जरूर लगी रहेगी।

'जात न पूछो साधु की' जैसी मसल अर्थहीन सिद्ध होगी। हर जाति अपनी जाति के ही साधु को संत मानेगी।

□

अब सब रिमोट हैं

हमारे देखते-देखते तकनीकी प्रगति ने दुनिया बदल डाली है। जो काम पहले खड़े होकर करना पड़ता था, अब बैठे-बैठे वरना लेटे-लेटे संभव है। दूर क्यों जाएँ? शुरुआती दूरदर्शन की याद करें। अगर ऑन करना है तो टहलते-टहलते जाइए, टी.वी. का स्विच दबाइए। आवाज कम करने या बढ़ाने, वही कसरत फिर से अंजाम करनी पड़ेगी, उसकी नॉब से जूझने की। हमारे मोहल्ले के इकलौते टी.वी. ने हमें श्रेष्ठता-बोध का खरचीला अनुभव कराया। कोई टी.वी. का अजूबा देखने आया है तो उसकी खातिर-तवज्जो भी होगी। ठंडा पानी पिलाया जाएगा। उसके साथ कुछ दस्तूरी मिठाई भी होनी ही होनी। यह आवभगत जेब और घर के अमन-चैन दोनों को भारी पड़ी। पत्नी पानी-मिठाई ढोते-ढोते बाज आ गई और हम ऑन-ऑफ करते-करते।

पत्नी ने एक दिन झुँझलाकर हमारी खबर ली—"हमें समझ नहीं आता कि तुम्हारी अक्ल पर क्यों पत्थर पड़ गया है? वह कमबख्त कौन सी घड़ी थी जो तुमने हमारी बीमारी का झूठा बहाना बनाकर, पी.एफ. से पैसा निकाला और इस माया-मरीचिका को उठा लाए। अब इस बुद्धू-बक्से ने हमको ही नहीं, पूरे मोहल्ले को उल्लू बना रखा है। खामियाजा हम भुगत रहे हैं।"

उन्हें इससे संतोष नहीं हुआ—"हमें यह बताओ कि क्या टी.वी. खरीदने की नादानी ही काफी नहीं थी, जो पूरे मोहल्ले में इसका ढिंढोरा पीटते रहे, जैसे बावरे गाँव ऊँट आ गया हो। रोज मिठाई की खरीद ने बजट गड़बड़ा के रख दिया है। जाने तुम किस महानता के मुगालते में रहते हो?"

हम उन्हें कैसे स्मरण कराते कि टी.वी. की हुड़क पहले उनके ही मन में उठी थी। उसके घर आने पर हनुमानजी को चढ़े प्रसाद के फूल भी उन्होंने अपने

ही कर-कमलों से टी.वी. को अर्पित किए और वंदन का टीका भी लगाया था। वह तो गनीमत है कि प्रसाद का लाल पेड़ा टी.वी. पर नहीं चढ़ाया वरना हमें यकीन है कि चूहे टी.वी. को चटकर जाते।

इतना ही नहीं, मोहल्ले के महिला क्लब में पहला टी.वी. आने की शान भी उन्होंने ही बघारी थी, जबकि पुत्र पप्पू मोहल्ले के बाल-गैंग में टी.वी. के आगमन का प्रचार कर रहे थे। इन सबका जिक्र करने का मन तो बहुत था, पर घरेलू महाभारत के खतरे का खयाल कर अपन चुप रह गए। नहीं तो, हम उन्हें बताते कि किसी भी तथाकथित विलासिता की वस्तु का घर पधारना एक तवारीखी वारदात है और उसका ढिंढोरा पीटना एक निम्न मध्यमवर्गीय मजबूरी। इतने पैसे फूँके हैं तो कुछ शोहरत तो मिले। अपने ऐसे दूसरों में जलन की लहर दौड़े। वह एक-दूसरे को बताएँ कि भैया, अपना चौबे आदमी तो शौकीन है। बाजार में टी.वी. आया नहीं कि घर ले आया।

इस प्रारंभिक टी.वी. के श्याम-सफेद अवतार के बाद न जाने कितने टी.वी. घर की शोभा बढ़ा चुके हैं। अब टी.वी. रिमोट की सुविधा के साथ आते हैं। हमने अपने अफसरों के दफ्तर-आवास पर देखा है। एअर-कंडीशनर तक में 'रिमोट' है। और तो और, दफ्तर आए एक समृद्ध सज्जन हमें सूचित कर रहे थे कि उनके घर में अंदर प्रवेश करते ही बत्तियाँ खुद-बखुद रौशन होती हैं। हम उनसे दरियाफ्त करने ही वाले थे कि एक बार जली तो बुझती कैसे है, कि उन्हें बड़े साहब ने बुलवा लिया।

बहरहाल, अपने पल्ले इतना पड़ा कि आजकल हर उपभोक्ता-सामान रिमोट संचालित है। आधुनिक जीवन में रिमोट बिना गुजारा नहीं है। चाहे उपभोक्ता बाजार हो या फिर प्रजातांत्रिक सरकार। हमारे दफ्तर में मंत्री का रिमोट चलता है। प्रमुख सचिव या सचिव कोई प्रस्ताव आया नहीं कि इस फिराक में रहते हैं कि इस विषय पर मंत्रीजी की क्या मंशा है? कई बार मंत्रीजी के निजी सचिव आदेशों से अवगत कराने खुद मंत्रालय पधारते हैं। कभी-कभार मंत्रीजी विभागीय बैठक के दौरान काना-बाती करके अपनी इच्छा सचिव को बताते हैं, नहीं तो बैठक के बाद चाय पिलाकर!

हमें गलतफहमी थी कि भारतीय प्रशासनिक सेवा के आला अफसर सिर्फ भारतीय संविधान के प्रति उत्तरदायी हैं। अब हमें विश्वास है, उत्तरदायित्व और चाकरी में खासा फर्क है। वह जिम्मेदार किसी के भी प्रति हों, पर चाकर मंत्री/ मुख्यमंत्री महान् के हैं। नहीं तो अच्छा शहर, कमाऊ पद, उत्कृष्ट रिपोर्ट क्या

संविधान देने आएगा? जो यह सब करने में समर्थ हैं, वही उनका मालिक है।

गए-बीते जमाने में जूनियर अफसर प्रमुख सचिव को अपना प्रभु मानते थे। यों छोटे-मोटे प्रभु भी सचिवालय, कमिश्नरी में होते-ही-होते। इस रिमोट युग में सबके स्थान पर आला वजीर है। अफसर भी कौन कम हैं? वे कामयाबी का गुर जानते हैं—

"एक हि साधै सब सधै, सब साधै सब जाय!"

लिहाजा, वे सिर्फ मंत्री-मुख्यमंत्री को घास डालते हैं। सीनियर को 'सर-सर' करना तो उनकी आदत है। इसका न सिर है, न पैर। वह सीनियर को मन-ही-मन गाली दें या बद्दुआ, खुलेआम कहते पर सर हैं।

ऐसा नहीं है कि मंत्री रिमोट चालित नहीं है। उसके ऊपर मुख्यमंत्री का रिमोट हावी है। आलम यह है कि वह जनता जनार्दन से नजर चुराता है। मुख्यमंत्री उसे अपने दिव्य दर्शन का लाभ नहीं देता है। लिहाजा, मंत्री उनके निजी सचिव से समय लेकर हर प्रस्ताव पर वजीरे-आला की 'कमांड' को बेकरार है। जैसे अफसर मंत्री का मन पढ़कर कार्यकुशल बनते हैं, मंत्री मुख्यमंत्री का। इसमें निष्ठा और सम्मान का तत्त्व कतई नहीं है। यह सिर्फ अपनी-अपनी कुरसी बचाने का चक्कर है।

हमने एक अनुभवी ज्ञानी से जानना चाहा कि सत्ताधारी सियासी हस्तियाँ तीन-चार बराबर के उपयोगी प्रस्तावों पर निर्णय का मन कैसे बनाती हैं? उनके पास ऐसी कौन सी 'लेजर दृष्टि' है कि वह नजर पड़ते ही प्रस्ताव की उपयोगिता भाँप लेती है। जान जाती है कि यह जनहित में है कि नहीं! उनके अंतर में जनहित को जज करने का कोई अदृश्य मीटर फिट है क्या? वह हलके से मुसकराए। 'हाँ' की मुद्रा में सिर हिलाकर बोले, "कतई। उनके मन और मनी का गहरा रिश्ता है। यही वह मीटर है, जो उन्हें जनोपयोगी फैसले लेने को प्रेरित करता है। उनका मन धन का पर्याय है। उनकी लोक-कल्याण की तराजू के दो पल्ले हैं, एक पर प्रस्ताव, दूसरे पर पैसा। जहाँ पैसे का पल्ला झुका, वहीं उनके मन का मीटर रुका।"

हमने उनसे सादर विदा ली। हमें भरोसा हो गया कि लीडराने-वतन का मन बस मनी-मनी है। उसमें अब भावना, संवेदना, स्नेह, संबंध वगैरह की जगह नहीं है। वहाँ सिर्फ सत्ता के जरिए पैसा बनाने की टकसाल है। जब तक सत्ता रहती है, टकसाल चलती है। एक बार सत्ता से हटे तो टकसाल भी ठप और उसका माल भी। ऐसे गाढ़े वक्त उन्हें नाते-रिश्ते खयाल आते हैं। देश की बदहाली भी। यकायक जनता के प्रति उनकी संवेदना उभरती है और ननिहालों के प्रति उनका प्यार।

वह कहते हैं कि कुरसी की कारा में कैद थे अभी तक, इसीलिए जनता की

सेवा नहीं कर पाए। ऐसा नहीं है कि यह स्थिति सिर्फ सूबों में या क्षेत्रीय दलों में है। असलियत यह है कि हर छोटी-बड़ी पार्टी के अपने-अपने रिमोट हैं। ऐसे भी आज पार्टियों में कौन उसूल का अंतर है? जैसे पार्टी घर पर हो, रेस्तराँ में या पाँच सितारा होटल में, वहाँ मेहमान सिर्फ पीने-खाने जाते हैं। अपनी सियासी पार्टियों का हाल भी अब इन पेट भरने की पार्टियों सा हो गया है। आए, दोस्तों से मिले-जुले, आगे का जुगाड़ लगाया, खाया-पिया और फूट लिये। ऐसे पहल-धनी लोग किसी भी पार्टी में जा सकते हैं।

कटु सत्य है। राजनीति की वास्तविकता है। हर पार्टी का लक्ष्य अब केवल खाना है। खाने में वर्कर से लेकर लीडर तक सभी शामिल हैं। एक और खास बात है। नेता हमेशा तथाकथित रूप से अपने लिए नहीं, प्रसिद्धि की चोटी पर बैठे या बैठी हाईकमान के लिए खाते हैं। पेट की भूख की सीमा है। ज्यादा खाओ तो बदहजमी का खतरा है। समर्थ खाउओं की भ्रष्ट भूख कभी नहीं मिटती है। वह तो आज के मान्यवर कुंभकर्ण हैं। जनसेवा का सोचकर खाते हैं, सपने में खाते हैं, जनसेवा के दौरान तो कहना ही क्या! वह तो खाने का पर्व है।

हमारे एक विद्वान् मित्र का कहना है कि बड़ा नेता वह है, जिसके कान बड़े हों। फिर वह समझाते हैं कि बड़े कान से उनका आशय शारीरिक कानों से नहीं, धैर्य और धीरज से है। सबकी बात, शिकायत, चुगली, खुशामद, ठकुरसुहाती सुनना और अपनी कोई राय न देना, बड़के लीडर का गुण है। एक और तथ्य है। वह सुनता सबकी, पर करता अपने हित की है। इससे उसकी गुट से ऊपर रहनेवाले नेता की प्रभावी और कारगर छवि उभरती है।

जहाँ तक दृष्टि का प्रश्न है, वह विद्वानानुसार थोड़ी चुनिंदा होनी चाहिए। मान लो, किसी ने खून किया। 'फुलझड़ी' नेता, झट से बयान देकर ऐसे हत्यारे नेता की निंदा करेगा। बड़का लीडर हमेशा इंतजार करता है। खूनी किस पार्टी का था? फिर फरमाया कि शिकार किस दल का था? क्या हत्या किसी व्यक्तिगत द्वेष का नतीजा है? अगर हत्यारा 'अपना' है, यानी अपने दल और जाति का है, तो वह बेगुनाह है, उसे साजिशन इस मामले में फँसाया गया है। उस गरीब ने तो आज तक मक्खी-मच्छर तक नहीं मारा है, उसका इनसान मारने का तो सवाल ही नहीं उठता है। उस ऐसे अहिंसक किस्म के लोग दुनिया में मुश्किल से मिलते हैं।

बड़े कानवाले को सबकी पोल पता है। उसके पास सब की खबर पहुँचती है। किसने उसके नाम पर कितना खाया? कितना खुद रखा, कितना उस तक पहुँचाया? कहीं ऐसा तो नहीं है कि बड़के नेता का नाम बदनाम करने पर उतारू है

यह छुटभइया। बड़का हाई कमान है। जानता है कि रिमोट वही सफल है, जो सिर्फ हर तथ्य से ही नहीं, हर अफवाह से भी वाकिफ हो। जब चाहे, जिसका पत्ता साफ कर दे। उस बेचारे को खबर तक न हो कि अचानक ऐसा क्यों हो गया?

हर हाईकमान हमेशा खाओ-खिलाओ और कभी एक को चढ़ाओ, दूसरे गुट को गिराओ की नीति में विश्वास करता है। जो चीख-चीखकर दुनिया को बताता है कि वह हाईकमान का सबसे भरोसे और नजदीकी व्यक्ति है, संभावना यही है कि वह सबसे पहले इस रक्तहीन सियासी महाभारत में धूल चाटे।

यह एक ध्रुव सत्य है कि तकनीकी तरक्की का इनसानी रूप हमारी भारतीय राजनीति का एक उल्लेखनीय पहलू है। यह सिर्फ सियासत में ही नहीं, समाज के हर क्षेत्र में झलकता है।

हम तो अपना जानते हैं। जाने वह कौन से दुर्दिन थे जब हम बिस्तर से उठकर बत्ती बुझाते थे। अब तो लगता है कि अपने ठाठ हैं। बस बैठे-बैठे स्विच दबाया और लाइट ऑफ। पंखे का रेगुलेटर भी हमने बिस्तर के पीछे लगवा लिया है। लेटे-लेटे, जब चाहा, पंखे की गति घटा दी, बढ़ा ली! हमें एक ही दुःख है। विज्ञान ने कोई ऐसी ईजाद क्यों नहीं की है कि हम अपने दो कमरों के दड़बे से निकलकर सड़क पर आएँ और किसी गोल्फ-कॉर्ट ऐसी सवारी से सीधे बस-स्टैंड तक जा पहुँचे। अब हाथ-पैर हिलाने की आदत जाती रही है। पैरों के जूतों में पहिए कैसे रहेंगे? हमने स्केट पहनने की कोशिश एक-दो बार की थी, पर सड़क पर पटखनी खाकर तमाशा बन चुके हैं। अपनी और तमाशा बनने की हसरत नहीं है। रिमोट, आदमी को अपंग बनाने का अचूक और कारगर साधन है। अब हम काया को कष्ट से बचाने के खयालों में डूबे रहते हैं!

कोई सोचे! जीवन में कहाँ रिमोट नहीं है? शादियाँ तक दहेज के रिमोट से तय होती हैं। हमारे एक मित्र हैं। उनके एक कन्या, एक पुत्र हैं। कन्या पढ़ी-लिखी है, चार्टर्ड एकाउंटेंट है। उस योग्य, सुंदर-सुशील लड़की के लिए उन्होंने जहाँ भी वर तलाशे, सबने दहेज की माँग की। एक सचिवालय के बाबू के माता-पिता ने तो हद कर दी। उन्होंने अपने दस-बारह हजार कमानेवाले बेटे की खातिर लाखों कमानेवाली लड़की के पिता यानी हमारे मित्र से दस लाख के दहेज की फरमाइश की और एक कार, फ्रिज और वॉशिंग मशीन, फर्नीचर अलग से।

वह तो लड़की ने खुद ही प्रेम-विवाह कर समस्या का हल निकाल लिया। पहले दहेज का उसूलन विरोध करनेवाले मित्र अब 'दूल्हा बिकाऊ है, का विज्ञापन करते दहेज की जुगाड़ में हैं। उन्हें एक ही डर है। लड़का भी कहीं अपनी बहन का

अनुकरण कर उनकी खरीद-फरोख्त के प्रयासों पर पानी न फेर दे।

यह दहेज जो है, सदियों से शादी का रिमोट-फैक्टर है। हमें शक है। तब शायद टी.वी., एअर-कंडीशनर, साउंड सिस्टम वगैरह-वगैरह का रिमोट शायद बना भी न होगा। हम गर्व से कह सकते हैं कि हम भारतीय हैं। विज्ञान की प्रगति के बहुत पहले हमने दो दिलों के बेमेल मेल यानी विवाह की रिमोट पद्धति खोज ली थी। एक बेहद अध्यात्मवादी देश में दहेज ऐसा भौतिक संपर्क-सूत्र कौन कहे कब से प्रभावी है?

इक्कीसवीं सदी में हमने मुल्क के खंड-खंड विभाजन का एक नया रिमोट खोजा है। स्वतंत्र भारत का कोई भी नेता गांधी, नेहरू, पटेल, लोहिया आदि-आदि जाति के उन्मूलन के पक्षधर रहे हैं। आज जो अपने को उनका चेला कहते हैं, ऐसे ही नेता जनगणना में जाति के उल्लेख का निर्णय कर रहे हैं। वह भी चंद वोटों की उम्मीद पर। अजीब लगता है, पर सच है। इसमें राष्ट्रीय, क्षेत्रीय, जातिवादी, छोटे-बड़े सभी दल शामिल हैं। सबने अपने इनसानी बराबरी, समाजवाद, राष्ट्रीयता, आदर्श के नकली नकाब उतार दिए हैं और अब इन वोट के सौदागरों के असली, घिनौने चेहरे उजागर हैं।

यह जाति का रिमोट अभी तक प्रच्छन्न तरीके से हर सियासी दल के चुनावी गणित का अहम और महत्त्वपूर्ण तत्त्व रहा है। अब उन्होंने लाज-शरम का हर नकली चोला चौराहे पर उतार दिया है। वह अपनी-सी पर आ गए हैं। वह जाततंत्र की जड़ों को मजबूत करने में जी-जान से जुटे हैं। आधुनिक शक्तिशाली भारत का विचार उन्हें कतई रास नहीं आता है। जब तक जात के रिमोट के ताकतवर पर्याय बनकर वह नहीं उभरे, तब तक उन्हें जन समर्थन कैसे वह मिलेगा? अपनी जाति के मसीहा वह बने तो एकाध अन्य बिरादरी को तो पटा ही लेंगे। उन्हें आशा है, तब सत्ता उनकी जेब में होगी, कुरसी उनकी ठोकर पर।

हमें चिंता भी है और इंतजार भी है युवाओं की प्रतिक्रियाओं का। क्या वे प्रजातंत्र के इस जाति-रिमोट के पक्षधर हैं? क्या उनका भी सपना इस पाखंड के खुफिया रिमोट से सहमत होकर देश को आगे के बजाय मध्य युग में ले जाने का है? भविष्य उनका है और देश को जाति-रिमोट से बचाने का दायित्व भी। देखना है कि वह इस संकीर्ण टुच्चे रिमोट से कतराते हैं कि इसे अपनाते हैं। भारत जनतंत्र रहता है कि जाततंत्र बनता है?

□

आधुनिक हितोपदेश

एक जमाना था, जब हिंदुस्तान में बड़े-बड़े राज्य होते थे और छोटी-छोटी रियासतें। आज जनतंत्र है, जिसे तथाकथित रूप से जनता द्वारा, जनहित में, जनता के चुने हुए नुमाइंदों का शासन कहा जाता है। नेता इसे 'जनसेवा' कहते हैं, दूसरे 'जनलूट'। कौन कहे, क्या सच है क्या झूठ!

राजा की प्रजा होती थी। उनके वारिस यानी बड़े पुत्र ही उनके उत्तराधिकारी माने जाते थे। राजा की इच्छा रिआया के लिए ईश्वर का आदेश। कोई उसका पालन न करे तो सिर और शरीर का नाता टूटता। सही-गलत का निर्णय वह कैसा भी करे, सबको शीश झुकाकर स्वीकार करना-ही-करना।

यहाँ हम बात भागीरथी नदी के किनारे स्थित एक बड़े राज्य पाटलिपुत्र की कर रहे हैं। उसके सर्वगुण-संपन्न राजा थे सुदर्शन। जैसा अकसर देखने में आया है, सत्ताधारी हमेशा सर्वगुण-संपन्न होता है। यदि नहीं हो तो उसे तब के दरबारी और आज के चमचे बना देते हैं। अगर राजा काना हो तो समदर्शी होता है, यदि बकरे-बकरी के व्यक्तित्व वाला, तो रिआया या सामान्य आदमी का वास्तविक प्रतिनिधि!

ऐसे भी सत्ताधारी को ज्ञान-न्याय ऐसी फिजूलियात की क्या दरकार है? जब वह मुख खोलता है तो फूल झरते हैं, जब वह थूकता है तो इनसाफ। जब वह किसी सुंदरी को छल-बल से अपनी पाशविक पिपासा बुझाने उठवाता है या खुद उठा ले जाता है, तो राज्य की श्रीवृद्धि होती है। राजा को खुश रखना रिआया का नैतिक कर्तव्य है। कुछ दरबारी विद्वान् बताते हैं कि केवल कर्तव्य ही नहीं, धर्म भी है। राजा ऐसा-वैसा आदमी है ही नहीं, भगवान् का अवतार है।

अगर यह अतिशयोक्ति है तो इतने पर तोड़ कर लें कि कुरसी वाला ऊपर से पधारा देवता है। भगवान् या सत्ताधारी देवता सिंहासन पर बैठकर कभी गलती कर

सकते हैं क्या? कतई नहीं। इसका सवाल ही नहीं उठता। राजा का जबरन स्पर्श कन्या को पवित्र बनाता है और उसके परिवार को पावन। चुप रहकर सहने पर ऐसों के सारे पाप धुलते हैं। शोर मचाने पर ऐसे दुष्कर्मियों पर जगन्प्रभु के स्थानीय प्रतिनिधि की गाज गिरने की पूरी संभावना है।

कौन मूर्ख कहता है कि भारत एक परंपरावादी मुल्क नहीं है? हम नाम के वास्ते परंपरा में परिवर्तन लाते हैं, सिर्फ उसे कुछ और नाम देकर। हमारे महान् देश में राजा-महाराजा, नवाब-बादशाहों की शानदार परंपरा थी, हमने प्रजातंत्र में भी उसका अनुकरण किया है। आज वह मंत्री कहलाते हैं। ककहरे के साथ हमें सिखाया जाता है कि भारत माता ग्रामवासिनी है। भारत में अरसे से पंचायतें रही हैं। एक प्रधानमंत्री ने ताड़ा कि सामान्य और सूबों के चुनाव से क्या होता है? जनतंत्र का जहर इससे गाँव-गाँव नहीं पहुँच पाता है पूरी तरह। इसके लिए जरूरी है कि वहाँ भी चुनाव हों। ग्रामवासी अपना मुखिया खुद चुनें।

हमें उनका आभारी होना चाहिए। आज देश का हर गाँव चुनाव के मजे, जैसे फ्री दारू का वितरण, हिंसा, हत्या वगैरह-वगैरह इफरात से लूट रहा है। एक ज्ञानी हमें उपदेश देते हैं—"इसमें गलत क्या है? लोग जितनी दारू पीते हैं, राष्ट्र की आमदनी बढ़ती है। दारू-निर्माताओं का उत्पादन ही नहीं, मुल्क भी तरक्की करता है। कौन नहीं चाहता है कि देश की आबादी घटे? चुनाव इन बड़े लक्ष्यों को पाने का छोटा सा साधन है।"

हमें यकीन है। पहले बेचारे अपने को बड़ा वंचित और अभावग्रस्त महसूस करते थे। जात और संप्रदाय की जंजीरें भी जुड़ती थीं, तो केवल पाँच साल में एक बार। तभी वोट के भिखमंगे भी तशरीफ लाते थे। अब गाँववालों में सुकून है। ग्राम प्रधानजी जी-हुजूरी करवाने को वहीं मौजूद हैं, सड़क, बिजली, पानी, हो-न-हो, उनकी बड़की गाड़ी देखकर सब के अंतर में प्रजातंत्र के प्रति आस्था-आशा का संचार होता है। चुने जाने के पहले इनके पास एक पुरनकी साईकिल थी सिर्फ, फटफटिया तक नहीं। आज देखो, मुरहा के क्या ठाठ हैं! बड़की गाड़ी में झंडा लगाकर घूमता है। हाकिमों से मिस्कॉट करता है। अपने मतदाताओं से अकड़ा-अकड़ा रहता है।

पानवाले लल्ला आजादी के बाद से लोकतंत्र के जाग्रत् और सच्चे साक्षी हैं। पान में चूना लगाते-लगाते वह यह बताना नहीं भूलते हैं कि भारतीय लोकतंत्र का मूल मंत्र इधर 'लूट सके, सौ लूट' का पर्याय है। कहने को कुछ भी उसूल झाड़े, आदर्शों की पीक करे, हर सियासी दल इसी स्वस्थ पारस्परिक प्रतियोगिता में व्यस्त

है। भूखी, अभावग्रस्त जनता के पास जुबान हिलाने की ताकत होती तब तो वह अपने हालात बयान करती! वह क्या करे? पेट बजाती है।

पंचायत के प्रजातंत्र को सफल बनाने के लिए लूट के प्रेरक तत्त्व का अभाव था। लूटें तो क्या लूटें? कमजोर की जमीन लूट चुके, बेटी-बहुओं की लाज से कब तक खेलें? कुछ नया भी तो हो, जिसे लूटकर उनके मन में भी प्रांत के मंत्री के समकक्ष आने का मुगालता हो! जात-बिरादरी ने इतनी लगन-निष्ठा से कुरसी दी। हमलावरों से बचाया, चुनाव जिताया। उन्हें भी तो मौका मिले, सीना चौड़ा कर अपने नेता पर गर्व करने का—"यह जो गाँव की इकलौती पक्की हवेली देख रहे हो, हमारे 'परधान' की है। अपना जात भाई है। नरेगा-मनरेगा, स्कूल की बननेवाली नई इमारत, तालाब की सफाई, खड़ंजों, वगैरह-वगैरह, सबकी रकम डकार गया, हाकिमों के साथ मिलकर। कभी जागीरदार-जमींदार होते थे। उन्हीं का नया, आधुनिक अवतार है आज का परधान। अपना तो एक ही सपना है। कुछ नहीं धरा है खेती-बाड़ी में। बनना है तो हमारा लाड़ला लल्लू परधान बन चार चाँद लगाए हमारे और जात-बिरादरी के नाम पर।"

जब चर्चा सत्ताधारियों की चले तो बहकना लाजमी है। जैसा सब जानते हैं, सत्ता के नशे का मुकाबला नहीं है। ठर्रा, पौआ, गाँजा, भाँग, स्कॉच आदि का कोई कॉकटेल बनाए और चढ़ाए, तब भी कुरसी के नशे का पलड़ा भारी रहेगा। आलम यह है कि हमने सिर्फ कल और आज के राजाओं की बात भर की, और यह हाल हो गया। कुरसी के भुक्तभोगियों की दशा तो कल्पना से परे है। हमें तो कभी हमदर्दी भी होती है, कभी तरस आता है। सत्ता-विहीन साँस कैसे ले पाते हैं बेचारे!

सुदर्शन पढ़े-लिखे किस्म के राजा थे। जो सोचे-समझे, ऐसे की खैर नहीं है। उन्होंने संस्कृत के दो श्लोक सुने। पहले का सारांश था— जिस मनुष्य में विद्यारूपी नेत्र का अभाव है, वह दो आँखों के बावजूद अंधा है। सुदर्शनजी तो चिंता में डूबे ही होंगे। यह पढ़कर अपनी भी हालत खस्ता हो गई। हम और हमारे ऐसे कई बंधुओं ने अपना पूरा जीवन अंधे होकर काट दिया। कौन टोकता? अपने आसपास भी सब ऐसे ही थे, उनके भी विद्यारूपी नेत्र ठप थे। हमारे आला अफसर और मंत्री ने भी ऐसे ही ज्ञान-विहीन रहकर जिंदगी गुजार दी। न उन्होंने संस्कृत पढ़ी, न जाना कि राजा सुदर्शन को किसी ने कभी ऐसा सारगर्भित श्लोक सुनाया था।

भूले-भटके तो वह अपनी शान में एकाध शेर वगैरह सुन लेते और दिखाने को शरमाते भी। हमें यकीन है, यदि कोई ऐसा भयंकर श्लोक सुनाता तो पहले तो

वह उसे समझते नहीं, क्योंकि संस्कृत भाषा से उनका दूर-दूर का परिचय नहीं था। फिर भी वह सर्वज्ञानी की मुद्रा में मुंडी जरूर हिलाते। कोई तुच्छ मानव तक अपने अज्ञान-बोध का सच स्वीकार नहीं करता है, फिर यह तो महामानव है। लिहाजा सर्वज्ञ है। कहीं भूल से श्लोक सुनानेवाला अल्पज्ञ इसका अर्थ समझाने का प्रयास करता तो शर्तिया, फौरन से पेश्तर 'सस्पैंड' हो जाता। यदि गैर-सरकारी होता तो बड़े साहब या मंत्री उसे अपने पी.ए. को सौंप देते, जो चपरासी की मदद से उसका दिमाग ठिकाने लगाते! इसीलिए अपन पंडितों से डरते हैं। वह ऊल-जलूल श्लोक सुनाकर हमारे ऐसों को 'नर्वसिया' देते हैं।

सुदर्शन राजा थे, इस कारण उन्होंने दूसरा श्लोक भी सुना। वह और अर्थयुक्त था। उसके अनुसार यौवन, धन, सत्ता और विवेकहीनता जैसा एक भी दोष मनुष्य का सर्वनाश करने में समर्थ है। हमने प्रभु को धन्यवाद दिया। इनमें से एक भी दुर्गुण अब अपने पास नहीं था। अपने देश में जो बच्चे भी होते हैं, हालात ऐसे हैं कि वह जन्म लेते ही बुढ़ा जाते हैं।

अपना ऐसा सुखद अनुभव नहीं है। बुढ़ाए तो नहीं तत्काल, पर जवान भी नहीं हो पाए। दाढ़ी-मूँछ उगी नहीं कि हम दहेज में बिक गए। सख्त अनुशासन में रहे। लल्लू-पंजू का एडमीशन और उनकी पढ़ाई तथा परिवार की नमक-रोटी जुटाते-जुटाते पता ही नहीं चला कि कब बुढ़ा गए। हमें लगता ही नहीं है कि हम कभी उमंगों से युवा रहे होंगे। न लड़कियों पर फब्तियाँ कसीं, न उनकी सुंदरता के कसीदे सीटी मारकर पढ़े। अन्य साथियों के समान न हाथ पकड़कर उनका भविष्य देखा, न बच्चन के चुराए गीत अपने कहकर उन्हें सुनाए। कभी मौका ही नहीं मिला।

धन-संपत्ति से अपना दूर का नाता नहीं है। कौन जाने, विवेक है कि नहीं। पर अपन न राजा हैं, न मंत्री, न अफसर, न झोलेवाले गैर-सरकारी जन सेवक! अपने जैसों में विवेक हो न हो, देश और समाज को क्या फर्क पड़ता है?

पर सुदर्शन तो राजा थे। वह भी आज के प्रजातांत्रिक परिवार के नहीं। उन्हें अपनी रियाया की खुशहाली का ध्यान था। अगर जनता में किसी को उनके किए से दुःख पहुँचे तो उनका दिल टूटता। वह बेचैन हो उठे। उनके तीनों पुत्र न केवल विद्याविहीन थे, बल्कि कुमार्ग पर भी चल पड़े थे। जाहिर था कि वह अंधे ही नहीं, मूर्ख भी हैं। बहुतों को आता है, राजा को भी खयाल आया कि शत मूर्ख पुत्रों के बजाय एक गुणी पुत्र ही श्रेष्ठ है। राजा कुछ दार्शनिक टाइप के रहे होंगे। वह चिंतन में डूबते-डूबते और भी उदास होते गए।

अव्यवस्थित तथा अवसादग्रस्त मानस में उलटे-सीधे विचार आना ही आना। हमें शक है, सुदर्शन राजा जरूर किसी-न-किसी मानसिक फोबिया के शिकार थे। वह क्या है, हम कैसे जानें? हम मनोचिकित्सक तो हैं नहीं। ऐसे सुदर्शन राजा के समय मनोरोग तो थे, पर तब जड़ी-बूटीवाले राज-वैद्य थे, डिग्रीधारी मनोचिकित्सक नहीं। सच्चाई यह है कि जैसे-जैसे डॉक्टर बढ़ते हैं, उसी अनुपात में मर्ज तरक्की करते हैं, यदि ऐसा न हो तो डॉक्टरों की रोजी-रोटी कैसे चले?

हम पारिवारिक प्रजातंत्र में रह रहे हैं, सुदर्शन के जमाने के राजतंत्र में नहीं। आज का हमें पता है। जनकल्याण को समर्पित नेता को सिद्धांतहीन, सिड़ी व सनकी समझा जाता है। खाँटी नेता वही है, जो पहले कुरसी से, फिर परिवार से, पश्चात् अपनी जात से जुड़े वरना उसका निश्चित स्थान तवारीखी कूड़ेदान है।

गनीमत है, आज एक भी बुद्ध, महावीर या गांधी जैसा कुरसी और चुनाव-प्रधान राजनीति में नहीं है, वरना उनकी ऐसी चीं बोलती कि इतिहास याद रखता। यदि वह कभी चुनाव में खड़े होना चाहते तो पहले तो हर दल की हाई कमान उनकी छीछालेदर करती। उनकी जात और क्षेत्र के जातीय समीकरण, धन-दौलत जैसे प्रश्नों से उन्हें जूझना पड़ता। इस कठिन परीक्षा में पास हुए (जिसकी आशा कम है), तो टिकट पाते। उसके बाद भी तै है कि वह किसी-न-किसी करामत हुसैन, फसादी राम या कट्टा सिंह के सामने जमानत गँवाते। उनके पल्ले भी पड़ता कि सत्ता की आधुनिक सियासत में सिद्धांत, जनसेवा और जीवन-मूल्य आदि ताक पर रखकर ही सफलता संभव है। हमारा महान् प्रजातंत्र आज कुछ खानदानों और उनके वारिसों का जेबी जनतंत्र बन चुका है।

सुदर्शन राजा, एक मानसिक नहीं तो शर्तिया नैतिक रोगी रहे होंगे। उन्होंने पंडितों की सभा बुलवाई। उनके सामने पुत्रों की 'नीति-विरोधी' हरकतों की निंदा की। उनको लेकर अपनी सतत, स्वाभाविक चिंता तथा निराशा का विशद वर्णन किया। उन्हें बताया कि आहार, निद्रा, भय तथा मैथुन जैसी बातें इनसान तथा पशु में समान रूप से व्याप्त हैं। धर्म ऐसा तत्त्व है, जो आदमी को आदमी बनाता है।

हमें ताज्जुब है, आज हमारी मानसिकता कितनी विकसित है! तब का यह राजा कितना घोर सांप्रदायिक था। प्रथम तो उसने पंडितों को बुलाया। कोई इसे भी बरदाश्त कर ले। हमारे आदर्श नेता भी जातियों को अपने राष्ट्रीय दल से जोड़ने के लिए कभी वैश्य, कभी ठाकुर, कभी कुर्मी, कभी खटिक, कभी मुसहर वगैरह-वगैरह के सम्मेलन बुलाते रहते हैं। इसमें अधिकतर इन्हीं जातियों के नेता रहते हैं। बड़के लीडर कभी-कभार ही पधारते हैं। हर दल के पास जातियों के अपने-अपने

'पब्लिक फेस' हैं। जात पटाऊ मुखौटे हैं। इतना ही नहीं, कुरसी पाकर सूबों में भी जब कोई मुख्यमंत्री खुद की जात विशेष से जुड़ता है, तो अपनी बिरादरी के अधिकारियों को सचिवालय और सूबे के महत्त्वपूर्ण पदों पर स्थापित करता है। जैसा सब जानते हैं, किसी भी लीडर की जात नहीं होती है, न दाँत। बस अलग-अलग डैंचर हैं। सफेद झक, धवल डैंचर लगाकर वह अपनी चमकदार जनछवि बनाता है। उसकी जेब पैसा खाने के डैंचरों से भरी है। सबसे अधिक इस्तेमाल वह उन्हीं का करता है।

देखने में आया है कि राजनीतिक दलों में हर आपराधिक हरकत की अनुमति है, बस धर्म का नाम लेने की नहीं। किसी के मुँह से एक बार धर्म जैसा अश्लील शब्द निकला, तो उसकी खैर नहीं। धर्म की गाली देने के पल भर पहले तक वह सैक्युलर था। यकायक कम्युनल बनकर उसने अपने पैरों में कुल्हाड़ी मार ली। आलम यह है कि मुल्क में किसी भी दल के आका के पास धर्म तो दूर, राज-धर्म तक का डैंचर नहीं है। इन परिस्थितियों में ऐसी गुस्ताखी करनेवाले को दल से निष्कासित होना ही होना। दरअसल, हर नेता का इकलौता धर्म सत्ता का ताज और घर की तिजोरी है। इस कारण 'सैक्युलर' तो चलता है, धर्म का उल्लेख कतई अनुचित है।

सुदर्शन राजा का समय आधुनिक प्रजातांत्रिक काल से फर्क था। आज के नेता जनता से अपनी दौलत तथा चरित्र को छिपाना छल-कपट की प्रबंधन कला को आजमाने का मौका मानते हैं। सुदर्शन ने पंडितों से स्पष्ट रूप से कहा, "मेरे पुत्र बड़े ही उद्यत तथा मूर्ख हैं। राजनीति, समाजनीति तथा नीतिशास्त्र से वह बिलकुल कोरे हैं। सुना है कि कंचन का संग पाकर काँच भी मरकत मणि की शोभा पाता है। है कोई जो इनको अक्ल दे सके?"

महापंडित विष्णु शर्मा ने यह चुनौती स्वीकार की। राजा ने अपने पुत्रों को उन्हें सौप दिया।

आज के महाराजा उर्फ मुख्यमंत्री का पुत्र पढ़-लिख ले तो वह उदास होते हैं। निकृष्ट शर्मा नाम के खास सलाहकार को चोरी-छिपे बुलाकर बताते हैं—"मेरा पुत्र विक्रम ही मेरा जानी दुश्मन है। चार किताबें क्या पढ़ लीं, खुलेआम आदमी-आदमी को बराबर मानता है। आरक्षण का विरोध करता है, ऐतिहासिक न्याय के खिलाफ जात-तोड़ो आंदोलन चलाना चाहता है। इसे करप्शन से नफरत है। हमारे विरुद्ध अपनी माँ के कान भरता है। सामंती बनाम वास्तविक प्रजातंत्र का पक्षधर है। ऐसे ही चलता रहा तो अपनी तो खाट खड़ी होकर रहेगी!"

सलाहकार का कई माफिया–दादाओं पर नियंत्रण था। मंत्रीजी ने उसे शराब के ठेकों के लाइसेंस देकर उपकृत किया था। पुलिस उससे पगार पाती। गुंडे-बदमाश उससे पनाह माँगते। बिल्डर–ठेकेदार ही नहीं, आयकर अधिकारी तक उसके इशारों पर चलते। वह सीटी बजाता तो सूबे के अधिकारी दौड़े आते। निष्कृष्ट शर्मा ने महाराजा को आश्वस्त किया—''सर! आप चिंता न करें। भैया राजा को हम पर छोड़ दें। वह आपके ही नक्शे कदम पर चलेंगे।''

निकृष्ट शर्मा विक्रम को निकट के फाइव स्टार के अपने लक्जरी स्यूट में ले गए। 'क्या पियोगे भतीजे?' उन्होंने जानना चाहा। 'जूस', विक्रम बोला। निकृष्ट ने फोन करके अपने फेवरिट वेटर को बुलाकर उसे 'स्नैक्स' और ड्रिंक का ऑर्डर दिया, अपने लिए अठारह साल पुरानी ग्लैन–मौरेंगी और भतीजे के लिए फ्रेश जूस। फ्रेश जूस कहते हुए उन्होंने वेटर को देखकर एक आँख दबाई। इसके पहले भी निकृष्ट ने कई बार अपने साथ आई कन्याओं को ऐसा ही 'वोडका–जूस' पिलाकर उनका यौन–शोषण किया था।

स्वयं व्हिस्की और विक्रम के जूस पीने की शुरुआत के बाद उन्होंने जातीयता के गुण गिनाए—''जात सियासत का व्यावहारिक सच है, पढ़ाई के आदर्श ऐसे कनकौए हैं, जिनकी उड़ान आसमान में भाती है, जिंदगी की जमीन पर नहीं।'' उन्होंने आगे समझाया, ''भ्रष्टाचार विकास का अनिवार्य औजार है। सरकार के कार्यालय काहिली के केंद्र हैं। इस माहौल में दफ्तर की कागजी कार करप्शन के इंजन बगैर रफ्तार पकड़ना तो दूर, खिसकती तक नहीं है।''

विक्रम जूस पीकर कुछ ऊँघने से लगे थे। निकृष्ट ने कल मिलने का वादा कर सुधीहीन भतीजे को घर भिजवाया।

इसके पूर्व वर्तमान में जनसेवक और अतीत के महाराजा आश्वस्त होकर पीछे के रास्ते अपनी सुरक्षा को धता बताकर अपने मौजमस्ती के अड्डे अर्थात् उद्योगपति मित्र के फार्म हाउस की ओर थकान मिटाने सिधार चुके थे।

□

सियासत का समाज पर असर है। पहले जितनी दलबदल होती है, उतनी ही अब दिलबदल भी होने लगी है। लोगों के दिलों ने इधर बहुत तरक्की की है। वह तत्काल रंग बदल लेते हैं। प्रेम ऐसी भावनात्मक मूर्खता से आज के नेताओं का कोई रिश्ता नहीं है, यह दीगर है कि गांधी, नेहरू, लोहिया जैसों का था। हमें भी पहले अविश्वसनीय तो लगता ही था, कभी कभार सुनकर या पढ़कर, ताज्जुब भी होता। वह तो हमारा सौभाग्य है कि हमें एक दिन किसी की कल्पना के सृजन नहीं, बल्कि जीते-जागते, चलते-फिरते, एक ऐसे कमाल के आशिक मिल गए। वह हफ्ते में पाँच प्रेमिकाएँ बदलते हैं। उन्हें दुःख है कि सप्ताह में दो दिन छुट्टी के क्यों होते हैं? वह राजीव गांधी को कोसते हैं। वरना यह संख्या हर दिन में एक प्रेमिका तक तो पहुँच ही सकती थी।

होता यह है कि उधर चौकीदार दफ्तर खोलता है, इधर यह सदाबहार आशिक दरवाजे की टेक लगाकर और कृष्ण की त्रिभंगी मुद्रा अपनाकर खड़े हो जाते हैं। उनके अवचेतन में जरूर कहीं आधुनिक कन्हैया होने का भ्रम काबिज है। हम तो गंभीरता से सोच रहे हैं कि उनकी नेक पत्नी को इन्हें किसी मनो-चिकित्सक को दिखाने की सलाह दें। सुना है कि वह खासी सुंदर हैं। अपना दृढ़ विश्वास है। हर खूबसूरत शादी-शुदा या कुँवारी कन्या को सलाह देना, बदसूरत पुरुषों का अधिकार और कर्तव्य है। हम एक और तथ्य से आश्चर्यचकित हैं। कुदरत की जाने कौन सी विडंबना है कि आकर्षक लड़कियाँ भद्दे दिखते लड़कों से ही प्रेम करती हैं! इतना ही नहीं उनसे शादी तक कर लेती हैं।

धीरे-धीरे महिला कर्मचारी, पुरुष साथियों के साथ, एक बस से उतरकर, दफ्तर की ओर मटकती आती हैं। आते वक्त, देखने में आया है कि दफ्तर की नायिकाएँ ऐसी खरामा-खरामा गति से चलती हैं कि जैसे वह कागजों की कब्रगाह में प्रवेश के स्थान पर, खुद-बखुद जिबह होने, किसी बूचड़खाने में प्रवेश कर रही हैं। त्रिभंगी मुद्रा के कन्हैया, इन्हीं शिकारों में से अपनी एक दिवसीय प्रेमिका का चयन करते हैं। जैसे ही उनका चयन संपन्न हुआ, वह कार्यालय के रजिस्टर में उपस्थित रहने के एवज में चिड़िया बनाने दौड़ पड़ते हैं। कार्यालय की चयनित कन्या और कैंटीन का हश्र एक सा है। वह, दिन भर, लगन से दोनों के चक्कर काटते हैं। एकाध से प्रेम के ज्वार में डूबकर उन्होंने कैंटीन में चाय-समोसे का प्रस्ताव भी पेश किया था पर उसके हिकारत से ठुकराए जाने के पश्चात और अफसर से शिकायत की धमकी के बाद, अब वह केवल मौन रहकर, नयनों से सुंदरता का रसपान करते हैं। आधुनिक आशिक 'प्यार किया तो डरना क्या' जैसे

सोने के सुख

सोना दो प्रकार का है। एक वह, जिसके अमीर-गरीब महिलाएँ विविध डिजाइनों के जेवर पहनती हैं। यह जेवरों का कच्चा माल यानी सोना और इसे पाने-पहनने की हवस, इस मुल्क की मूल एकता का वैसा ही सुंदर आधार है, जैसा सरकार में भ्रष्टाचार। कोई सोचे। सरकार में करप्शन और समाज में स्वर्ण की जब तक लोकप्रियता है, कोई माई का लाल भारतीय अखंडता की काल्पनिक मूँछ नीची नहीं कर सकता है। यह स्वाभाविक है कि शंकालु विद्वान् तरह-तरह की अफवाहें उड़ाते हैं। कुछ सियासी परिवार को कोसते हैं। कोई कहता है कि शासन की नीतियाँ जैसे जाति-आधारित जनगणना, अल्पसंख्यक-तुष्टीकरण, अमेरिका का चरण-वंदन, वगैरह-वगैरह देश के टुकड़े-टुकड़े कर देंगी।

हम वैनाशिक-भूचाल के इन भविष्य-वक्ताओं को आश्वस्त करना चाहते हैं कि ऐसा कुछ भी मुमकिन नहीं है। भारत की अखंडता दिल का मामला नहीं है, लालच और लोभ का विषय है। सिर्फ दिल का मसला होता तो न जाने कब के हजारों टुकड़े हो गए होते इसके अब तक। उस फिल्मी गाने की तर्ज पर जिसमें इस नाजुक और मनुष्य के लाजिम अंग यानी दिल के हजार टुकड़े हो जाते हैं, जिन्हें जोड़ना तो दूर, खोजना तक मुश्किल है। यों भी जोड़ने का तो कोई सवाल ही नहीं है, क्योंकि कोई इधर गिरा तो कोई उधर गिरा। ऐसे डॉक्टर हमें बता चुके हैं कि 'हार्ट' के साथ ऐसा हादसा असंभव है। यह सिर्फ रूमानी किस्म के चंद दिलफेंक किस्म के आशिकों की खामखयाली है। बेहूदी अतिशियोक्ति है। खाली-पीली, बोम मारने की बचकानी हरकत है, जो हकीकत से वैसे ही कोसों दूर है जैसे भूतनाथ की ऐय्यारी के किस्से या योजना आयोग के प्लान, अथवा सरकार के तरक्की-विषयक पकाए-बनाए आँकड़े।

दकियानूसी मसलों के कायल नहीं हैं। अपना-अपना शौक है। सुंदरी नाराज होती है, उनके अनावश्यक अटेंशन से, तो होती रहे!

इस भोले-भाले दिलबदल का डॉक्टरी दिलबदल से कोई ताल्लुक नहीं है। यह संसार का सबसे सस्ता दिलबदल है। न रेस्त्राँ ले जाना पड़ता है, न गिफ्ट-उपहार में जेब ढीली करनी पड़ती है वरना कोई भी, अन्य दिलबदल, खर्चीला सौदा है। डॉक्टरों द्वारा किए गए दिलबदल में तो लाखों पर बीतती है। फिर भी नए दिल के भविष्य का भरोसा नहीं है! कब तक धड़के और कब धोखा दे जाए। जाहिर है कि प्रेम का अहिंसक दिलबदल एक सुरक्षित विकल्प है। यह दीगर है कि कभी-कभार चप्पल-सैंडल से ठुकाई वगैरह भी हो जाती है पर यह भी सच है कि आज के बम-बंदूक के जमाने में, नाजुक हाथों द्वारा पैर के इन प्रसाधनों का उपयोग केवल प्रतीकात्मक है। यह शारीरिक झाड़-पोंछ से अधिक का स्थान नहीं रखते हैं।

कुछ ऐसे सिरफिरे भी हैं जो कन्या मित्र को स्वर्णिम उपहारों से भी पटाते हैं। एक सुंदरी ने, इसी चक्कर में, प्रेमी का प्रेम-आवेदन स्वीकार कर उससे शादी कर ली। लड़की को इस दुर्घटना के पश्चात् पता लगा कि वे जेवर नकली थे। वह तब से अपने और शादी के जन्म-दिन पर भूतपूर्व प्रेमी और वर्तमान पति के साथ बाजार जाती है और सर्राफ से सिर्फ बाईस कैरेट का प्रमाणित जेवर खरीदकर लाती है। कुछ आधुनिक प्रेमिकाएँ इससे एक कदम आगे हैं। वे भेंट में केवल प्रमाणित जेवर ही स्वीकार करती हैं। निष्कर्ष सीधा है। उस युग में सोने के मृगछौने ने जैसे सीता मैया को लुभाया था, वह आकर्षण आज भी बरकरार है। आधुनिक मीता, नीता भी तब के समान आज भी सोने की मुरीद हैं। महिलाएँ हर युग और समय में सोने का प्रलोभन बरदाश्त नहीं कर पाई हैं। जाने आगे कर पाएँ कि नहीं?

हम दोहराने का खतरा झेलते हुए कहना चाहते हैं कि सोने का लालच और करप्शन की जीवन पद्धति हमारी राष्ट्रीय मानसिकता के अनिवार्य अंग हैं। अब तो आलम यह है कि सेना के हथियार चुराने हैं या बम-बारूद! राशन कार्ड बनवाना है या गरीबी की रेखा के नीचे होने का प्रमाणपत्र; नहीं तो बिजली के बिल को कम करवाना है—ऐसा सब ऊलजलूल, घूस के बल मुमकिन है। हमारे मित्र के घर, गरमियों में ए.सी. चलता है, जाड़ों में गीजर और हीटर, पर उनकी बिजली का खर्च अपने दो पंखों और चार लट्टू के बिल से कम आता है। हमारे ताज्जुब जताने पर वह, खुफिया अंदाज में हमारे कान में फुसफुसाते हैं—सब ठीक हो जाएगा। बस इलाके के एस.डी.ओ. से एकमुश्त नकदी का सौदा कर लो या फिर मंथली रेट

का। यों अपनी राय है कि थोक का सौदा सस्ता भी है और टिकाऊ भी। बार-बार का झंझट बचता है और घर का बिल कम-से-कम आता है।

'और एस.डी.ओ. का तबादला हो गया तो?' हमने जानना चाहा।

उन्होनें हमें ज्ञान दिया—'यार तुम भी आदतन बड़े सवालू किस्म के आदमी हो! भैया मेरे! पैसा हम कुरसी को देते हैं कि आदमी को? आदमी साधन है, कुरसी साध्य। यह अच्छी तरह समझ लो कि पैसा आदमी को नहीं, कुरसी को दिया जाता है। कुरसी स्थिर है, आदमी अस्थिर। आज यहाँ एस.डी.ओ. की कुरसी पर जमा है, कल बीहड़-बियावान की कुरसी पर जाए, या भाड़ में। हमसे क्या? घूस लेनेवाला रहे न रहे, वह कुरसी-धर्म निभाता है!'

इस प्रकार देखने में आता है कि जहाँ एक किस्म का सोना, महिलाओं का ही नहीं, देश की अखंडता का भी आभूषण है, वहीं दूसरा सोना या नींद व्यक्ति के सुख-चैन का। यह जो पहला सोना है, उससे हमें कोई खास लगाव नहीं है। उसका एक कारण, शायद यह भी है कि अपना सौंदर्य-बोध, पत्नी की तरह जाग्रत् और प्रखर नहीं है। भूले-भटके हम एक मूँगे की अँगूठी पहनते थे। वह माताजी ने बड़ी जिद कर ज्योतिषी की सलाह पर बनवाई थी, जब तक माँ जिंदा रही, हमारे साथ उसकी भी खैर-खबर रखती रही। उनके साँस का सफर पूरा करने के बाद अँगूठी भी रूठ गई। अपन एक दिन घूमने गए और वह बगीचे में कहीं टपक पड़ी। हिंदुस्तान में टपका माल वापस मिलना उतना ही कठिन है जितना गेहूँ के गोदाम में चूहा या सियासत के मैदान में ईमानदार नेता अथवा आला सरकारी अफसर में विनम्रता खोजना। बहरहाल, पत्नी ने मूँगे की अँगूठी फिर से पहनने की काफी जिद की। हम टालते रहे यह कहकर कि जो गया, सो गया। कौन उसके पहनने से माँ लौट आएँगी? नई अँगूठी में तो न माँ की ममता होगी, न उनकी याद! क्या फायदा उससे ज्योतिषी और नेता, दोनों झूठे सपने दिखाने के सिद्धहस्त कलाकार हैं। ऐसों पर क्या भरोसा करना!

यह जो दूसरी तरह का सोना है, यह सेहत के लिए बेहद महत्त्वपूर्ण है। अपन जानते हैं। हम बस, कार्यालय, रेल, मीटिंग कहीं भी सो लेते हैं। अपनी सोने की प्रतिभा, स्कूल के दिनों से, एक भूतपूर्व प्रधानमंत्री सी उजागर है। उसके पहले भी मौसी के अनुभव-जनित बयान के अनुसार हमने माँ-बाप को कभी नहीं सताया। भूख लगी तो खाया, फिर सोए। यानी अपनी बचपन से सोने और खाने की अनवरत रूटीन रही है। देखने में आया है कि जो जागते हैं, दूसरे उससे खार खाते हैं। यह सुखद नियति हर शासकीय व्यवस्था की है। चाहे वह लोकतंत्र हो या एकतंत्र।

लिंकन, गांधी, मार्टिन लूथर किंग, सभी अपने-अपने समाज के जागे हुए व्यक्ति थे। गांधी ने तो भारत को अंग्रेजों की गुलामी से आजादी तक दिलाई। नतीजा क्या हुआ? तीनों गोली के शिकार हुए, वह भी प्रजातांत्रिक व्यवस्था में। इसके अलावा न जाने ऐसे कितने उदाहरण हैं। हमें यकीन है, आगे भी होंगे। इसीलिए अपन मानते हैं कि 'जो जागत है, वह खोवत है, जो सोवत है, वह पावत है।' संसार से विदा तो सब को ही लेनी पड़ती है, एक-न-एक दिन। पर इन जाग्रत् महापुरुषों को तो पहले ही विदा दे दी हत्यारों ने। जिंदगी से बड़ी नियामत क्या है? यह गरीब उसे ही गँवा बैठे। माना कि हम सोते हैं। जब सोते नहीं तो ऊँघते हैं वरना सोने की तैयारी करते हैं। क्या यही कम नहीं है कि अपन ऐसे लघु, महत्त्वहीन, लबड़घोंघों टाइप लोगों की जान पर कोई घात लगाए नहीं बैठा है?

अपने जैसे सोए लोगों पर मुल्क के सत्ताधारियों की बड़ी कृपा है। उन्होंने आदर से, हमें आम आदमी का दरजा दे रखा है। हर दल हमारे उद्धार को उत्सुक है। हर पार्टी अपने घोषणा-पत्र में हमारे कल्याण को तत्पर और समर्पित नजर आती है। कोई हमें मुफ्त अनाज देने के वादे करता है तो कोई गैस। हम बेकार हैं, तो वह रोजगार देने को भी बेकरार हैं। हम कभी-कभी सोचते हैं कि इतनी लोरियाँ गाने की दरकार क्या है? हमें तो ऐसे ही सोने की आदत है। हमें शक है कि हमारा प्रजातंत्र यही चाहता भी है। बस बैठे-बैठे ऊँघो। पूरी तरह चैतन्य, भूले से भी मत होना। नहीं तो मुफ्तिया, खैरातिया, राशन-रोजगार बंद करना पड़ेगा। कोई जागने को कहे तो ऐसी साजिशों से सावधान रहना। ये सारे-के-सारे हमारे-तुम्हारे ही नहीं, देश के भी दुश्मन हैं।

जब कोई कुरसी पर बैठा हो तो उसे, जैसे अपनी सोने की लत है वैसी ही, सिर्फ निजी विरदावली सुनने की लत लग जाती है। किसी भी अन्य आवाज से उसे चिढ़ है। अगर बादल गरज ले तो उसे बोफोर्स की गड़गड़ाहट महसूस होती है। और तो और, चिड़िया की चहचहाहट में उसे मशीनगन की चिल्लाहट का संशय होता है। फिर यहाँ तो प्रजातंत्र है। कोई-न-कोई विरोधी बकवास के स्वर से नाक में दम किए रहना-ही-रहना। ऐसा नहीं है कि विरोधी बड़े चैतन्य और जगे हुए इनसान हैं। वह भी सोते-सोते महज इसलिए चीख पड़ते हैं कि शीघ्रातिशीघ्र वह शुभ दिन आए जब वह सत्ता की मीठी, मादक, मोहक, सुप्तावस्था को प्राप्त हों। इसीलिए, ऐसे उनकी नींद में, ऐसे भाषण-आश्वासन का अंतराल, चुनाव की निकटता के साथ ही आता है। अपने खास आदमियों उर्फ चमचों के साथ, वे हम जैसे आम आदमियों की तलाश में निकलते हैं। कभी रामायण-काल के उड़नखटोलों

के आधुनिक अवतार हेलीकॉप्टरों पर सवार वह जम्हाई लेते फरिश्ते, खेतों-मैदानों में उतरे तो आतुर भीड़ इस कभी-कभार दिखनेवाली मशीनी सवारी को देखने उमड़ती है। उस बगुला-भगत सवार का भीड़ से वास्ता नहीं रहता है। एक गाँववाला दूसरे को याद दिलाता है कि 'यह वही मनई है जो पिछले साल ठंडे-ठंडे रथ में आवा रहा, बाई इलेक्शन के दौरान। झूठन का सरदार है, ई मक्कार। का-का वादे कर रहा गवा। दन्न से आवा, साथ की गाड़िन से आए चमचन ने नारे लगाए, ई गाड़ी से उतरा तक नाहीं, रथ की छत खुली, सिर निकालकर ई झूठ बोला दनानन और फन्न से चला गवा।'

हमें खुशी है कि सियासत, वजारत ही क्यों, समाज में भी सोने वालों की कमी नहीं है। सच्चाई है कि आज का समाज सियासत का दर्पण है। आलम यह है कि सत्ताधारी और उनके विरोधी भी अपनी अजानी व्यस्तता की नींद से भी कभी-कभार ही जागते हैं और समाज में तो अमन-चैन की भी यही शर्त है कि बदमुजन्ना, दादा, माफिया आदि जागें और आम आदमी, लंबी तानकर सोएँ। माई-बाप सरकार ने ऐसे सोतों के कल्याण का ठेका लेकर, उनको कतई निष्क्रिय बनाने का जिम्मा ले रखा है। अब इसका कोई क्या करे कि जब सरकार अपने नेक इरादे असलियत में, अनूदित कर, मसलन, दस रुपए की राहत-रकम गरीब के वास्ते भेजती है तो अगर चवन्नी भी उस पर खर्च हो तो उस योजना की कामयाबी के ढोल-ताशे पिटते हैं। जानकारों की सूचना है कि सरकार को खुद भी खबर नहीं है कि भेजी गई चालीस चवन्नियों में से गरीब की राह चलते-चलते और मंजिल तक पहुँचते-पहुँचते, उनतालीस कहाँ गायब हो जाती हैं? यह तो एक छोटा सा नमूना है सरकार की जादुई कार्य-क्षमता का। हमारी बेमिसाल उदार सरकार करोड़ों-अरबों हमारे अर्थात् आम आदमी के नाम पर लुटाती है। हर सत्ताधारी दल के कर्ता-धर्ता, नेता, वर्कर, चहेते अफसर, कर्मचारी के चेहरे की चमक, चिकनई और संतोष-संतुष्टि की मुद्रा साबित करती है कि किनका घर भर रहा है! औपचारिक स्तर पर सरकार हैरान और परेशान ही नहीं, कृत-संकल्प भी है कि रकम डकारने वालों के विरुद्ध कड़ी काररवाई करेगी। कभी मंत्री, कभी प्रधानमंत्री इस किस्म का कड़ा बयान दे देते हैं और उनके कर्तव्य की इति हो जाती है। यह एक भोला सा विरोधाभास है कि गुम राशि किस जनभक्षक नेता और किस-किस नमकहराम अफसर की नस-नस में दौड़ रही है। इस तथ्य से निरक्षर नागरिक तक वाकिफ है। बस सरकार है कि पार्टी के अंधे धृतराष्ट्र को बचाने, गांधारी की तरह आँख पर पट्टी बाँधे है और उनके खबरची, आई.बी., सी.बी.आई आदि, उन्हें संजय के

समान दिल लुभानेवाले पकड़-धकड़ के समाचार सुनाते रहते हैं।

समाज में दो ऐसे खास तबके हैं जिनके नसीब में आसान नींद नहीं बदी है। ये हैं देश के समृद्ध और बुद्धिजीवी। समृद्ध के सिर पर और उसके अंदर, हजार बवाल मँडराते रहते हैं जैसे सुनसान-बियावान में पड़ी लाश पर गिद्ध और चीलें चक्कर काटें! रोज के नफा-नुकसान के आँकड़े कभी उसे सताते हैं, तो कभी किसी शिकारी सरकारी कुत्ते को कैसे और कितने हड्डी के टुकड़े डालने जैसी चिंताएँ! लिहाजा, वह नकली मुसकान का मुखौटा लगाए-लगाए बाहर भले घूमें, अंदर-ही-अंदर कुढ़ता रहता है। ऐसे समृद्ध निर्धन, नींद की गोली खाकर ही सो पाते हैं।

बुद्धिजीवियों का तो कहना ही क्या! उन्हें देश-दुनिया की फिक्रें खाए जाती हैं। फलाना पुरस्कार उनके बजाय ढिमाके को कैसे मिल गया? जिंदगी भर विद्वत्ता के अखाड़े में दंड उन्होंने पेले और यह कल का अज्ञानी छोकरा अकादमी का अध्यक्ष बन गया! वह तत्काल पाँव उठाकर अखाड़े के परिचित पहलवान का नंबर घुमाते हैं। दोनों तय करते हैं कि किस क्लब की बार में मिलें, जहाँ बिल चुकाने वाले मूँजी के फँसने की सर्वाधिक संभावना है। दोनों, दो-तीन बार, बार में नजरें दौड़ाते है फिर फैसला करते हैं कि पीना तो है ही वरना संसार का भार लेकर नींद कैसे आएगी! जब तक कोई तीसरा न दे, अपना-अपना बिल दोनों खुद चुकाते हैं।

पहले पैग से 'साहित्य और जुगाड़' पर चर्चा शुरू होती है। तीसरा आते-आते दोनों, हर पुरस्कार पानेवाले और अकादमी-संस्थान के अध्यक्षों को गाली दे-देकर, उनकी जुबानी हत्या कर चुके होते हैं। चौथे तक मूँजी आ जाता है। दोनों मेज पर सिर रखकर 'बिल-बिल' बुदबुदाते हैं। बैरा लेकर आता है। शिकार आज शिकारी बना है। वह दोनों के पर्स से कैश निकालता है। अपनी दो लार्ज ड्रिंक ऑर्डर करके बिल उनके कैश से पटाता है! आराम से ड्रिंक खत्म कर बैरे की मदद से दोनों पियक्कड़ों को गाड़ी में पटकता है। बारी-बारी से घर पहुँचकर उनकी त्रस्त पत्नियों से क्षमा-याचना की नाटकीय मुद्रा में शिकारी बोलता है—'भाभीजी, बहस जरा लंबी खिंच गई। आप तो जानती ही हैं इन बुद्धजीवियों को बीच-बहस में कौन टोके?' झल्लाई पत्नी ने झूठ पकड़ते इतना ही कहा, 'बहस ज्यादा खिंची कि व्हिस्की?'

हर दूसरे-तीसरे दिन ऐसे ही घर ढुलते हैं। इस बुद्धिजीवी के पड़ोसी और लड़के की बहू क्या सोचती होगी? जाहिर है कि उनका अहम इतना जाग्रत् है कि उसका अपमान होना ही होना, और उनका नींद को खोना ही खोना! इस नशे की

बेखुदी को नींद कहेगा कौन?

अपन भाग्यशाली हैं। बिस्तर पर लेटे नहीं कि खर्राटे भरते हैं। यों हमें नहीं लगता है कि हम खर्राटा-प्रेम से ग्रसित हैं। पर चूँकि ऐसा अपनी प्यारी पत्नी का बयान है तो मानना ही पड़ता है। यों हमें कभी-कभी समृद्ध और बुद्धिजीवी पर तरस आता है। सोने या मुफ्तखोरी से ऐसा क्या लगाव कि स्वाभाविक सोने से भी वंचित हो जाएँ! हमें कभी-कभी अपनी किस्मत पर रश्क होता है। न कतई भूखे पेट को नींद आती है, न अति भरे पेट को। दोनों अति से आक्रांत हैं। अपना पेट तो भर ही जाता है। क्या अति के इस संक्रमण काल में इतना काफी नहीं है?

□

कूड़ा कल्चर

कल हम भोजन कर बैठे-बैठे ऊँघ रहे थे कि मुरारी ने हमारी खाने की खुमारी का आनंद हर लिया। वह हमारे सामने की कुरसी पर पसरे अखबार चाटने की प्रक्रिया में लगन से जुटे थे। हमें आज तक समझ नहीं आया है कि जब लोग खरीदकर पान खाते, सिगरेट पीते और हर बहाने दारू चढ़ाते हैं तो अखबार क्यों दूसरे का पढ़ते हैं? क्या पता, यह मुरारी की निजी बचत योजना का कोई अनिवार्य-अभिन्न अंग हो। छुट्टी के दिन वह खुद टपक पड़ते हैं समाचार-पत्र चाटने, नहीं तो उनका पुत्र बनवारी नियमित रूप से शाम को घंटी बजाता है—''बाबूजी ने आज का अखबार मँगाया है।''

कोई दूसरा सुने तो शक करे कि अखबार हमने उधार लिया है और उसे वापस मँगाना उनका नैतिक ही नहीं, कानूनी अधिकार है। हम चुपचाप गुड़ी-मुड़ी अखबार को सीधा पन्नेवार सजाते हैं और किशोर हरकारे को सौंप देते हैं। बच्चे के मुँह कौन लगे? हमें खुशी होती है। मुरारी दूर दृष्टि के कायल हैं। अपने सामने वैसे ही अखबार पढ़ने की मुफ्तखोरी की पारिवारिक परंपरा का एक उत्तराधिकारी तैयार कर रहे हैं, जैसे दुकानदार न होकर नेता या वकील हों। आज की मुँह में राम, बगल में छुरी जैसी गजदंती सामाजिकता का तकाजा है कि हम रूबरू मुरारी से इस बारे में कुछ न कहें। उलटे यह दिखावा करें कि हमारी गाढ़ी कमाई का खरीदा अखबार फ्री पढ़कर वह हमें कृतार्थ कर रहे हैं।

पीठ पीछे गाली देना सभ्य शहरी का लाजिमी लक्षण है। हमारे एक रिश्तेदार हैं। अपने फौत हुए माता-पिता के अलावा वह बिना अपवाद सारे संबंधियों को कोसते हैं। उन्होंने प्रेम-विवाह किया है। शायद इसी कारण अपनी पत्नी को बख्श रखा है उन्होंने। नहीं तो पीत पत्रकारिता जैसे अपने-पराए सब के प्रति वह समदर्शी हैं, याने

जो पैसे दे, उसके विरोधी-प्रतिद्वंद्वी की खबर लेती है, वैसे ही हमारे रिश्तेदार। फर्क इतना है कि यह गरियाने का पवित्र-पावन कर्म वह मुफ्त में, मानवता के लिए अपने कर्तव्य के नाते निभाते हैं। हमने उनके मुखारविंद से किसी की तारीफ नहीं सुनी है। अपनी पत्नी की प्रशंसा भी वह कभी-कभी ही बेहद कंजूसी से करते हैं। इससे यही सिद्ध होता है कि संसार के मानवीय चिड़ियाघर में हर तरह के दोपाये हैं। कौन कहे, यही विविधता जीवन को रोचक बनाती है।

अपनी पाचन की तंद्रा में व्यवधान पड़ा, जब मुरारी ने अचानक अखबार पढ़ते-पढ़ते शून्य में सवाल उछाला—"यह कौन सा कल्चर है?" अपने कान खड़े हुए। यह कौन सी खबर है, जिसे पढ़कर मुरारी खरीद-फरोख्त, सट्टा-बाजार और बिक्री कर की चोरी के रोचक संसार से संस्कृति के मैदान में कूद पड़े, वह भी इस सवालिया अंदाज में? हमने चौंककर जानना चाहा—"क्या हो गया भाईजी?" साँप की जीभ और इनसान की जिज्ञासा दोनों सामान्य नहीं हैं। हालाँकि एक का हमें अनुभव नहीं है, पर दूसरे के अपन गंभीर शिकार हैं।

हमें हमेशा स्वस्थ रुचि रही है कि दूसरे के घर में क्या-क्या हो रहा है? क्या पका? कौन आया? कौन गया? उसकी लड़की कॉलेज में पढ़ती है। हमने उसकी भी पूरी खोज-खबर कर रखी है। कहीं ऐसा तो नहीं है कि वह माँ-बाप को बिना दहेज की सजा दिए, घर से फुर्र हो ले। यों आसार इसी प्रकार के हैं। एक लड़का है, जो भँवरे की तरह उस कन्या पर मँडराता रहता है। वह क्लास जाए या कैंटीन, कॉफी पिए या कोक, पिक्चर जाए या पिकनिक, दोनों गरीबी और हिंदी की तरह साथ-साथ हैं।

अपन इसी दर्द से दुबले हो रहे हैं कि लड़की भागी तो दहेज बचेगा पड़ोस के दुर्योधन का। अगर ऊपर वाले ने यही विधि-विधान रचा है इस भगौड़ घर के लिए, कि कोई तो भागना ही भागना है, तो कन्या की जगह तड़ी होने का स्वर्णिम अवसर प्रभु को उनके बेटे को देना था। बड़ी शेखी बघारते हैं कि बेटी के विवाह तक वह आर्थिक-सामाजिक कारणों और वैचारिक स्तर पर दहेज के विरोधी हैं। जब प्रभु ने सृष्टि रची तो सबको बराबर बनाया। इनसानों को छोटा-बड़ा बनाना एक मानवीय साजिश है, वरना लड़कों को कौन सुरखाब के पर लगे हैं कि वे घी के लड्डू कहलाते और विवाह के बाजार में बाकायदा नीलाम होते। जो सबसे ज्यादा कीमत लगाता, वर उसी का हो जाता है।

यह प्रगतिशील पड़ोसी का दहेज के बारे में द्वैत-चिंतन है। ज्यादातर प्रगतिशील विचारकों के साथ ऐसा ही है। अपने स्वार्थ के साथ उनका चिंतन भी बदल जाता है।

वह पुराने दृष्टिकोण से प्रगति करते हैं—नए की ओर, बिना किसी लाज-शर्म और अपराध-बोध के। इसीलिए वह प्रगतिशील कहलाते हैं। निजी हित में सतत प्रगति उनका उसूल है, ध्येय है, लक्ष्य है। इस हेतु जुगाड़, मारधाड़, मनुहार, षड्यंत्र, सब करने को वे कृत-संकल्प हैं। प्रस्तुत हैं। कमर कसे हैं।

हमने जिज्ञासा के सम्मुख नत-मस्तक होकर शून्य के बजाय मुरारी से ही सवाल किया—"किस कल्चर ने आपका मौन भंग कर दिया है मुरारीजी?" मुरारी जैसे भरे बैठे थे। उन्होंने तत्काल अपना प्रवचन प्रारंभ कर दिया—"हम तो साहब छोटे से दुकानदार हैं। बाजार में बैठते भले हों, पर बाजारू संस्कृति के कायल नहीं हैं। यहाँ तो साहब, हद हो रही है। स्कूल के सांस्कृतिक समारोह में कौन मुख्य अतिथि है? एक फिल्मी कॉमेडियन! न शायरी, न कत्थक, न भरत-नाट्यम। कोई पूछे कि हो क्या रहा है? तो पता लगे कि भद्दे फिल्मी गाने और आइटम डांस! इसे कल्चर नहीं, केवल कूड़ा कल्चर ही कहा जा सकता है।" हमें ताज्जुब हुआ। उधार का अखबार पढ़नेवाला दुकानदार खुद को संस्कृति का विशेषज्ञ मानता है। हमारे मन में तुलनात्मक श्रेष्ठता का भाव जागा। हमने कहा, "युवा पीढ़ी है, मन बहलाव के ऐसे कार्यक्रमों का आयोजन करती रहती है। हमारी हजारों वर्ष की धरोहर का इस प्रकार के विदूषक-भाँड़ क्या कर लेंगे? थोड़े दिन फैशन में रहेंगे, फिर गायब होंगे। अपनी तो हजारों साल की जीवित, शाश्वत बहती हुई सांस्कृतिक भागीरथी है। उसका कोई क्या बिगाड़ लेगा?" इतना सब बोलकर हम खुद ही नहीं समझ पाए कि हम कहना क्या चाहते हैं। पर इस वाग्जाल से दुकानदार प्रभावित नहीं हुआ। "हमने तो आपको बताया न साहब, कि कल्चर के नाम पर बाहर से आया यह कचरा जितनी जल्दी समय के कूड़ेदान में जाए, उतना अच्छा है।"

इसके बाद उन्होंने जो हमारा ज्ञानवर्धन किया, उससे अपने कान खड़े हो गए। उन्होंने हमें शास्त्रीय संगीत का उदाहरण दिया—"एफ.एम. हो या रेडियो, आजकल तो बस भैया, 'सैंया-बैंया' का जमाना है। कितने श्रोता हैं शास्त्रीय संगीत के? एक बार गंगूबाई हंगल का गायन था दिल्ली में। सांस्कृतिक संबंध परिषद् के उस कार्यक्रम में हम समय से पहुँचे, अपनी दुकान पहले बंद कर। पूरे श्रोतागृह में दो आयोजक और चार श्रोता थे! यह कोई अपवाद नहीं, नियम है। वहीं कहीं फिल्मी गाने का प्रोग्राम हो, मुंबई से भले ही अपरिचित कलाकार पधारे हों, तो हॉल ठसाठस भरता ही नहीं, वहाँ भगदड़ तक मचती है।"

हम सोच में डूब गए। अभी कुछ दिन पहले ही हमें एक सांस्कृतिक कार्यक्रम में जाने का सौभाग्य मिला था। शाम की शुरुआत वाद्यवृंद से हुई। उसमें तीन-चार

फिल्मी धुनें थीं। उसके बाद एक कन्या का कत्थक नृत्य था। पूरे हॉल में इतनी तालियाँ, सीटियाँ और अश्लील फब्तियाँ गूँजीं कि वातावरण में अराजकता फैल गई। नृत्य को बीच में विराम देना पड़ा आयोजकों को। कुछ लोगों ने विरोध किया हल्ला मचाती युवा ब्रिगेड़ का। वह तो गनीमत थी कि ऑडिटोरियम की कुरसियाँ हॉल में फिट थीं, नहीं तो वहाँ कुरसियाँ चलने की नौबत आ जाती, ठीक किसी हंगामाई विधानसभा की तरह।

हमें कभी-कभी महसूस होता है कि वर्तमान वक्त शोर और हल्ले का है। सड़क पर भौंपू का ध्वनि प्रदूषण है, संगीत में विभिन्न तरह के री-मिक्स का। हमारे शहर भले ही झोंपड़पट्टियों से भरे हैं, फिर भी दिन को गँधाती गटर की होली और रात को रोज हल्ले-हंगामे की दीवाली ही अब नगरों की पहचान है। ऐसे भी, तीन-चार महीने छोड़कर पूरे वर्ष हिंदुस्तान में शादियों का मौसम है। घोड़े पर बैठे वीर बारात में अपनी भाँगड़ा करती फौज के साथ वधू-विजय के अभियान से शहर के हर रास्ते को घेरे रहते हैं। उनके साथ आतिशबाजी का पूरा तोपखाना और 'राजा की आएगी बारात' का ऐलान करता बैंड का प्रेरक संगीत चलता है। दारू के अद्धे-पौवे से माहौल को पवित्र और पावन बनाया जाता है। कभी-कभार तो सात फेरे कराने पंडितजी भी दारू-शारू के मूड में रहते हैं और फिल्मी गानों की आकर्षक तर्ज पर मंत्रोचार की रस्म निभाते हैं।

हमारी सांस्कृतिक संध्याओं का सबसे मोहक और शानदार प्रदर्शन कवि-सम्मेलनों में होता है। यहाँ वही कवि लोकप्रियता के शिखर पर हैं, जो कभी कुत्ते-बिल्ली की बोली बोलते हैं, कभी चुटकुले सुनाते हैं। कविता के नाम पर वर्षों पहले एक-दो रचनाएँ ही उनकी उपलब्धि हैं। उन्हें यकीन है कि चुटकुले नए और रचना पुरानी होनी चाहिए, तभी कवि कामयाब होता है। मंच उनके लिए जन-मनोरंजन का अखाड़ा है। यहाँ पर वे एक-दूसरे से शाब्दिक कुश्ती लड़ते हैं। गुप्त दाँव-पेंचों की रियाज करते हैं। कैसे मंच पर दारू मिले और बाहर कैश। चैक पर उनकी आस्था नहीं। कई बार बाउंस कर जाता है।

ठेके लेते हैं कि अपनी टोल लेकर पहुँचे। आधुनिक ठेका-युग में सब काम ठेके पर है। लिहाजा कवि-सम्मेलन भी ठेका-तहजीब के परिचायक बन गए हैं। आदमी का जीवन किसी लक्ष्य से प्रेरित न होकर मनोरंजन की सतत तलाश है। अगर बिना योग्यता श्रम-परिश्रम उसे सफलता नहीं मिलती है तो वह अवसाद-ग्रस्त होता है। उसके इलाज का दम भरनेवालों की रोजी-रोटी आज के लोक मर्ज 'डिप्रेशन' के ही सहारे चलती है। यह आलम तब है जब इनसान का मस्तिष्क अभी भी शोध का विषय है।

आज के कवि भी मनोरंजन के द्वारा इसी प्रकार की चिकित्सा में लगे हैं शायद!

दुकानदार से बात कर हम सोच में डूब गए। उसके द्वारा बताए गए सारे लक्षण सांस्कृतिक ह्रास के हैं, उस प्रदूषण के जो सिर्फ वातावरण को ही प्रदूषित नहीं कर रहा है, बल्कि अंतर तक व्याप्त है। कल्चर का काँच या कंचन, आयातित कचरे से दिनोदिन अपनी चमक खो रहा है। एक विद्वान् हमें ज्ञान देते हैं कि संस्कृति की जड़े वटवृक्ष सी गहरी हैं, वह छुई-मुई का पौधा नहीं है कि बाहर के कचरे से कुम्हला जाए। ऐसे भी चार-पाँच हजार वर्ष से फलती-फूलती संस्कृति ने इसलाम से लेकर अंग्रेजों तक का प्रभाव झेला है, बिना अपनी मूल-प्रवृत्तियों को परिवर्तित करे हुए।

उनकी बात सुनकर भी हम आश्वस्त नहीं हो पाते। हम सशंकित रहते हैं। हमें खयाल आता है कि संस्कृति न कोई बुत है, न मूरत कि उस पर धूल-धक्कड़ चढ़े, तो उसे धो-पोंछकर चमका दिया। यह तो जीवन का एक अदृश्य तत्त्व है, जो व्यक्तियों पर पीढ़ी-दर-पीढ़ी असर डालता है। पहले कभी संयुक्त परिवार था। आर्थिक कारणों से वह ऐसा बिखरा कि आज के बुजुर्ग अपने ही परिवार के स्नेह को तरसते हैं। संबंधी तक स्वार्थ सिद्ध हो तो सगे हैं वरना सब अपने-अपने अजनबी। भाई भाई का दुश्मन है, बेटा बाप का। किसने कल्पना की थी कि संयुक्त परिवार की सनातन परंपरा ऐसे बिखरेगी?

हमें डर है, कहीं संस्कृति के साथ भी ऐसा ही न हो। यदि कूड़ेदान में दुनिया भर का गँधाता कूड़ा-करकट भरा हो और नीचे स्वर्ण-भस्म दबी हो तो उसका स्वतंत्र अस्तित्व कैसे रहेगा? जाहिर है कि वह भी इस कचरे में गुम हो। सरकार में ऊपर से लेकर नीचे तक भ्रष्टाचार, समाज में नेताओं द्वारा सृजित विभाजन की बढ़ती दरार, व्यक्तिगत स्तर पर हर छोटे-बड़े काम के लिए जुगाड़ की दरकार, दैनंदिन जीवन में उधार के विचारों की खोट, अपनी विरासत पर हिकारत का नजरिया द्योतक हैं उस कचरे के, जो हमारी संस्कृति को कलुषित कर रहा है। आलम यह है कि कोई इस बारे में मुखर होना तो दूर, चिंतित तक नहीं है। उलटे कुछ हैं जो ग्लोबल गाँव के भागीदार होने पर गर्व करते हैं। वे भूलते हैं कि दुनिया सिर्फ संचार साधनों तक जुड़ी है, उसके बाद न कहीं सांस्कृतिक एकता है, न वैचारिक साम्य। सबके अपने स्वार्थ हैं, समस्याएँ हैं, भाषा है, अमीर हैं, गरीब हैं। यह जरूर है कि संसार में इनसानों की समानता है। पर जैसा इतिहास से स्पष्ट है, देशों में इसके बावजूद भी भाईचारा नहीं, दुश्मनी है, वरना भयावह और जानलेवा युद्ध क्या होते?

इतना ही नहीं, विकसित देश साजिश की सीमा तक यह प्रयास करते हैं कि विकासशील और अविकसित मुल्कों में यथास्थिति रहे। वे उनके बाजार बने रहें, उपभोक्ता वस्तुओं से लेकर हथियारों तक। इससे उनके आर्थिक लाभ का ही नहीं,

श्रेष्ठता-बोध का भी सवाल है। अमेरिका की इधर हालत पतली है, क्योंकि उसकी समृद्धि हथियारों की आपूर्ति से जुड़ी है और युद्ध हैं कि हो नहीं रहे हैं। लिहाजा, दुनिया का दादा 'डाउन' है। कौन चाहेगा कि उसकी मूँछ ऊँची है तो कोई और उसके मुकाबले आए?

वर्तमान में भारत दुनिया का आला बाजार है। उपभोक्ता सामान के साथ, कुछ त्योहार-उत्सव भी नत्थी होकर चले आते हैं, जैसे लवर्स डे, मदर्स डे, फादर्स डे, वगैरह-वगैरह। ये सभी खासे पॉपुलर हैं। किस युवा को एतराज होगा, अगर उसे मनभाई कन्या से अपने वख्ती प्यार के इजहार का मौका मिले? लड़की को भी अगर आठ-दस ऐसे प्रेम-निवेदन पेश होते हैं तो मित्रों में उसकी साख बढ़ती है। जहाँ तक मदर-फादर का प्रश्न है, इससे बेहतर क्या होगा कि वर्ष में एक दिन उनको स्नेह की कोई सांकेतिक गिफ्ट दे दी और फिर साल भर छुट्टी!

एक बड़ी अच्छी अवधारणा थी अजर आत्मा के आवागमन की, और शरीर के नश्वर होने की। खंडित विश्वासों और आत्म-संशय के इस समय में अब अधिकतर को आत्मा के अस्तित्व पर ही यकीन नहीं है, तो उसकी अमरता पर कैसे होगा? शरीर की नश्वरता से सब परिचित हैं, पर पाप-पुण्य की तराजू पर तौलकर इनसान को फिर मानव की योनि मिलती है, इसे स्वीकार करने को शायद ही कोई तैयार हो। नतीजतन, धड़ल्ले से मानव-निर्मित नैतिक संहिता के अनुसार जो पाप हैं, उन्हें करने से कोई नहीं रुकता है। लोग उससे एक कदम आगे जाने को प्रस्तुत हैं। शक्तिशाली कानून तोड़ने से भी बाज नहीं आते हैं और ऐसे 'साहसी' तथा 'निजी पहल के धनी' जैसे विशेषणों से नवाजे जाते हैं। इन हालात में सब अपने-अपने टुच्चे स्वार्थों को अंजाम देने में लगे हैं। यही उनका लक्ष्य है, गोल है, मंजिल है। व्यक्तिगत हित-साधन ही आधुनिक प्रतियोगी माहौल का जनक है। ऐसे व्यस्त लोगों को अपने परिवार का सोचने की फुरसत नहीं है तो वह दूसरे या गैरजन की फिक्र कैसे और क्यों करें? इसीलिए जन और सार्वजनिक कल्याण जैसे शब्द अपना अर्थ खो चुके हैं और अब निरे शब्द हैं।

इस तरह बाह्य और आंतरिक आक्रमणों से कल्चर का कूड़ा होना एक संभावित खतरा है। यदि भारतीय संस्कृति और उसके मूल्यों की रक्षा करनी है तो समय आज और अभी है। नहीं तो, इसकी संयुक्त परिवार जैसी बदहाली होनी-ही-होनी। जब भी हम ऐसे महानगर में विशाल बदबूदार कूड़ेदानों को देखते हैं तो यही आशंका मन को घेरती है कि कल्चर तो नहीं, यहीं-कहीं इनमें दबा पड़ा है!

□

जेल सुधार की दरकार

इससे कौन इनकार कर सकता है कि देश लगातार तरक्की के पथ पर अग्रसर है। मोबाइल फोन हो या कंप्यूटर, सब घर-घर में पहुँच रहे हैं। सब्जीवाला हो या सफाई-कर्मी, सब के अपने फोन हैं। इसके फायदे भी हैं। रिक्शाचालक जब सवारी ढोकर और बीड़ी सुलगाकर अपने फेफड़ों का सर्वनाश करता है, तो उसकी खाँसती-कराहती आवाज से ही घरवालों को पता लगता है कि कुछ गड़बड़ है। ट्रांजिस्टर-क्रांति के दौरान भाई लोग गले में बाजा लटकाकर साइकिल पर चलते थे। ऐसे चलते वह अब भी साइकिल पर हैं किंतु गले का बोझ कम हो गया है। अब वहाँ वजनदार ट्रांजिस्टर की जगह हलका मोबाइल है। सुनने को एफ.एम. के गाने हैं, बात करने को फोन। दिहाड़ी के मजबूर मजदूरों से लेकर धन और सत्ता-पशुओं तक यही समानता है। संचार का समाजवाद है। संवाद की समता है।

सरकार इंदिरा और राजीव के सपनों को साकार करने को कृत-संकल्प है। इंदिराजी का संकल्प गरीबी हटाने का था। उनके उत्तराधिकारी इसमें दृढ़ निश्चय से जुटे हैं। कीमतें आसमान पर हैं। आलम यह है कि कभी प्याज-रोटी से पेट भरनेवाले अब नमक-रोटी पर उतर आए हैं। दाल-सब्जी तो ऐसी नियामत है कि गरीब को तीज-त्योहार पर कभी-कभार नसीब हो तो हो। यह कल्याणकारी सरकार का सुनियोजित कार्यक्रम है। यह कमबख्त गरीब जो है, विकास के सजे-सजाए, सुगंधित, चमचमाते ड्राइंग-रूम में बदबूदार छछूँदर की अनचाही उपस्थिति है। कोई कैसे बरदाश्त करे? सरकार का विचार है कि 'न मिलेगा भोजन तो कैसे जियेगा निर्धन'। उसे ताज्जुब है, गरीबों की जिजीविषा पर। हरचंद कोशिश की, फिर भी अभी तक जिंदा हैं ये मक्खी-मच्छर! इतना ही नहीं, भिनभिनाते भी रहते हैं। शासकों को डर भी है। प्रजातंत्र में इनका बहुमत है। कहीं डंक न मार दें।

राजीवजी देश को पंचायत-राज दे गए। उन्हें बताया गया था कि इससे सत्ता का विकेंद्रीकरण होगा। बताया इसलिए गया कि बड़े लोग खुद-बखुद क्या जानें? इतना बड़ा देश है। हजारों शहर हैं। लाखों गाँव हैं। ज्यादातर का तो बेचारों ने नाम भी नहीं सुना है। प्रदेश तो प्रदेश, देश के नाम से ही परिचित हैं, यही क्या कम है। उनकी सबसे बड़ी उपलब्धि किसी सियासी परिवार में जन्म की दुर्घटना है। ज्यादातर विदेशों में पढ़ाई, सैर-सपाटा करते हैं। उन्हें दुनिया का ज्ञान मिलता है। जब कुछ और धंधा नहीं जमता है, तब उन्हें घर की कम और सत्ता-सुविधा की याद ज्यादा सताती है। जन्म-भूमि की सेवा का खयाल आता है। वह देश पधारे हैं। उन्हें उसके बारे में बताया जाता है। कितने सूबे हैं, कैसे-कैसे लोग बसते हैं, कितनी भाषाएँ हैं, वगैरह-वगैरह। उन्हें सूचित करते हैं चमचे, कि उनकी 'रिआया' किस बदहाली में जी रही है। खाने को न रोटी है, न पहनने को कपड़ा है और न करने को काम। बस अब प्रजातांत्रिक युवराज पधार गए हैं, सब ठीक हो जाएगा। 'परजा' को बेकरारी से उनके राजा बनने का इंतजार है।

युवराज को अपनी जिम्मेदारियों का आभास। वह अपनी 'परजा' को जानने को उत्सुक। गरीब की शक्ल-सूरत, नाक-नक्श, आँख-कान कैसे हैं? वह जुबान से बोल पाता है? कहीं इशारों में तो बात नहीं करता है? उसके घर कैसे होते हैं? छत होती है कि नहीं? वह ईंट-पत्थर के बने होते हैं कि मिट्टी-गोबर के? कहीं उनके 'काऊ-डंग' की 'ऑडर' तो नहीं आती है कि नाक पर परफ्यूम लिपटा रूमाल रखकर घुसना पड़े! युवराज के मन में तरह-तरह की जिज्ञासा। किस्म-किस्म के सवाल। गाँव में गाय-बैल कहाँ रहते हैं। बैलगाड़ी कहाँ 'पार्क' होती है। विदेशों में तो गाड़ी सड़क या पब्लिक एरिया में पार्क करो तो फाइन लग जाता है। यहाँ क्या सिस्टम है?

राजीवजी ने प्रधानमंत्री बनकर गाँव को देखा। किसानों के घर, हल, बैल देखे। किसानों का दुःख-दर्द सुना। उनका अंतर अत्यंत कोमल। उनका मन पसीजा। कुछ तो करना ही करना, वरना कैसे दूर होंगे इन के दुःख। उन्हें बताया गया कि एक बार चुनाव के द्वारा स्थापित पंचायतों को धन मिला तो स्थानीय समस्याएँ हल होंगी। लोगों के चेहरे पर चमक आएगी। राजा की जय-जयकार होगी। जनतंत्र जन-जन तक जाएगा। बस चुटकी बजाते राम-राज को आना ही आना। हुआ यह कि राम-राज तो आया नहीं। चुनाव का जहर घर-घर ऐसा फैला कि दाम-राज आ गया।

दुनिया में हो न हो, अपने प्यारे मुल्क में आम आदमी के अलावा सब की

कीमत है। आलू, भंटे, कद्दू, करेला, संसदीय सवाल—सबका मूल्य है। सुनते हैं कि कीमत-कल्चर इतना व्यापक है कि सांसद के शिकायती या सिफारिशी हर तरह के पत्र के 'रेट' हैं। मसौदा लाओ, दाम दो, दस्तखत पाओ। रेल, बस, सिनेमा के टिकट की कीमत तो हमेशा से रही, अब जनसेवा के टिकट का भी मूल्य है। विधानसभा की दर अलग है, संसद् की अलग। जो सियासत के धंधेबाज मूल्य चुकाते हैं, वही टिकट पाते हैं। यदि चुनाव जीते तो जनसेवा, यानी धन कमाने का हक भी। आजकल जमाना प्रतियोगिता का है। व्यापार, रोजगार, सरकार में प्रतियोगिता है तो औपचारिक जनसेवक बनने के लिए क्यों न हो? नतीजतन, चुनाव के टिकट के रेट भी प्रतिस्पर्धा के कारण दिन दूनी, रात चौगुनी प्रगति कर रहे हैं।

पारदर्शिता के युग में टी.वी., अखबार, चुनाव के रेट से लेकर हीरोइन के 'वेट' तक की खबर जनता तक पहुँचाते रहते हैं। नेता-अफसर इस देश के नागरिक हैं, तो वोटर भी। वह खाते-कमाते हैं तो वोटर क्यों मौका चूकें ?

जहाँ भी धंधा है, वहाँ दलाल हैं। जैसे सत्ताधारियों की नोट-वसूली के अधिकृत ठेकेदार हैं, वैसे ही वोट के भी। सबकी रेट-लिस्ट है। कमीशन है। बिचौलिया-फीस है। वोट के ठेकेदार अपनी जात-संप्रदाय के एकमुश्त वोट नोट देनेवाले प्रत्याशी के नाम डलवाने का वादा करते हैं। आदमी भेड़-बकरी तो है नहीं कि जिधर हाँक दो, हँक जाएगा। यही आदमी वोटर भी है। प्रत्याशी भी एक नहीं! जितने प्रत्याशी, उतने ठेकेदार। वोटर कहाँ-कहाँ हँके। किस-किस से हँके? वह भी मजे लेता है। सब से नाश्ता-खाना, दारू, कपड़े की फीस ऐंठता है और अपनी मरजी से वोट देता है।

नेता इतनी जनता को उल्लू बनाता है, तो स्वयं मूर्ख कैसे होगा? वह सब जानता है, वोट के ऐसे नियंत्रक ठेकेदारों की असलियत भी। पर क्या करे? विवश है, चुनाव का नतीजा उम्मीद पर कायम है। टिकट, प्रचार, वर्कर, फूलमालाएँ, सबकुछ ही महँगा है। जब ओखली में सिर दे ही दिया तो मूसल का कैसा डर! वह वोटों के ठेकेदार को भी फीस चुकाता है और ज्योतिषी को भी। वह तांत्रिक से भी लुटता है और यज्ञ-हवन करवानेवाले पंडित से भी। सफलता की आशा, जो-जो, न करवा दे, कम है।

जाहिर है कि जो पैसे लुटाकर चुनाव जीते, वह भरपाई भी करे पैसे वसूलकर। जाने क्यों, विद्वान-विचारक, 'जनतंत्रिया, भ्रष्टिया, इंडिया' पर ताज्जुब जताते हैं। कौन ऐसा दरियादिल धंधेबाज है जो रुपैया भी लगाए और मूल के साथ मुनाफा भी न कमाए! ऐसे गधे कभी रहे होंगे। अब वह न सियासत में नजर आते हैं, न शहर

में। गाँवों में भी, दूरबीन लगाकर देखने पर भी शायद ही मिलें। चुपचाप सिर झुकाकर दूसरों की लादी लादनेवाली प्रजाति अब लुप्त हो चुकी है या होने के कगार पर है। जन सेवा भी लिहाजा वही करते हैं, जो उसके नाम पर मेवा जपते हैं या उसका नेक इरादा रखते हैं।

इन हालात में भ्रष्टाचार का फलना-फूलना उतना ही स्वाभाविक है जितना सूरज उगने के साथ रोशनी का होना। अपन तो तुलना बल्ब से करना चाहते थे। पर कभी अपना बल्ब फ्यूज रहता है, कभी बिजली की आमद। हम तो ऊपरवाले के आभारी हैं कि उसने सूरज ऐसा उजाले का स्थायी साधन आसमान में फिट कर रखा है। वह न कभी फ्यूज होता है, न उसकी प्रकाश की सप्लाई मरम्मत-मैनटेनेंस के लिए ठप होती है। बिना बिजली के हमारे पूर्वज गुजर-बसर कर लेते थे। हमने नहीं सुना है कि सूरज के बगैर कहीं जीवन संभव भी है। जैसे सूरज जिंदगी की शर्त है, दहेज शादी की, वैसे ही भ्रष्टाचार सरकार की। कहना कठिन है कि भ्रष्टाचार के गटर का उद्‌गम बाबू है कि नेता या दफ्तरों की अंग्रेजों द्वारा बनाई कार्य-प्रणाली। संतोष का विषय है कि हर दल सत्ता में आते ही दफ्तर के भ्रष्टाचार के संहार हेतु सेवा-निवृत्त अधिकारी पद से चूके नेता या उम्रदराज चहेते जज की कमेटी या कमीशन बनाता है। सुर्खियों में सदस्यों की तसवीरें छपती हैं। कमेटी-कमीशन के गठन की प्रशंसा होती है। भ्रष्टाचार-उन्मूलन के निर्णय पर तालियाँ बजती हैं।

जैसा अकसर हर कमेटी-कमीशन का कर्तव्य है, यह भी गरमियों में पहाड़ और सर्दियों में दक्षिण की गहन यात्राएँ कर स्थिति का अध्ययन करता है। प्रोसीजर और अफसर-कर्मचारियों के व्यवहार के बारे में जनता के विचार सुनता है। भुक्तभोगियों की राय माँगता है। सदस्य स्वयं भी अपने अनुभव से सर्किट-हाउस की खामियों और स्टाफ कार के गुण-दोष से परिचित होते हैं। बहुधा देखने में आया है कि विदेशी भी भारत की लालफीताशाही के रवैये से त्रस्त हैं। वे आते हैं और बहुत गलत किस्म की धारणा भारतीय कार्यालयों के बारे में बनाकर वापस जाते हैं। इससे देश की छवि में बट्टा लगता है। पर्यटक आने से कतराते हैं। मुल्क के पर्यटन उद्योग को नुकसान होता है। देश की विदेशी मुद्रा की राशि में कमी आती है।

कमेटी-कमीशन को हमेशा लगता है कि चूँकि विदेशी भारत आकर सरकारी व्यवस्था से निराश होते हैं, उनकी कार्य-पद्धति जरूर बेहतर होगी। लिहाजा, दूसरी कमेटियाँ, मसलन, राजभाषा समिति की तरह, वह भी 'फॉरेन' यात्रा का कार्यक्रम

बनाते हैं। राजभाषा समिति के सदस्य यूरोप में हिंदी की प्रगामी प्रगति का निरीक्षण करते हैं, और हमारी प्रशासनिक समिति, वहाँ के दफ्तरों के प्रोसीजर का। समय की सिफत है। वह चिड़िया सा फुर्र होता है। देखते-देखते कमेटी-कमीशन चार साल पूरे कर लेता है। उसने देश की खाक छानी है और विदेशों की भी। सरकारी मेहमान-नवाजी की पीड़ा सही है, विदेशों के फाइव-स्टार का दुःख-दर्द झेला है, हवाई-यात्राओं का कष्ट भी। सबका वजन बढ़ा है। डॉक्टरों की सलाह पर उसे कम करना ही करना। इतने दुःख-दर्द के बीच से गुजरकर भी उनका मन प्रसन्न है। उन्होंने अपनी एक हजार पन्ने की रिपोर्ट से देश की सेवा जो की है। अपनी माटी का कर्ज उतारा है। उन्हें इससे संतोष है। उन्होंने रिपोर्ट प्रधानमंत्री को सौंप दी है। जैसे इंदिराजी ने गरीबी हटा दी, वैसे ही यह कमीशन भ्रष्टाचार मिटा चुका है। अब अपनी इस महान् उपलब्धि से हर सदस्य को शीघ्र ही किसी दूसरी कमेटी-कमीशन में नामांकित होने का इंतजार है!

गरीबी के समान भ्रष्टाचार भी बला का हठीला है। दोनों जिद्दी हैं। न प्रधानमंत्री की बात मानते हैं, न कमेटी-कमीशन की। जहाँ थे, वहाँ के वहीं टिके हैं। न पुलिस से खौफ खाते हैं, न सी.बी.आई. से। स्कूल, पुल, बाँध, इमारत, स्पैक्ट्रम, प्रमोशन, सड़क, ट्रांसफर, चुनाव कहाँ-कहाँ इनका जलवा नहीं बिखरा है। जीवन का कोई क्षेत्र इनसे अछूता नहीं है। सियासत से लेकर तिजारत तक इनकी काली छाया है। कोर्ट से लेकर नोट तक भ्रष्ट प्रभु के भक्तों का जालिया-फ्राडिया कमाऊ धंधा चलता है।

कॉमनवैल्थ खेलों के आयोजन में खेल-भावना से आयोजक पैसा खाते हैं। जब उसका नाम ही 'कॉमन-वैल्थ' है तो अपने श्रम-परिश्रम के एवज में उस वैल्थ से अपना हिस्सा वसूलना उनका मौरूसी हक है। कुछ ऐसे हैं जो अफसर, नेता, मंत्री जैसे सत्ताधारियों के इस जन्मजात अधिकार से अपरिचित हैं। हमें उनके अज्ञान पर तरस आता है। दुर्भाग्य से देश के मीडिया में ऐसे व्यक्तियों की भरमार है। वह 'अज्ञानी सदा सुखी' के साक्षात् उदाहरण हैं। वह इतना भी नहीं जानते हैं कि अंग्रेजों के जमाने से भ्रष्टाचार हमारी परंपरा का अंग है। जो कालू एक परंपरावादी देश में इस गोरी परंपरा को निष्ठा से निभा रहे हैं, वह दोषी कैसे हो गए?

मीडिया के हल्ला बोलने से बहरी सरकार के कान बज उठते हैं। वह चेतती है। कभी कोर्ट फटकार लगाता है, कभी ऑडिट के बाबू। सामान्य तौर पर सरकार स्थितिप्रज्ञ है। राजा की सवारी हो या मंत्री की, कुत्तों की आदत है भौंकने की! सत्ताधारी किस-किस पर ध्यान दें। वह क्या करे? शोर संसद् में है, सड़क पर है,

अखबार में है, टी.वी. में है। उसने विवश होकर सी.बी.आई. को इशारा किया— 'कुछ करो।' सी.बी.आई. ने सरकार को समझाया भी कि इस इशारे में व्यावहारिक कठिनाइयाँ हैं। वह जाँच करेगी, छापे मारेगा, सवाल पूछेगी। नतीजतन, गिरफ्तारी होगी। यदि सारे भ्रष्टाचारियों के साथ ऐसा सलूक हुआ तो जेलों में बाढ़ आएगी, न्यायिक हिरासत में बंद कैदियों की। नए जेल बनवाने पड़ेंगे। जेल बने तो ठेके बँटेंगे। ठेके बँटे तो कमीशन होना ही होना। एक अधिकारी ने आला आका से गुजारिश की—"सर! हम तो हुकुम के गुलाम हैं। सेवानिवृत्ति के बाद आपका ही सहारा है। पर सच्चाई यह है कि लीपा-पोती की जगह वास्तविक तफतीश हुई तो कोई 'सेफ' नहीं है।"

शोर-शराबे से आका के कान फटे जा रहे थे। उन्होंने खास सलाहकारों से समस्या बताई। एक ने सुझाया—"सर! सवाल कुरसी का है। आप हैं तो प्रशासन है। दुनिया में देश की इमेज है। सार्वजनिक हित में कुछ बलि तो चढ़ानी ही पड़ती है।"

दूसरे सलाहकार भ्रष्टाचार की वेदी पर चढ़े त्यागियों के प्रति चिंतित थे। भ्रष्ट जेल में सामान्य बंदियों की तरह कष्ट झेलेंगे तो कैसे काम चलेगा? सरकार के बड़े अफसर, लीडर, मंत्री, पैसेवाले, उद्योगपति वगैरह मुल्क की शान हैं। शोभा हैं। श्रृंगार हैं। उन्हें चोरों, हत्यारों, उठाईगीरों की संगत में रखना उचित है क्या? ऐसे भी उन्होंने कौन सा अपराध किया है? करप्शन और कार्यकुशलता पर्यायवाची शब्द हैं। काम करने को कुछ प्रोत्साहन जरूरी है। सरकार में करप्शन की यही प्रेरक भूमिका है।

कैश से आपत्तियों, हीला-हवाला, देरी आदि के क्लेश मिटते हैं। फाइल, कागज, प्रस्ताव सरपट चौकड़ी भरते हैं। रेस के घोड़े भी उस की गति से शरमाएँ! इतना सब सोचकर वह बोले, "सर! आपके नेतृत्व में मुल्क की चहुँमुखी तरक्की हुई है। आप तो जानते ही हैं कि भ्रष्टाचार और विकास का चोली-दामन का साथ है। सार्वजनिक हित का कोई तभी सोचता है जब निजी लाभ का अवसर हो। सर! मौका आ गया है कि भ्रष्टाचार को हमें शब्दकोश से निकाल देना चाहिए। क्रिमिनल-कोड में भी तब्दीली वांछित है। इसमें वक्त लगना लाजमी है। अब जेलों में सुधार जरूरी है। बड़े लोग कम बोलते हैं।" आका ने सहमति में सिर-हिलाया और प्रश्न किया—"क्या, क्या सुधार?"

सलाहकार ने मोहलत माँगी एक-दो दिन की। फिर उसने जेल-सुधार का विस्तृत मसौदा तैयार किया। मसौदे के महत्त्वपूर्ण मुद्दे निम्नलिखित हैं—

१. समाज के श्रेष्ठजन मसलन, विधायक, सांसद, वकील, वैज्ञानिक, उद्योगपति, अफसर, मंत्री वगैरह-वगैरह को एक अलग जेल या सैल में रखा जाए।

२. चूँकि भ्रष्टाचार एक सामान्य शासकीय प्रक्रिया है और सरकार द्वारा इसे अपराध संहिता से हटाना विचाराधीन है, गफलत में पकड़े गए ऐसे कैदियों को घर जैसी सुविधा मिले। नरम गद्‌देदार बिस्तर, संलग्न टॉयलेट, पाँच सितारा भोजन, एक-दो निजी सेवक, टी.वी., वातानुकूलन, सैल फोन जैसे सुभीतों के ये अभ्यस्त हैं। जेल में इनका इंतजाम होना ही होना। यही देश के विकास के कर्णधार हैं। इनके मन में सरकार के लिए कोई दुर्भावना नहीं आनी चाहिए अन्यथा मुल्क की तरक्की ठप पड़ेगी।

३. देश के ऐसे नगीने सफरिंग के नहीं, पर सफर के आदी हैं। इनमें से अधिकतर हर माह यूरोप-अमेरिका के चक्कर लगाते रहते हैं, कभी मेडिकल चैकअप, कभी प्रेमिका से मिलने, कभी खुफिया एकाउंट में पैसे जमा करने आदि-आदि के लिए। यह अनिवार्य है कि जेल में इनकी ऐसी आवश्यक अनिवार्यताओं का समुचित ध्यान रखा जाए।

४. सामान्य तौर पर इन सबके रहने के अलग-अलग कक्ष होंगे, पर बड़े लोगों का आपस में एक-दूसरे से मिलना जरूरी है, वरना देश का हित कौन सोचेगा? इस उद्‌देश्य से जेल में एक कमेटी-रूम भी बनना ही बनना!

५. जेलों में सुधार-सुविधाएँ जनहित अर्थात् हम सबके हित में हैं। कौन जाने कब किसका नंबर आ जाए?

६. फिलहाल योजना आयोग और वित्त मंत्रालय मिलकर उपरोक्त के त्वरित क्रियान्वयन में कार्यरत हैं। हमें विश्वास है, आठ-दस साल में ऐसे आदर्श जेल बनकर तैयार हो जाएँगे। सरकार के अति आवश्यक कामों में भी इतना समय तो लग ही जाता है!

□

यादों का अतीत, भविष्य के गे-रिश्ते

जैसे-जैसे विज्ञान तरक्की पर है, चमत्कारों की तादाद भी। अगर सोचिए तो यह न कोई अजूबा है, न करिश्मा। सालो-साल वैज्ञानिक किसी खोज में खून-पसीना एक करते हैं। नतीजा सिफर का सिफर। फिर यकायक प्रेरणा का एक क्षण आता है। वह सोते-सोते, नहाते-धोते, जागते-बतियाते कभी भी मुमकिन है।

अपन किस्मतवाले हैं। घस-खुद्दे की तर्ज पर फाइल-खुद्दे हैं। यह दीगर है कि घस-खुद्दा अपने दायरे में उपयोगी है, अपनी कोई उपयोगिता नहीं है। कागज के ढेरों में व्याप्त दीमक, चूहे, मच्छर वगैरह-वगैरह को कोई उपलब्धि माने तो बात अलग है। गनीमत है कि हमें प्रेरणा के क्षण नहीं आते हैं। कुछ इसे पागलपन भी कहते हैं। बताइए, आदरणीय आर्कमिडीज अच्छे-भले बाथ-टब में लेटे थे। हमें शक है। गाना भी गा रहे होंगे। दुनिया-जहान के सारे बेसुरे नहाते वक्त आक्रामक अंदाज में संगीत की टाँग क्यों तोड़ते हैं, यह चिंतन का विषय है। बहरहाल, आर्कमिडीज अचानक उठे। लाज-शर्म उन्होंने टब के जल को अर्पित की। 'यूरेका, यूरेका' चिल्लाते सड़क पर दौड़ पड़े।

इसे कोई प्रेरणा कहे या पागलपन, हमें तो यह लगता है कि दुर्घटना और प्रेरणा में कोई खास फर्क नहीं है। कौन कह सकता है कि कब प्रेरणा आए, कब दुर्घटना। सच्चाई एक है। दोनों दबे पाँव आती हैं और शिकार का काम तमाम कर तत्काल ओझल।

दोनों में एक और साम्य है। न प्रेरणा बता के आती है, न दुर्घटना। बड़ी सीधी सी बात है। अगर बता ही दे कि भैया! बच के रहना, हम पधार रहे हैं, तो दुर्घटना होगी ही कैसे! पैदल, साइकिल, स्कूटर सब नगर बस से एक सम्मानजनक और सुरक्षात्मक दूरी बनाएँगे। वहीं प्रेरणा का भी पूर्वाभास हो तो वैज्ञानिक सूट-

बूट डालकर बैठे रहें और नहाएँ भी तो चड्डी चढ़ाकर कि नंगी-पंगी दौड़ न लगानी पड़े, खुशी के अतिरेक में।

फाइल-खुद्दे के साथ ऐसी दिक्कत नहीं है। उसे खबर है। अगर दफ्तर में है, छुट्टी या निलंबन पर नहीं, तो फाइल तो आनी ही आनी। हाँ, बस कब जाएगी, यह कहना मुश्किल है। यदि फाइल में रुपए के पहिए नहीं जड़े हैं तो वह कैसे आगे बढ़ेगी? यह एक बेहद सामान्य तथ्य है, जो साइकिल-रिक्शेवाले भी जानते हैं। लगता है कि दूर विदेश में बसे भारतीय उद्योगपति का हमारी स्वदेशी सरकार से कभी पाला नहीं पड़ा है। नहीं तो ऐसी नादानी कैसे संभव थी! ऐसा बुद्धि से कोरा कौन हो सकता है, जो यह भी न जाने कि चलने के लिए जीव को पैर और निर्जीव के पहिए होना ही होना!

यही वजह है कि समझदार 'पहिए' पहले इनायत करते हैं सरकारी दफ्तर के हर छोटे-बड़े कल-पुर्जे को और अपना प्रस्ताव, अरजी या प्रतिवेदन बाद में। एक बार यह सब अनिवार्य औपचारिकताएँ पूरी होते ही कागज के पंख लगते हैं। बाबू आँखें फाड़े इंतजार करता है कि कागज आए और फौरन से पेशतर मंजिल पर पहुँचे। अफसर पलक-पाँवड़े बिछाए तैयार है, उसे ठिकाने लगाने या मंत्री से 'सिगनाचूर' करवाने को। पूरे दफ्तर में एक स्वस्थ प्रतियोगिता है कार्यकुशलता की।

जाने क्यों, हमारे नीति-निर्माताओं को आज तक यह पल्ले नहीं पड़ा है कि तनख्वाह नामक मासिक भुगतान दफ्तर आने-जाने के लिए है! महँगाई-भत्ता जिसे कहा जाता है, वह केवल दिन-प्रतिदिन ऊँची कूद की प्रतिस्पर्धा में जुटी जीने की आवश्यक वस्तुओं से जूझने का एक असहाय अस्त्र है।

इन हालात में बेचारा सरकारी जनसेवक काम कैसे करे? अब तक हाथ पर हाथ धरे बैठे या मक्खी मारते-मारते, नहीं तो कैंटीन में देश की हर समस्या का हल निकालते-निकालते उसमें काम के प्रति ऐसी अरुचि और जड़ता आ गई है कि वह विवश है। दफ्तर में फाइल जैसी फिजूलियात दिखी नहीं कि उसके अच्छे-खासे हाथ, जो अभी व्यवस्था के विरोध और कार्य की अपेक्षा रखनेवालों की तानाशाही के खिलाफ मुट्ठियाँ भींचे, पूरे दफ्तर को सिर पर उठाए थे, अब लकवा-ग्रसित स्थिति में हैं। वह ऐसे मजबूर हैं कि कलम पकड़ने तक में कष्ट है। उसकी आँखें जो बाजार में हर सुंदरी को घूरकर निर्वस्त्र करने को अपलक प्रस्तुत रहती हैं, जरूर किसी फाइल फोबिया की सताई हैं। आँखों ने फाइल देखी नहीं कि उनमें जैसे समुंदर उमड़ता है। कौन कहे कि यह गरीब जनता से हमदर्दी और

जुड़ाव की निशानी है कि कागज ताकने के तनाव की? हमें तो कभी-कभी ताज्जुब होता है कि 'पहिए' ऐसी करिश्माई नियामत को कमअक्ल, घूस और भ्रष्टाचार जैसी अशोभन गालियाँ क्यों देते हैं?

हमें अफसोस है। लोग देश की अखंडता-एकता में भ्रष्टाचार की अहम भूमिका को जान-बूझकर नजरअंदाज करने को उतारू हैं। कितने भी हवाईजहाज उड़ें, इधर से उधर, कितनी भी ट्रेनें दौड़ें, कितने भी तीर्थ, ज्योतिर्लिंग हों, कितने भी धर्मभीरू दूर-दूर से आकर वहाँ मत्था टेकें, भावनात्मक एकता की बात ऐसे नहीं बननी है।

यही आलम डाक का है। वर्तमान एस.एम.एस. का युग है या फिर इ-मेल का। जो कहना है, अँगूठे से अक्षर दबा-दबाकर या टाइप कर कह दिया, पते का नंबर लिखा (नाम से ज्यादा जरूरी नंबर है। जीवन की जेल हो या मशीन की, नाम से जिसका वास्ता है, वह मशीन है। उसका नंबर है। नाम तो व्यक्ति का होता है। व्यक्ति से मतलब किसे है?) बटन इधर दबाया, सँदेसा उधर पहुँच गया। इन हालात में, समान लक्ष्य की एकता जो पूरे देश में व्याप्त है, वह भ्रष्टाचार की है।

सैल फोन हो या कंप्यूटर, दोनों हमें मुँह चिढ़ा के कहते हैं—"कमअक्ल! क्यों विकास से आँखें मूँदे पड़ा है। तरक्की कर। बंद कर कागज कारे करना। बैठ कंप्यूटर के सामने। खटखट टाइप कर। पढ़ना है तो पोइट्री से लेकर पोर्नोग्राफी तक हाजिर है तेरी सेवा में। मौका मत चूक। लिख भी यहीं, पढ़ भी यहीं। सरकार में है तो घूस ले, मुल्क की एकता सुदृढ़ कर!"

इसे हम अनपढ़ का पोंगापन ही मानते हैं। अपन को आज भी कंप्यूटर को देखकर पसीने छूटते हैं। जीवन में ऐसे ही मशीन का प्रवेश कौन कम है जो एक और दिनचर्या में शामिल हो? घर से सड़क, सड़क से दफ्तर तक अब मशीन ही मशीन है। शाम को हम वाशिंग मशीन से कपड़े निकालते हैं, उन्हें प्रेस कर सुबह की तैयारी करते हैं। सुबह बिजली की केतली में पानी खौलाकर चाय बनाते हैं, टोस्टर से टोस्ट। पत्नी आलू भर के फेट फ्री पराँठे रचती हैं और पूरे दिन का इंतजाम हो जाता है।

सरकार की मेहरबानी है। मैट्रो स्टेशन तक पैरों के वाहन से पहुँचना कठिन नहीं है। व्यक्ति का अस्तित्व है ही कहाँ? बड़ी के बीच हम सब छोटी मशीन ही तो हैं। मैट्रो के चमचमाते डिब्बों में बैठकर इतना वक्त भी नहीं मिलता है कि कोई वहाँ बैठी लड़कियों को जी भरकर घूर भी ले। जब से महिलाओं ने पुरुषों से बराबरी के दौर में कामयाबी से दस्तक दी है, लड़कियाँ भी टोल बना के चलती

हैं। कभी हम सौंदर्य की प्रशंसा में सीटी बजाते थे, उन्हें देखते ही। इधर ऐसा अभ्यास छूटा है कि मैट्रो की गति के सामने ओठ तो बाकायदा गोल होते हैं, बस आवाज नहीं निकलती है।

यों सीटियाँ अब भी गूँजती हैं। हमें कभी-कभी ताज्जुब होता है। वर्तमान नैतिकता के नए फैशन का जमाना है। अब पुरुष पुरुष की तारीफ सीटी से करते हैं। क्या अनूठा और दिलकश नजारा है! एक सीटी बजाता है, दूसरा इठलाकर लजाता है!

हमें सूरमा भोपाली याद आते हैं। खुद तो कब के खुदा को प्यारे हो गए। बड़े प्यारे इनसान थे। आपातकाल में 'हम दो, हमारे दो' की जबरिया जर्राही से खासे खफा थे। आज खुश होते, कहते—'भाई मियाँ, फौत संजय का मिशन खुद-बखुद पूरा हो गया।' क्या नारा होगा, जानते हो? 'जोड़ा हमारा, सबसे न्यारा!' यह भी कह सकते हैं—'प्यारे! अब क्या हीला-हवाला, बढ़ती आबादी पर हमने जड़ डाला अलीगढ़ी ताला।'

मियाँ सूरमा उर्फ नाहर सिंह, हॉकी के शौकिया खिलाड़ी ही नहीं, एक मौलिक विचारक भी थे। उनका मनन-चिंतन विश्वव्यापी था। जुबान के एक कोने पर चूना रखकर जब वो हमीदिया कॉलेज के लॉन पर पसरे दाढ़ी बढ़ाए भूरे मियाँ और मीना कुमारी के किस्से सुनाते तो हम परवीन, मुनव्वर, संध्या, विजया जैसी सुंदरियों के ख्वाब देखते। अपना राष्ट्रप्रेम और वैचारिक स्तर तब लड़कियों को ताकने और उनसे बात करने के मौके तलाशने तक सीमित था। वह तो अब पता लगा कि दाढ़ी बढ़ाकर कुछ प्रगतिशील बनते हैं, कुछ प्रतिक्रियावादी।

वे भी क्या दिन थे! लड़कियों और मैदान के कोने में बैठे भूरे मियाँ को हम सब अपना-अपना रूमानी आदर्श मानकर ताकते। गम-जदा भूरे मियाँ न क्रिकेट की बात करते, न हॉकी की। बस पीपल के पेड़ की तनहाई को आबाद करते, एक ही गीत गुनगुनाते—''देवता तुम हो मेरा सहारा, मैंने थामा है दामन तुम्हारा।''

सूरमा भाई अकसर सलमान के बाप सलीम का भी जिक्र करते—''अमाँ यार! भोपाल आता है, कभी-कभार। मोटर साइकिल पर 'प्रिंस ऑफ जावरा' की नंबर प्लेट लगाकर।'' नाहर सलीम को घास नहीं डालते थे। हमें यकीन है। सलीम के लख्तेजिगर, सलमान भूरे मियाँ से रूबरू होते तो यकीनन उस छह फुटे लंबे सुर्ख रखे पठान जवान के सामने अपने बदसूरत होने का अहसास करते। दीगर है कि ऐसा तवारीखी मौका कभी आ नहीं पाया। यों भी सफलता किसी के भी व्यक्तित्व में चार चाँद लगाने में समर्थ है। हमारे दोस्त और शहरे-भोपाल के साथी

तथा उसके इतिहास में माहिर अजीज भाई बताते हैं कि भूरे मियाँ अपने साहबजादे के साथ आज यू.ए.ई. में तशरीफ रखते हैं।

हमें कभी-कभी खयाल आता है कि आज भोपाल की सरजमीं पर नाहर भाई अपने हमउम्रों को क्या ज्ञान बाँटते? हमें भरोसा है कि हर युग में एक-न-एक अदद नाहर भाई और भूरे मियाँ होना-ही-होना। कानून कितनी भी गे-रिश्तों को वैधता दे, एक उम्र तक लड़के-लड़कियों का आकर्षण भी रहना-ही-रहना। वक्त की सूई पीछे घुमाना उतना ही नामुमकिन है जितना मुल्क से एक बार जम गई। भ्रष्टाचार की काई को हटाना।

अपन का अनुमान है कि नाहर भाई आज अगर होते तो कुछ इस अंदाज में हम उम्रों से संवाद करते—''भाई मियाँ! समझो अब फिल्मों से नायिकाओं के दिन पूरे हो गए। थोड़े दिनों में यकीन जानो अपने अलावा, सबका चांस है हीरो-हीरोइन बनने का।'' कोई सवाल उठाता—''आप क्यों नहीं?'' ''भाई मियाँ, जब सुनील शेट्टी या अजय देवगन को देखते हैं तो थोड़ी उम्मीद जगती है, अब तो वह भी जाती रही। कभी भरोसा था कि चलो हीरो नहीं, विलैन तो बन ही जाएँगे।''

''पर विलैन क्यों नहीं?'' दूसरे ने प्रश्न किया।

''यार, तुम अक्ल से इतने पैदल क्यों हो? भविष्य की फिल्मों का जलवा अलग होगा! दो लड़के नायक-नायिका होंगे, जो आज हीरोइन हैं, वह 'वैंप' होंगी। यही तो नई तरह का 'लव ट्राइंगल' है।'' नाहर भाई भविष्यवाणी करते।

''इस लव-स्टोरी में वैंप-सुंदरी के सामने अपने ऐसे चेचक-जड़े चौखटे को कौन लिफ्ट देगा?'' नाहर भाई अपनी उदासी को आगे बाँट पाते कि एक जिज्ञासु बोल पड़ा—''भाई मियाँ! माना कि मुल्क में एक नया इनकलाब तशरीफ ला रहा है। अब तक तो श्री-श्रीमती का चलन था, अब के शादीशुदा क्या श्रीमान-श्री कहलाएँगे?''

नाहर कुछ भी कह पाते कि उनका बुलावा आ जाता। पास के एक मैदान में हॉकी चल रही थी, अमूमन वह गेंद पर चलती है, चलना भी चाहिए। पर हरकारा खबर लाया था कि दोनों टीमों के चंद सिरफिरे उसे गेंद के बजाय एक-दूसरे के सिरों पर चला रहे हैं। नाहर उर्फ सूरमा भोपाली के बीच-बचाव की तत्काल दरकार है। लिहाजा, वह बिना शंका-समाधान किए हरकारे की मोटर साइकिल पर फुर्र हो जाते।

कॉलेज के मैदान का यह कोना नाहर का दरबार-कोना है। पता नहीं, वह क्लास में कभी जाते भी हैं या नहीं, पर इस स्थायी मिलन केंद्र पर हमेशा उपलब्ध

रहते हैं, सिर्फ झगड़े-टंटे मिटाने के अस्थायी मिशनों के अलावा। हॉकी से सिर बचाने की मुहिम से जब नाहर लौटे तो एक घंटा गुजर चुका था। दरबार, प्रशंसक, चमचे या चेले-चाँटी उनकी अनुपस्थिति में कैंटीन शिफ्ट हो लिये थे! जब मोटर-साइकिल के आगमन की आवाज सुनी तो वह फिर 'नाहर-कोने' में आ जमे।

नाहर को अनुत्तरित प्रश्न अभी भी याद था। नाम, चेहरे, सवाल याद रखना ही तो बड़े लोगों की खासियत है। नाहर भी यों ही तो सूरमा भोपाली तक नहीं तरक्की कर गए थे। उन्होंने प्रश्नकर्ता की शक्ल देखी और बोले, ''भाई मियाँ! कपल कहो, जोड़ा कहो या इक्कीसवीं सदी के आदर्श परिवार की मौलिक अवधारणा। अंतर क्या पड़ता है? कूड़ेदान को उगलदान कहो या पानदान, पड़ना तो उसमें कूड़ा ही है। सब नए जमाने के चोंचले हैं आत्म-प्रचार तथा तथाकथित प्रगति के।''

इसके बाद सूरमा पुलिस का गुणगान करने लगे। ''कौन कहता है कि वरदी का काम कानून-व्यवस्था कायम रखना है? इतने उठाईगीर, शोहदे, गुंडे, दादाओं के पेट का सवाल जुड़ा है, इन छोटी-मोटी वारदातों से। पुलिस क्या पगला गई है, जो किसी की रोजी-रोटी पर लात मारे? उसकी वसूली भी तो निर्भर है, ऐसे ही भाई लोगों पर! लिहाजा, वह अपना काम करती है बदमुज्जना अपना। नहीं तो क्या दरकार थी हमें हॉकी-युद्ध में पड़ने की?''

नाहर आगे बताते—''पहले भाई लोगों ने थाने फोन किया था। वहाँ से जवाब मिला कि पुलिस ऐसे टुच्चे मसलों में नहीं पड़ती है। जब शिकायतकर्ता ने कहा कि सिर फूटे तो लाशें बिछने का खतरा है तो उधर से उत्तर आया कि तुम्हारे पेट में दर्द क्यों है? सिर दूसरों के हैं, फूटते हैं तो फूटने दो। तुम भैया अपनी सलामती का सोचो। हॉकी हो और हिंसा न हो, कैसे संभव है? वक्त है, घर फूट लो।''

नाहर का निष्कर्ष है कि पुलिस की इस भयंकर काहिली और बिल्ली देखते ही आँखें मूँदने की कबूतरी प्रवृत्ति के बावजूद लोग जिंदा हैं। इतना ही नहीं, सड़कें भरी हैं, बाजारों में चहल-पहल है। चमत्कारों के देश में यह कौन किसी चमत्कार से कम है।

धृतराष्ट्र एक आदर्श राजा थे वरना महाभारत कैसे होता! यदि न होता तो युधिष्ठिर का झूठ, दुर्योधन का दुर्व्यवहार, कन्हैया की गीता का सच कैसे सामने आता। प्रजातंत्र में कोई सुर्खाब के पर तो नहीं कि अचानक सब बदल जाए। शासक का चरित्र है। अगर शासक है तो उसे आँखों पर पट्टी बाँधना-ही-बाँधना।

इससे साबित होता है कि भारत एक अतीत प्रधान देश है और महाभारत की लकीर आज भी पीट रहा है। धृतराष्ट्र को तो सत्ता के मंदिर में स्थापित कर उनकी पूजा-अर्चना करनी चाहिए। साथ में भारतीय पुलिस का नाम लिखकर किसी रास्ते के पत्थर को वरदी पहनाकर सजा दें तो कहना ही क्या है? कबीरजी गलत कह गए हैं कि पाहन पूजे हरि मिले, तो मैं पूजूँ पहाड़। आज की नैतिकता के कानून-कायदों और इनसानियत की संवेदना पर पत्थर रखकर ही सफलता का प्रभु प्राप्त होता है।

यों यादों का चमत्कार अकसर हो जाता है। न धृतराष्ट्र हमारे प्रजातंत्र के आकाओं का पीछा छोड़ रहे हैं, न नाहर सिंह की याद हमारी। हमें फिर कॉलेज के नाहर कोने का ध्यान आया। वहाँ क्या हो रहा होता! इस बार किसी ने उन्हें यह सुझाव देने की गुस्ताखी की कि 'नाहर भाई! लड़का-लड़का कानूनन शादी के बँधन में बँधकर साथ रहें या यों ही 'लि इन' से ऐसे रिश्ते के कई फायदे हैं।'' नाहर चुप रहे। पर उनके दरबार के एक दरबारी चहके—''अरे मियाँ! अनाप-शनाप आबादी, ताबड़तोड़ लड़कों-लड़कियों की शादियों का स्वाभाविक परिणाम है। कम-से-कम 'गे ब्याहों' से ऐसा खतरा तो नहीं है।''

नाहर से अब चुप्पी बरदाश्त न हुई। वह खासे खफा थे इस सामाजिक विघटन और नए किस्म की पारिवारिक अवधारणा से। वह चहक पड़े—भाई मियाँ! आबादी तो अब रुकने से रही। संतान की ख्वाइश एक कुदरती हसरत है। वैज्ञानिक कोई हाथ-पर-हाथ रखे तो बैठे नहीं हैं। इसीलिए तो उन्होंने टैस्ट-ट्यूब बेबी ईजाद की है। लड़के-लड़के इधर ब्याहता बनेंगे, उधर लड़का-लड़की। बच्चों की चाहत हुई तो टैस्ट ट्यूब से संतान का वरदान देनेवाला डॉक्टर तो है ही।''

एक उम्र के बाद यादों से उबरना बेहद मुश्किल हो जाता है। हारी-बीमारी के नर्क और सुधियों की चहल-पहल से कोई उबरा तो उसे वर्तमान का शून्य आ जकड़ता है। बहरहाल, भोपाल को भुला हमने अखबार पर नजर डाली।

वही सियासत की उथल-पुथल, आला लोगों के भ्रष्टाचार, हत्या-अपहरण वगैरह-वगैरह के रुटीन समाचार थे। जो आशाप्रद खबर थी वह यह थी कि इधर वैज्ञानिक बुढ़ापे से जूझने की कोशिशों में लगे हैं। उन्हें सफलता की आशा है शीघ्र ही।

हमारे हाथ डैंचर फिट करने जा रहे थे, यकायक रुक गए। आज के जमाने में कॉलेज की आजादी भोगने की मन में बड़ी हसरत है! कौन जाने, डैंचरवालों की

नई बत्तीसी उगे, गंजों के बाल। चश्मा-वश्मा तो खैर चलता है। यादों से उबरे तो हम भविष्य में खो गए।

जाने क्यों, आदमी कभी अतीत में खोता है, कभी भविष्य में। वर्तमान से उसे ऐसा क्या परहेज है कि कोई उसमें जान-बूझकर रहना ही नहीं चाहता है। क्या पता, हमारी परेशानियों की यह भी एक बड़ी वजह हो! हम भी उस चमत्कारी आविष्कार की बेचैनी से प्रतीक्षा कर रहे हैं, यह भूलकर कि वह सुखद 'गे' भविष्य अपने जीते जी आया भी तो वह फिर वर्तमान बनेगा और अपन फिर लगन से अतीत नहीं, तो भविष्य के किसी स्वप्निल चमत्कार की ओर दौड़ेंगे!

□

सपने दिखाने का हुनर

आज हम यों ही बैठे-ठाले सोच रहे थे। हमने वित्तमंत्री का भाषण दूरदर्शन पर देखा-सुना था। अपन प्रसन्न थे। कितना नेक इनसान होता है वित्तमंत्री। हर बार आयकर की सीमा बढ़ाकर तबीयत खुश कर देता है। अपने जैसे कम अक्लों के पास समझ नहीं है। वह तो जब दूसरे बताते हैं तो पल्ले पड़ता है। हर फाइनेंस मिनिस्टर नामक इस सरकारी प्राधिकृत जेबकतरे के पास जनता की पीठ में छुरा भौंकने का एक कारगर और जबरदस्त खतरनाक हथियार है, जिसे सर्विस टैक्स कहते हैं। इस पैने अस्त्र से वह जनता की गुपचुप ऐसे सेवा करता है कि उसे खबर ही नहीं होती है कि पीठ से जो पैसे का खून बह रहा है, यह किस दुश्मन की हरकत है। वह तो तब चेतता है, जब दूसरे बताते हैं कि यह उस भलेमानुस की कारगुजारी है, जिसे हम अपने कल्याण का कार्तिकेय मानते थे। जिसकी शान में हम ने बजट के बाद लगातार कसीदे पढ़े हैं। मन होता है कि अपना माथा पीट लें। पर क्या फायदा! तब तक बहुत देर हो चुकी होती है। पीठ इस अप्रत्यक्ष कर के घाव से ऐसे ही लहूलुहान है। सिर फोड़ने से क्या हासिल होना है?

यों सारे-के-सारे सियासी धंधेबाज जनता को सपने दिखाने के जन्मजात सौदागर हैं। इस कला में उनका कोई मुकाबला नहीं है। एक जाने-माने ज्योतिषी हमें आगाह करते हैं—"भैया! इनसे बचकर रहना। अपना भविष्य यह हम से जानकर जाते हैं और फिर पूरे देश को उल्लू बनाते हैं।" हमें शक हुआ। मामला यहाँ पेशेवर डाह का है। दोनों अपने क्षेत्र के छत्रसाल हैं। सपनों के अखाड़े के सक्रिय गुरु हैं। जैसे सरकारी कर्मचारी भ्रष्टातुर हैं, यह ठगातुर हैं। कैसे किसे कितनी संख्या में कितनी बार सफलता से ठगें! दोनों का मिशन यही है। एक वित्तमंत्री ही क्यों, सारे नेता झूठे सपने दिखाते हैं। जनता परेशान है। कैंसर का

मरीज अपने निदान के लिए दर-दर भटकता है। एलोपैथी से लेकर आयुर्वेदिक, होम्योपैथी, यहाँ तक कि तंत्र-मंत्र किस-किस का सहारा नहीं लेता है? सब उसे रोग के निदान के सपने दिखाते हैं। उसके पास कोई चारा नहीं है। वह इस असाध्य रोग से मुक्ति चाहता है। सब पर भरोसा करता है। कई ने बताया कि मृत्युंजय का पाठ करो तो लगन से उस में जुटता है। बचपन से लेकर पढ़ाई के अंत तक उसने परीक्षा और रिजल्ट के पहले हनुमानजी को प्रसाद की घूस दी है। उन पर उसका अटूट विश्वास है। उन को भी प्रसाद का वादा कर पटाता है। जिसकी जान का जोखम है, वह वाकई में सब करने को प्रस्तुत है।

यही आलम भारतीय जनता का है। वह दाने-दाने, भूख, अभाव, भ्रष्टाचार, कुपोषण, सामाजिक कुरीतियों, सरकार की बेरुखी वगैरह से तंग है। उसे कोई दाल-रोटी के सपने दिखाए, बेरोजगारी हटाने का वादा करे तो उसका ऐसों के लुभावने चरकों में आना लाजमी है। इतना ही नहीं, चरकों के चाणक्य उनके सिर के ऊपर छत, तन पर कपड़े, सुशासन वगैरह-वगैरह का वादा करते हैं, ठीक उसी शैली में जैसे कैंसर के रोगी से कोई जादू-टोने से स्वस्थ होने का। मरता क्या न करता? पिछली बार जनता ऐसे ही झूठे आश्वासनों को भुगत चुकी है। किसी के मोहल्ले में सड़क बनने वाली थी। वहाँ बरगलाने के ब्रह्म का लगा शिलान्यास का बोर्ड भी अबतक उखड़ चुका है। एक सरकारी स्कूल की योजना थी। वह पता नहीं सचिवालय की किस फाइल में दफन है? बस इतना जरूर है कि जनता को इस योजना से भरमाने वाले विधायक की शिक्षा की निजी दुकान शहर में खुल चुकी है। दरअसल, वह खुद प्राइमरी से लेकर उच्च तकनीकी शिक्षा के उद्योगपति हैं।

सियासत में वह इसी नेकनीयती के चलते आए थे। सत्ता में रहे तो जमीन हड़पने, पैसे जुटाने, संबद्ध विभागों को हड़काने में सुविधा रहेगी। सपने दिखाने की कला में महारत के लिए उन्होंने बाकायदा मेहनत की। राजनैतिक पेशे के धुरंधरों के 'टेप' सुने। उनके हाव-भाव, हाथ हिलाने और ख्वाब दिखाने की शैली का अध्ययन किया। इस से कौन इनकार कर सकता है कि वह धुन के पक्के हैं। उन में लक्ष्य को पाने की लगन है। उस के लिए पसीना बहाने की क्षमता है।

वह शुरू-शुरू में ऐसे ही विधायक नहीं बने। उन्होंने हर आला नेता-प्रभु के चक्कर काटे। उन्हें भेंट-गिफ्ट से नवाजा। पार्टी-फंड में कैश का चढ़ावा चढ़ाया उनके माध्यम से। पैसे का चढ़ावा ही आज की जनसेवा है। दल के सुप्रीमो उनकी जनता में पैठ से प्रभावित हुए। ट्रेन से लेकर हवाई यात्रा के टिकट तक की कीमत है तो विधायकी के टिकट की क्यों न हो? आम यात्री को तो नहीं है, सियासी

मुसाफिर को तो सीट के मूल्य की वापसी की पूरी संभावना है। वह शिक्षा के धंधे के आला धन-पशु हैं। लिहाजा उनकी संस्थाओं के टीचर उनके जेबी वर्कर हैं, वरना बेचारों को नौकरी जाने का खतरा है। ऐसे भी मालिक उनसे दस्तखत ज्यादा तनख्वाह पर कराते और वेतन कम देते हैं। कौन जाने, चुनाव जीते तो रहम करें। दस्तखत के बराबर पैसे देने लगें। यों इसका चांस कम है। इस प्रकार के महान् व्यक्ति बस अपना मतलब निकालना जानते हैं। वह बीबी तक के सगे दहेज तक थे, अब नहीं हैं। दूसरों के क्या होंगे?

टीचर उनकी अपनी संस्थाओं के हैं। उनके वेतन-भोगी हैं। जनता से उन्हें वोट के अलावा क्या लेना-देना है? उसे तो उन्हें सिर्फ वोट का उल्लू सीधा करना है। सपने दिखाने हैं। कभी वादों की सौगात बाँटनी है, कभी दारू की। जब उसे अपनी पत्नी-परिवार, कर्मचारियों से कोई लगाव नहीं है तो जनता से क्यों हो?

वह सेवा के झाँसे देने का कलाकार है, उसका जनसेवा और जन-कल्याण से क्या वास्ता! जैसे फिल्मों के कलाकार जुदा-जुदा किस्म के रोल करते हैं, वह फिलहाल लीडर का कर रहा है। उसकी भी स्क्रिप्ट है। संवाद है। वह उन्हें दोहराकर चुनाव जीतने की उसे पूरी आशा है। क्या इतना कम है कि वातानुकूलन और पाँच-सितारा भोजन का आदी गाँव-गाँव की धूल फाँक रहा है, सब के साथ रूखा-सूखा भोजन खा रहा है, गरीब-बेसहारा लोगों के साथ चाय पी रहा है। जनता के साथ जुड़ना, उनका दुःख-दर्द जानना इसी को तो कहते हैं। क्या जरूरी है कि वह दुःख-दर्द जानने का सप्रयास भी करे और उन्हें दूर भी करे। वह तो नेता है। उसने सुना। टीचर-वर्कर ने नोट किया। यहाँ तो पूरी सरकार है, जन-साधारण के दुःख-दर्द निवारण को। इतना बड़ा अमला है। कर्मचारियों की फौज है। वह सब क्या मक्खी मारने और ऊँचा वेतन पाने के लिए बने हैं?

सपने दिखाना एक छूत का रोग है। जिसके पास भी सत्ता है, वह इसी पुण्य कर्म में जुटा है। अफसर तो अफसर, उनके वैयक्तिक सहायक तक ऐसे ही धाक जमाते हैं। हर मिलनेवाले को आश्वस्त करते हैं, "सर! साहब तो अपनी जेब में हैं, आपका केस आया नहीं कि हम उसे स्वयं आपके पक्ष में साहब से 'साइन' करवा के आपको सूचित करेंगे। यह तो मामूली मामला है। हम तो कई जटिल और विवादास्पद मसलों में पार्टी के पक्ष में फैसला करवा चुके हैं। यह तो अपने बाएँ हाथ का खेल है।" सपने दिखना भ्रष्टाचार की पूर्व और प्राथमिक प्रक्रिया है। एक बार यह कामयाबी से अंजाम कर इसके कलाकार अपनी अपनी जेबें भरते हैं। यह भ्रष्टाचार की गटर-गंगा कतई ऊपर से नीचे तक बिना रोक-टोक ठाठ से

बहती है। सरकार के हर विभाग का अब यही स्वस्थ और सुखद माहौल है। सब के सब आकंठ करप्शन की विष्ठा में डूबे हैं। उनके कर्मचारियों को इस दुर्गंधित वातावरण की ऐसी आदत हो गई है कि उससे बाहर निकलकर उन्हें साँस आने की संभावना नहीं के बराबर है।

इसके बावजूद आला नीति-निर्धारक और तथाकथित ईमानदार लीडर हमें भ्रष्टाचार मिटाने के हसीन सपने दिखाने से बाज नहीं आते हैं। वह देश की सबसे बड़ी भ्रष्टाचार निरोधक संस्था के प्रमुख के लिए छाँटकर एक ऐसे मनपसंद बाबू को कुरसी देने का प्रयास करते हैं, जिसके खिलाफ कोर्ट में चार्जशीट दाखिल है। जब चयन के दौरान उन्हें चयन समिति का एक सदस्य इस केस की जानकारी देता भी है, पर वह भोले, अनजान और नादान हैं। इतने वर्षों से सरकार में रहकर उन्होंने न जाने कितने अफसरों की सरकारी जिंदगी सुनी-सुनाई पर तबाह की है, उनका केस सी.बी.आई. को सौंपकर। उनका प्रमोशन रोका है जाँच की दुहाई देकर। ऐसे निष्ठावान् और जनहित को समर्पित जनसेवक, जिन की आस्था और विश्वास है कि ऊपरवाले ने ज्ञान और अक्ल का एकाधिकार उनको सौंपा है, सब जानते हुए भी जिद पर अड़ते हैं कि फैसला तत्काल उनके चहेते कलंकित बाबू के पक्ष में हो। कौन जिम्मेदार है इस चयन के लिए? किसने अधिकारी की निजी फाइल से इस 'केस' को गायब कर दिया? क्या ऐसों को सजा होगी? हमें यकीन है, यह असंभव है।

प्रजातंत्र के इस भ्रष्ट काल में ऐसा गोलमाल नहीं चलेगा तो कब चलेगा? यों भी करप्शन के कपटी शासन के लाड़ले हैं। 'हम भ्रष्टन के, भ्रष्ट हमारे' के युग में ऐसा कोई सोचे तो यही साबित होता है कि इनसान का जन्म लेकर वह अक्ल से कोरा है। मूर्खता का महाबलेश्वर है। सिर्फ इसलिए पैदा हुआ है कि लोग उसे सपने दिखाएँ और वह देखे ही नहीं, उन पर विश्वास भी करे।

भारत के जनतंत्र को ऐसे ही 'जनों' की जरूरत है। इसलिए ज्यादातर आबादी को निरक्षर रखा गया है। उन्हें सपने दिखाना आसान है। शिक्षा तो शिक्षा उन्हें ककहरा सिखाने तक का आज भी समुचित इंतजाम नहीं है। ऐसे अनपढ़ों को बजाय रोजगार योग्य बनाने के हम उन्हें नरेगा-मनरेगा का चरका देकर और असहाय बना रहे हैं। उसमें भी काम बेकारों को कहाँ मिलता है? यह भी 'प्रधानजी' की कृपा पर मयस्सर है। वह पंच खरीदकर प्रधान बने हैं और करप्शन-काल के रीति-रिवाज के अनुसार कमीशन खाकर ही कोई भुगतान मुमकिन है। अपना तो खयाल है कि हमने प्रजातांत्रिक मताधार का ऐसा मखौल बना दिया है कि 'जहँ-

जहँ चरण पड़े चुनाव के, तहँ-तहँ बंटाधार'!

सपने दिखने की कला में महारत रखनेवालों ने देश की एक बड़ी सेवा की है। उनकी पहल से मुल्क में बिचौलिया-उद्योग की नींव पड़ी है। ऐसे सत्ता से संपर्क की रोटी खाते हैं। वह व्यक्ति से नहीं, कुरसी के कौरव हैं। हर दल के प्रति उनकी समान दृष्टि है। उनका उसूल सत्ता की सेवा, लक्ष्य कुरसी की कृपा है। अपने ग्राहकों को वह हर तरह के शासकीय प्रसाद के ख्वाब दिखाते हैं। टू-जी स्पैक्ट्रम घोटाला इस का छोटा सा नमूना है। अपने भरोसेमंद अफसरों को वह मनचाही नियुक्ति से नवाजते हैं। मंत्रियों पर भेंट-चढ़ावा चढ़ाते हैं, पत्रकारों को भेंट-गिफ्ट से फँसाते हैं।

बिचौलिये ऐसे बहेलिया हैं, जिनके जाल में गौरैया से लेकर गिद्ध तक फँसे हैं और वह भी खुशी-खुशी। उन्होंने गौरैया को घरों में घोंसलों के सपने दिखाए हैं और गिद्ध को नर-कंकालों के।

उनकी मान्यता है कि वह भारतीय सिनेमा से ज्यादा रूमानी सपने बेचते हैं। ज्योतिषी उन के आगे कल के बच्चे हैं। नेता-अफसर भारतीय गेंदबाज और बल्लेबाजों के समान अज्ञान के अभिमन्यु। बड़े मैच के चक्रव्यूह में प्रवेश तो कर गए, अब बाहर कैसे आएँ? बाबू लीडर भोली जनता का शिकार करते हैं, बिचौलिए, शातिर नेता-अफसर और चालाक उद्योगपतियों का। जाहिर है कि वह महान् नायाब और धाकड़ कलाकार हैं सपनों की मार्केटिंग के। उनकी तुलना में बाकी बौने हैं। अभी उन्होंने इस हुनर का सीखा ही क्या है? हर बिचौलिया-धाँधलिया पैन इंडिया, लूटिया का वैसा ही सम्माननीय सदस्य है, जैसे आला नेता, अफसर और ठेकेदार। ऐसे सब जुबानी जमाखर्च के माध्यम से राष्ट्र-कल्याण को समर्पित सफेदपोश बगुला-भगत हैं। बिचौलियों का विचार है कि अपने और ग्राहकों के धंधों के लिए इस सपने दिखानेवाले तबके को और ताकतवर बनाना है वरना यह कमजोर पड़ा तो उनका क्या होगा? यों वह हमेशा दूसरों का सोचते हैं, अपना निजी हित-चिंतन उन्होंने कभी नहीं किया है।

लिहाजा, इंडिया-फ्राडिया-बिचौलिया संगठन का फैसला है कि वह एक सपने दिखाने की कला का राष्ट्रीय केंद्र खोलने जा रहा है। इसमें उदीयमान नेताओं को इस कला में महारत का प्रशिक्षण दिया जाएगा। उन्हें हिटलर के सहयोगी गोबेल्स के प्रसिद्ध सिद्धांत कि एक झूठ को सौ बार दोहराने से उसके सच होने की गुंजाइश है, की सीख का उदाहरण देकर समझाता है कि एक सपने को बार-बार जनता को दिखाओ। सुशासन, जनता की सरकार, जनता के द्वार, सबको रोजगार,

राम राज्य, सड़क, दिन-रात बिजली की आपूर्ति, सस्ता अनाज—जैसे लुभावने सपनों का बार-बार जिक्र करो, क्या पता आज नहीं, कभी तो सच हो ही जाएँ।

यह तो उनकी तकनीक की छोटी सी मिसाल है। उनका पूरा कोर्स और सोर्स एक गंभीर राज है। वह सिर्फ इतनी जानकारी सुलभ करते हैं कि यहाँ प्रशिक्षण पाकर उदीयमान नेता महत्त्वपूर्ण बनेंगे। बाकी और किसी का यहाँ प्रवेश निषेध है। हाँ, अफसर सेवा में आने के बाद एडमीशन पा सकते हैं। बिचौलिया संघ मानता है कि इससे उन्हें भी लाभ है। उनका संपर्क-सूत्र शुरू से स्थापित होगा। नेता स्वभाव से अहसान-फरामोश हैं वरना नेता होता ही क्यों? फिर भी बिचौलियों को उम्मीद है कि उनमें कहीं-न-कहीं इनसानियत बाकी है। उन्हें इसी बची हुई इनसानियत का सहारा है।

उन्हें विश्वास है कि इसी तिनके के भरोसे वह संपर्कों की वैतरणी पार कर सफलता पाएँगे। नेता-अफसर सिर्फ गुरु हैं, वह तो गुरू-घंटाल हैं!

□

अच्छे पड़ोस की पहचान

हमने जिंदगी भर कलमतोड़ मेहनत की। कलमतोड़ इसलिए कि कागद कारे करने के अभियान में अपने कई कलमों के निब दगा दे गए। ऐसे इस स्वीकारोक्ति से हमें कोई परहेज नहीं है कि कलम अपनी कमजोरी है। एक मित्र 'पारकर' जेब में सजाकर कल पधारे थे हमारे यहाँ। उन्होंने चाय पी। हम देश में बहुमत के साथ हैं, यानी डायबिटिक हैं। अपनी पत्नी को मजाक की आदत है। वह भूल जाती हैं कि कुछ मजाक जी जलाते हैं। उन्होंने जान-बूझकर अपने 'देवर' को दो महँगे रसगुल्ले चाय के साथ पेश किए। उस कम्बख्त ने आव देखा न ताव, चट कर गया। किसी डायबिटिक के सामने, उसी के घर की मिठाई खाने के जघन्य अपराध का मुकाबला नहीं है! पत्नी ने हमारी प्रशंसा की, "जब से डायबिटिक हुए हैं, मिठाई खाना तो दूर, यह उसे छूते तक नहीं हैं। अपना मिष्टान्न प्रेम अब यह दूसरे को मीठा खिलाकर पूरा करते हैं।" उनकी प्रशंसा धीरे-धीरे हिंदी फिल्मों के द्विअर्थी संवाद सी होती जा रही है। हम हैं कि सेंसर बोर्ड जैसे असहाय हैं।

अपने अंतर में असंतोष के अंगार धधक रहे थे, पर क्या कहते। हमें यकीन है। सभ्यता नाम ही उस मुखौटे का है, जो मन की बात मुँह पर न लाने के लिए इनसान ने ईजाद किया है। हम भी अपनी जीवन-संगिनी और मित्र की तरह मुसकराते रहे, मन-ही-मन यह मनाते हुए कि यह चिरकुट कल होता हो तो आज ही डायबिटिक हो जाए। हमें गंभीर आशंका है। ऐसी बद्दुआ हम घर आनेवाले हर दोस्त को दे चुके हैं। सब ऐसे ही मिठाई पर पिल पड़ते हैं। डायबिटीज आज तक किसी बदकिस्मत को नहीं हुई है। हमें शक होने लगा है। कहीं अपनी बद्दुआ में दुआ का असर तो नहीं है?

दोस्त ने रसगुल्ले ही नहीं खाए। हमारे जले पर जान-बूझकर और नमक छिड़का, "भाभी! क्या रसगुल्ले हैं! मुँह कतई मीठा हो गया है। कुछ नमकीन मिले तो चाय का आनंद आ जाए।" भाभी कहाँ चूकने वाली हैं! उन्होंने अपनी खातिरदारी की छवि और चमकाई। उनके लिए गरम पकौड़ी छनीं। हमें बढ़े कोलेस्ट्रोल से तला माल भी वर्जित है। उन्होंने दबाकर पकौड़ियाँ जपीं। हमने उन्हें कुछ भी कहे बगैर कोसा। अपने ऐसे एक अन्य भोजनभट्ट मित्र का पता हमें देने को उन्होंने पैन निकाला। रसगुल्ले-पकौड़ी से पेट भरने की तन्मय तंद्रा में वह उसे वहीं भूलकर घर सिधार गए। हमें लगा कि जिस कलम का नाम ही पार-कर है, उसे पार करने में क्या हर्ज है? तब से वह हमारी जेब की शोभा है। चूँकि मित्र और हमारी नौकरी अलग-अलग है, इसलिए इस पारकर के पकड़े जाने का खतरा भी नहीं है। यों पकड़े भी कैसे जाएँगे? हर कलम की शक्ल एक सी है। उस पर किसी का नाम तो जड़ा नहीं है।

इस विस्तृत वर्णन का लक्ष्य केवल यह इंगित करना है कि अच्छा पड़ोसी वही है जो पेटू न हो। अगर पेटू है तब भी हमें उज्र नहीं है, पर खाए तो अपने घर में खाए और कभी-कभी वहाँ सिर्फ हमें बुलाए। घनघोर मधुमेह में भी मुफ्त की मिठाई मन के लिए मुफीद होती है। हमारे डॉक्टर और परिवार की हो न हो, ऐसी अपनी मान्यता है। यों मुफ्तखोरी हमारे प्यारे मुल्क का राष्ट्रीय शौक है। देखने में आया है कि सरकार के बड़े-बड़े हाकिम चाँदी के जूते माँग-माँगकर खाते ही नहीं, पचा भी जाते हैं। उनके चेहरे की चमक से जाहिर है कि यह खुराक उनके लिए सेहतमंद है। आलम यह है कि कभी दाल-रोटी, गलती से भी खा ली तो उन्हें बदहजमी होती है।

हम अनुभव के आधार पर कह सकते हैं कि अच्छे पड़ोस की पहचान आसान नहीं है। यह उतना ही कठिन है, जितना यह जानना कि आदर्श जीवन के मानक क्या हैं? एक बार रोज-रोज फर्म के दफ्तर में झक मारते-मारते अपन आजिज आ गए। बड़ा मन करता कि लंबी तानकर सोएँ। अपनी-अपनी कार्य-संस्कृति है।

हमारा प्यारा देश अकसर अवकाश पर रहता है। हुआ यह कि लगातार तीन दिन की छुट्टी पड़ गई। इसका सुखद परिणाम निकला। पहला अवकाश का दिन तो ठीक-ठाक बीता, उसके बाद घर के छोटे-मोटे काम करते-करते अपनी नाक में दम हो गया। पप्पू कभी चिड़ियाघर देखने की जिद करता, कभी चाट खाने की। पत्नी को इस महँगाई के जमाने में याद आया कि बाजार जाना जरूरी है। बैडशीट और तौलियों वगैरह पर पच्चीस प्रतिशत का डिस्काउंट चल रहा है। यही मौका है कि पुरानी फटी चादरों की छुट्टी कर दी जाए। यहाँ दो वक्त के गुजारे के लाले पड़े

हैं, उन्हें चद्दर-तौलियों का ध्यान आ रहा है।

इतने बड़े-बड़े मॉल बन गए हैं, वह भी इनसानी चैन के दुश्मन हैं। कहीं किसी 'सेल' की घोषणा होती है एक में तो दूसरा प्रतियोगी किसी और का ऐलान कर देता है। इनका इरादा है कि आदमी की छुट्टी इन्हीं के चक्कर लगाते-लगाते बीते। कोई यह नहीं सोचता कि निम्न मध्यवर्गीय जेब की सीमाएँ हैं, खासकर उनके लिए जो अभी भी कैश और क्रेडिट में संतुलन के पक्षधर हैं। या यों कहा जाए कि कर्ज के संक्रामक मर्ज से पूरी तरह पीड़ित नहीं हैं। वह नहीं चाहते हैं कि घर को किश्तों में अदायगी की उपभोक्ता योजना से सजाएँ और एक दिन यह नौबत आए कि वसूली के नुमाइंदे घर में घुसकर टी.वी., फ्रिज, वॉशिंग मशीन वगैरह-वगैरह उठाकर ले जाएँ। आज कुछ बाजार के रणबाँकुरे ऐसे भी हैं कि लोकलाज की चादर से पैर ही क्यों, पूरा शरीर भी बाहर आ जाए तो शर्म नहीं करते हैं। उनका उसूल है कि यदि 'क्रेडिट' है तो जीवन 'हिट' है। हमें पूरी आशंका है। अपने लख्ते जिगर पप्पू के मन में भी अभी से क्रेडिट के कीटाणु कुलबुलाने लगे हैं। वह हमें सलाह देते हैं, 'पापा! देखिए, इस दुकान में हर सामान उधार पर मिल रहा है। प्लीज, हमारे लिए ट्रैक वाली ट्रेन और रिमोट वाला जहाज ले दीजिए न।' हालात यह हुए कि तीसरे दिन तक हमें अफसोस होने लगा कि छुट्टी क्यों दी जाती है? क्या इसलिए कि कर्मचारी उससे तंग हो जाए और मनौती मनाए कि आगे से ऐसी दुर्घटना न हो।

हमारे बाप-दादा के इस पुश्तैनी घर के पास एक सेवानिवृत्त आला अफसर का बँगला है। जब वह आए थे तो एक दिन उन्होंने घंटी बजाकर हमें कृतार्थ किया और बताया, 'हम आपके नए पड़ोसी हैं। पास-पड़ोस के रहनेवालों से परिचय होना चाहिए।' इतना कहकर और कार्ड छोड़कर वह खड़े-खड़े चले गए। न उन्होंने बैठने की जहमत उठाई, न चाय पीने की। प्रथम-दृश्या, हमें वह एक अनुकरणीय पड़ोसी लगे। न आलतू-फालतू की गपशप, न चाय-पानी के रिश्ते। बस काम से काम। हमने पत्नी से कहा, 'पड़ोस का खाली प्लॉट भी आबाद हो गया है। हम लोग भी उनके यहाँ घंटी बजाने चलेंगे।'

उसके बाद हमने भी उनके यहाँ कई बार घंटी बजाई, पर हर बार उनके सेवक ने सूचना दी कि 'साहब' घर पर नहीं हैं। हमने सोचा कि फोन से अनुमति लेकर उनके दर्शन करें। फोन पर भी यही उत्तर पाया कि साहब उपलब्ध नहीं हैं।

वह तो उनके मंत्रालय के बाबू ने बताया कि बड़े साहब सामान्य मानव से अलग किस्म की नस्ल के लोग हैं। यह नस्ल अपने से बड़की कुरसी को सलाम बजाती है, बराबरी की कुरसी से दोस्ती का दिखावा कर पीठ में छुरा घोंपती है और

नीचेवालों के अस्तित्व को नकारती है—'आप तो किस्मतवाले हैं कि खुद-ब-खुद देवता आपके द्वार पधारे।' उन्होंने चेताया कि इससे ज्यादा उम्मीद भी नहीं रखनी चाहिए, 'इतना ही काफी है कि ऐसा आला अफसर आज आपका पड़ोसी है और वह भी ऐसा-वैसा नहीं।' इस 'ऐसा-वैसा' से हम चकराए। यह क्या बला है! इसका कोई निहितार्थ है क्या? अपने-अपने तारीफ के अंदाज हैं, तरीके हैं। क्या पता 'ऐसा-वैसा' इस बाबू का अंदाजे-बयाँ है?

हमें याद आया। जब यह शख्सियत हमारे घर खड़े-खड़े पधारी थी तो यह पतलून-बुशर्ट धारण किए थी। हमें तब भी समझ में नहीं आया था, आज भी अपनी सीमित बुद्धि के परे हैं। बुशर्ट की जेब में कौन वज्र मूर्ख रुमाल सजाता है और वह भी 'लाल'? तब भी जेब का लाल रुमाल हमारे लिए एक राज था, आज भी है। उसी बाबू ने हमें ज्ञान दिया था कि इस अफसर ने 'कौम नष्टी' शासन के दौरान पश्चिम बंगाल में कभी सेवा नहीं की, क्योंकि यह तो उत्तर प्रदेश कैडर का अधिकारी है। जब अपनी जिज्ञासा जागती है तो अकसर रतजगे की सजा दिए बगैर मानती नहीं है। बेहतरी इसी में है कि लाल रुमाल का राज भी लगे हाथ इसी बाबू से जान लें। लिहाजा, हमने उन्हें अपनी संक्षिप्त तीस-पैंतीस सेकंड की मुलाकात का विस्तृत वर्णन सुनाया। 'भैया, उनकी बुशर्ट के ऊपरी पॉकेट में रुमाल, वह भी लाल? आखिर क्यों'?

उन्होंने लाल रुमाल के रहस्य को परत-दर-परत खोला, 'आप की निजी फर्मों में बड़े अधिकारियों के कमरों के आगे लाल-हरी बत्ती होती है क्या?' हमने इनकार में सिर हिलाया तो उन्होंने आगे बताया कि हर मंत्रालय के बाबू से लेकर उच्चाधिकारी तक के कंधे देश के भार से उलार हैं, बड़के अफसरों के कंधे तो कुछ ज्यादा ही। लिहाजा इन बड़ों को पूरी एकाग्रता से, कभी फाइल तो कभी मीटिंग से निबटना ही निबटना। इस 'शवासन' में कोई खलल न पड़े, इसलिए उन्हें लाल बत्ती की सुविधा प्रदान की गई है। इस दौरान सिर्फ महिला मित्र (दूसरे शब्दों में वर्तमान प्रेमिका), चुनिंदा दोस्तों तथा कलीग्स को ही उनका निजी सचिव अंदर घुसने की इजाजत देता है। यह सूची स्वयं बड़के अफसर के निर्देश पर तैयार की जाती है।

इतना ही नहीं, आला अधिकारी सफर भी लाल बत्ती की गाड़ी में ही करता है। कमरा, कारपेट और कार में सबकुछ लाल ही लाल! रिटायरमेंट के पहले इस बड़के अफसर के जीवन का यह स्वर्ण काल ज्यादातर लाल बत्ती के इलाके में ही गुजरता है। स्वाभाविक है कि उसे जीवन में लाल का अभाव खले। इस कमी को कैसे दूर करे वह? कहावत है कि भागते भूत की लँगोटी ही भली। यहाँ तो

रिटायरमेंट के बाद सरकार का भूत लँगोटी समेत तड़ी हो चुका है। उसकी याद में लाल रुमाल ही सही!

बाबू-ज्ञान से लाल रुमाल का रहस्य अपने पल्ले पड़ा। हमें लगा कि इससे फर्क क्या पड़ता है? वह जेब खाली रखें, लाल रुमाल लगाएँ या पीला, हास्यास्पद तो वह खुद को बना रहे हैं! इसका उन्हें पूरा हक है, हमसे क्या? कौन जाने शीशे में अपनी कार्टूनी छवि उन्हें सुहाती हो। वह आजाद देश के आजाद वरिष्ठ नागरिक हैं। चाहे तो अपनी शक्ल पूरी बिगाड़ें या आधी!

इस सबके बावजूद वह हमें एक अच्छे-खासे पड़ोसी लगे। न फोन उठाते हैं, न जाने पर मिलते हैं तो क्या हुआ? रोजमर्रा की जिंदगी में हस्तक्षेप भी तो नहीं करते हैं, यही क्या कम है! घर आकर दुश्मनी तो नहीं निभाते हैं दोस्त की तरह, वह भी अपनी भाभी से चिकनी-चुपड़ी बातें करके।

अचानक एक दिन घर का फोन घनघनाया। पत्नी ने उठाया और बताया कि घंटी बजानेवाले पड़ोसी हैं। हमने लपककर 'हैलो' किया। उधर से उसी रिटायर्ड सरकारी अफसर की आवाज आई। पहले हमारे जाने और उन्हें हर बार व्यस्त पाने पर उन्होंने खेद जताया। फिर बोले कि वह आज शाम 'फ्री' हैं। हम चाहें तो आ सकते हैं। हमने पत्नी को यह शुभ सूचना दी। शाम को हम दोनों सज-धजकर वहाँ पहुँचे। घंटी बजाई। इस बार ड्रांइग-रूम में प्रवेश मिला। अभी भी गरमी थी, जो उत्तर भारत में कमोवेश पूरे वर्ष रहती है। वह सफेद सफारी सूट की जेब में लाल रुमाल लगाए सपत्नीक उपस्थित हुए। पत्नियों से परिचय के बाद चाय-बिस्कुट आए और साथ ही स्वयं की विरदावली का उनका एक पक्षीय संवाद भी चालू हुआ, जो एक घंटे और चाय के दो कप ठंडे करके भी बमुश्किल खत्म हो पाया। उन्होंने पूरे वक्त 'मैं-मैं' की। निष्कर्ष यह निकला कि वह तो ऊब-थककर छोड़ चुके हैं, यह जिद्दी सरकारी कंबल अब उनको नहीं छोड़ रहा है।

वह 'मैं-मैं' करते रहे, हम प्रभावित होते रहे। 'मैं-मैं' करना बड़े लोगों की निशानी है। उन्होंने गिनाया कि वह इतनी महत्त्वपूर्ण कमेटियों में हैं कि उन्हें सबका नाम तक याद नहीं है। कभी गृहसचिव गवर्नरी के लिए फोन करते हैं, कभी वाणिज्य सचिव विदेश के डेलीगेशन में उनका नाम डालने की सहमति लेते हैं। बेचारे तंग आ गए हैं इतने प्रस्तावों से। हमारे बोलने का सवाल तो खैर था ही नहीं, आश्चर्य का विषय है कि पूरे वक्त उनकी पत्नी की बोलती भी बंद रही। बस वह कुल जमा एक वाक्य बोली, 'पहले तो इन्हें कुछ फुरसत थी भी, इधर तो है ही नहीं।'

जब इस चाय के बाद हम लोग घर लौटे तो अपना सिर भन्ना रहा था। पत्नी

भी बदहाल थी। वह बोलीं, 'गनीमत है कि तुम सरकार में नहीं हो! क्या सरकार से रिटायर सब अधिकारी यों ही आत्म-मुग्ध बकवास करते हैं? हमने मंदिर में प्रभु की आरती और भजन सुने हैं। ऐसा अद्‌भुत और हैरतअंगेज नजारा तो कभी नहीं देखा है, जब प्रभु खुद ही अपनी आरती उतारें और भजन गाएँ!'

हमने पत्नी को आश्वस्त किया कि 'सब ऐसे पगलौट नहीं हो सकते हैं, यह जरूर कोई अपवाद हैं!' इस बोरियत के हादसे को कुछ ही दिन बीते थे कि एक रोज सवेरे-सवेरे हड़कंप सा मच गया। कुछ गाड़ियाँ आकर रुकीं। सादी वरदी में सात-आठ लोग उतरे। तकरीबन, दो-घंटे बाद 'साहब' को लोग गाड़ी में बिठाकर ले गए। हमें शक हुआ। साहब किसी आवश्यक मीटिंग में जाने से कन्नी कटा रहे होंगे, तभी घेर-घारकर उन्हें वहाँ ले जाया गया है। हमें उनकी व्यस्तता से हमदर्दी हुई। क्या जिंदगी है! जब सेवारत थे तब भी अपने लिए समय नहीं था, आज भी नहीं है।

हम शाम को दफ्तर से घर पहुँचे तो पत्नी और पप्पू जोर-जोर से चीखे, 'पापा, पापा, साहब 'अरेस्ट' हो गए। दोपहर की टी.वी. न्यूज पर उनकी तसवीर आई थी।' हमें यकीन नहीं हुआ। सरकार का ऐसा वफादार और निष्ठावान आला अफसर क्यों गिरफ्तार हो गया? सुबह सी.बी.आई. वाले ही रहे होंगे, जो उन्हें ले गए। फिर हमें खयाल आया। उनके मंत्रालय के बाबू ने कहा था कि साहब 'ऐसे-वैसे' नहीं हैं। हमने उसी को पान की दुकान पर पकड़ा।

उसने फिर दोहराया, 'साहब ऐसे-वैसे नहीं हैं। उनके एक जूनियर सहयोगी बताते हैं कि साहब का जीवन-दर्शन बहुत ही सीधा और सरल रहा है।' उनसे उसी मुँह लगे प्रिय पात्र ने कहा, 'सर! आप तो शेर हैं। शेर जब भी शिकार कर अपना पेट भरता है तो कुछ छीछड़े छोड़ देता है। सर! हम तो आपकी रिआया हैं, कुछ हम भी कमा लें। बेटी का दहेज निबटे। आपके गुण गाएँगे।' साहब ने उसे प्यार से समझाया था कि वह शेर नहीं अजगर हैं। पूरा का पूरा शिकार हड्डी समेत निगल जाते हैं। तभी तो हमने आपसे कहा था कि साहब ऐसे-वैसे नहीं, खास हैं। वह बाबुओं के अनुकरणीय राम हैं!'

तब से अच्छे पड़ोसी की अपनी पहचान में एक और लक्षण जुड़ा है। वह खास बाबू, तिस पर ऐसा-वैसा न हो, तभी बेहतर है। आम है तो चलेगा! हमें पता है। यह अपने वश में नहीं है, पर ऐसी हसरत रखने में क्या हर्ज है!

□

कालू कल्चर और कीचड़

क्रिकेट हमारा सबसे लोकप्रिय खेल है। आलम यह है कि जिन्होंने कभी न बैट पकड़ा, न बॉल छुई, वह भी क्रिकेट के राष्ट्रीय बोर्ड के पदाधिकारी बनने के हसीन सपने देखते ही नहीं, पदाधिकारी बनकर किसी-न-किसी पद की शोभा भी बढ़ाते हैं। उनकी एक ही हसरत है, मैच के दौरान मुफ्त में अति महत्त्वपूर्ण व्यक्तियों की संगत में बैठें, खाएँ-पिएँ। उनका चौखटा टी.वी. पर दिखे। लोग मानें कि कितना धाँसू व्यक्तित्व है इस जुगाड़ू का कि हर सार्वजनिक समारोह के हर फ्रेम में घुसा रहता है। शौचालय का उद्‍घाटन हो या सुभाष जयंती, करप्शन निवारक संगठन का सम्मेलन हो या स्थानीय किराना कमेटी का सालाना अधिवेशन—मंच के किसी-न-किसी कोने से झाँकती रहती है इसकी खींसें-निपोरती शक्ल।

हर क्षेत्र में जबरन प्रवेश और घुसपैठ की विरल क्षमता हर व्यक्ति में होना नामुमकिन है। न ऐसे हरफनमौला इस मुल्क के सामान्य व्यक्ति हैं, न पढ़े-लिखे पेशेवर लोग। ऐसी अद्वितीय प्रतिभा के धनी कई धंधों में हैं। अधिकतर बहुधंधी हैं। बाएँ हाथ से विधवाओं की देखभाल के लिए वह एक गैर-सरकारी संस्था के संरक्षक हैं तो दाएँ से दारू लतियलों की लत छुड़ाने की दूसरी संस्था के अध्यक्ष। दारू के ठेकों के स्वामी तो हैं ही।

यह दीगर है कि इस सूरमा की पत्नी ने इसके रोज बनते-बिगड़ते अवैध संबंधों और मार-पिटाई से तंग आकर थाने में एफ.आई.आर. दाखिल की है। पुलिसवाले अपने चिर-परिचित अंदाज में फिलहाल खामोश हैं। यह उनकी स्टाइल है। उन्हें इस या उस ओर से बड़के साहब, एस.पी., विधायक या मंत्रीजी के फोन का इंतजार है। बहुधंधी ने दारू के ठेकों से पुलिसवालों की ही नहीं, हर साहब की शानदार सेवा की है, स्कॉच से लेकर वाइन हाजिर कर। ऐसी निष्काम सेवा का ही

पुण्य-प्रताप है कि उनके विरुद्ध कोई कैसे चूँ करे! ऐसे भी कुरसी के कान सिर्फ चापलूसी सुनते हैं या अपने से बड़े के आदेश। कुरसी की आँखें वही देखती हैं जो उसे दिखाया जाए, वरना हर किस्म के लायक-नालायक, भ्रष्टातुर, भस्मासुर, अक्षरज्ञानी-अनपढ़, उस पर कैसे सवार होते!

कुरसी पर विराजमान सरकारी जनसेवक जनता की शिकायत न सुन पाते हैं, न सुनना चाहते हैं। परफ्यूम से नहाया-धोया, महकते फूलों का गुलदस्ता वातानुकूलित कक्ष में जनसेवक के सामने सजा है, तो वह क्यों चाहेगा कि वास्तविकता का कोई घिनौना, बदबूदार चेहरा उसका मूड और दिन बरबाद करे। उसे कौन चुनाव लड़ना है? वह न विधायक है, न मंत्री। उनकी सत्ता गंधाती गटर की गलियों, सड़कों की जनता पर मयस्सर होगी। वह तो अंग्रेजों द्वारा छोड़ी विरासत के कालू-कल्चर की इकलौती स्थायी निधि है। कालू-कल्चर हमारी उपलब्धि है। इसके अनुयायी मानते हैं कि भारत के जनतंत्र में प्रशासन तभी सफल और वस्तुनिष्ठ रहेगा, जब वह जनता से समुचित दूरी बनाए रखे, जन की जुबान न बोले। हिंदी भाषी क्षेत्र में ऐसी कठिन, क्लिष्ट और अनूदित भाषा में काम करे, जिसके आगे अच्छे-अच्छे हिंदी-दाँ भी घुटने टेकें। यह प्रशासन की दुरूह, तथाकथित जनता की भाषा, कालू-कल्चर की एक और विजय है। बाबू जानता है कि उसके पास जनता से वसूली की, नियमों का सुविधाजनक खजाना है। आका को पटाने के लिए अलग नियम हैं, सामान्य जन को झुठलाने के लिए अलग। नतीजतन, उसके दोनों हाथ में लड्डू हैं। कभी वह एक का सहारा लेता है, कभी दूसरे का।

प्रजातांत्रिक व्यवस्था में विवादास्पद प्रश्न है कि जनसेवक, यानी बाबू अधिक शक्तिशाली है या जनता का प्रतिनिधि। कहने को बाबू उन नीतियों को अमली जामा पहनाता है, जिनका निर्माण जनप्रतिनिधि करते हैं। पान-पंचायत के प्रमुख पंच, दुकान के प्रोपराइटर लल्ला ने प्रजातंत्र के कई अध्याय देखे-सुने हैं। वह अपने अनुभव के आधार पर कहते हैं कि नेहरू युग से जात, जनतंत्र का प्रमुख लक्षण रहा है। चुनाव वह जीतते हैं जो अन्य जातियों को आश्वासन, प्रलोभन, दारू-धन की जुगाड़ से जोड़ सकें। आदर्शों और उसूलों की पीक करें, जरदे-किवाम का मजा खुद लें।

इतिहास साक्षी है कि चुनावी महाभारत का गणित महाकवि वेदव्यास की रचना से उलट है। यहाँ कौरवों की ज्यादातर मोरचों पर फतह है और पांडव अधिकतर पिटते पाए जाते हैं। जात की जमीनी हकीकत से कौरव परिचित हैं, जबकि बुद्धिजीवी विकास के कुलाबे बाँधते हैं। गुण गाते हैं। उससे विजय-पराजय

का नाता कभी-कभार जोड़ते हैं विकास और जातीय समीकरण गड्ड-मड्ड होते हैं। लल्ला का कहना है कि इसे कौरवों की विजय परंपरा में सुखद परिवर्तन का लक्षण समझना एक मुगालता है, भ्रम है, अखबारों का दुष्प्रचार है, डूबते बुद्धिजीवियों को तिनके का सहारा है।

लल्ला के अनुसार, शहरों में शिक्षा और बढ़ते सामाजिक संपर्क के कारण विभिन्न जातियों में पारस्परिक निर्भरता, सामाजिक संबंध और समरसता का वातावरण पनपने लगा था कि इस आधुनिक दृष्टिकोण को स्वर्गीय विश्वनाथ प्रताप सिंह ने निजी महत्त्वाकांक्षाओं की वेदी में झोंक दिया। आरक्षण का आकर्षण आज भी भारतीय राजनीति का वह मीठा, मधुर व चुसुआ आम है, जिसे हर दल गपागप चूसना चाहता है और सबके सामने मानने से कतराता है। उसका चैंपी सा सामाजिक वैमनस्य है तो और बढ़े। बस उनको सत्ता के मकसद का मनभावन फल हासिल हो जाए! सामाजिक न्याय से किसी का दूर-दूर का वास्ता नहीं है। अल्प- संख्यकों को भी वह आरक्षण का आश्वासन देकर उनके मन में आशा जगाते हैं। उनका इकलौता लक्ष्य वोट है, सत्ता का माल-मत्ता है। आरक्षण के आम कुछ धर्मनिरपेक्षता का मुखौटा लगाकर खाते हैं और दूसरे भूखों को सांप्रदायिकता और जातीयता की गाली देकर उससे वंचित रखने का प्रयास करते हैं।

लल्ला को शिकायत है कि निर्धन के वास्तविक कल्याण की इच्छा किसी को नहीं है। लल्ला गरीबी की सच्चाई को स्वीकार करते हैं। पान सिगरेट बेचने की कमाई से एक लड़के और लड़की की पढ़ाई कठिन है। वह पेट काटकर दोनों को पढ़ा रहे हैं। उनका सवाल है कि इन बच्चों का भविष्य क्या होगा? यह कौन सा सामाजिक न्याय है कि अच्छे स्कूल की सुविधा और हर विषय में ट्यूटर की सहायता से पढ़नेवाले आरक्षित की प्रतियोगिता, अपनी मेहनत से परीक्षा पास करनेवाले छात्र से हो! वह भी उससे जिसे पेट भर खाना तक नसीब नहीं है! यह कौन सा इनसाफ है? यह इनसाफ के नाम पर सियासी-डकैतों का वोट का ढोंग-ढकोसला नहीं तो और क्या है? किस सियासी दल में हिम्मत है कि संविधान में दिए आरक्षण का तय समय-सीमा में पुनरीक्षण और उसमें परिवर्तन करे?

लल्ला जैसे इस देश में लाखों हैं। लाखों उनसे बदतर भी होंगे। क्या दुनिया में इनसान-इनसान की भूख समान नहीं है? क्या उनके खून के रंग में कोई अंतर है? निर्धनता के सब शिकारों को आरक्षण देने से हमारे नीति-निर्माताओं को क्या परहेज है? नहीं तो सामाजिक दरारें बढ़ेंगी, आपसी दीवारें और उठेंगी वोट के स्वार्थ से किए गए इस बंदर-बाँट से! हम कृतसंकल्प हैं अंग्रेजों का सपना सच

करने को, क्योंकि इस आपसी तकरार की नींव अंग्रेज रख गए थे। संविधान-निर्माताओं ने जो आरक्षण दिया, उसे सभी ने स्वीकार किया। उसके बाद से आरक्षण का प्रतियोगी और वोटर-जुगाड़ू दौर चालू है।

अब यह हर दल का वोट-खींचो अभियान है। उल्लेखनीय है कि हमने अंग्रेजों की सामाजिक विभाजन प्रक्रिया को नया रूप-रंग और वैज्ञानिक आधार दिया है। इसके लिए कमीशन बैठाए जाते हैं। रिटायर्ड जजों और नौकरशाहों की किस्मत चेतती है। अब निर्णय लिखवाने की न रोजमर्रा की रियाज है, न वकीलों की बहस है, न कोर्ट। किसे क्या 'डिक्टेट' करें? बस आदत पड़ गई है। अनचाहे उनके ओंठ खुद-ब खुद खुलते-बंद होते रहते हैं। पत्नी परेशान है। कोर्ट के इस लतियल मरीज का क्या करें? इसका इलाज तो न चरक के पास है, न हकीम लुकमान के। डॉक्टर तो पहले ही घुटने टेक चुके हैं!

सेवानिवृत्त नौकरशाह भी घरवालों के लिए एक कठिन समस्या है। काला साहब, कतई सेवा-काल स्टाइल में सूट-टाई या मौसम के अनुसार, पतलून-कमीज से लैस होकर, काँटे-छुरी से अंडे, सीरियल्स और टोस्ट को ठिकाने लगाता है। दफ्तर जाते वक्त कार में या उसके पहले बाथरूम में वह अखबारों की सुर्खियों पर नजर डालता था। वे भी क्या दिन थे! फ्री के अखबार, तकरीबन रोजाना लंच-डिनर के निमंत्रण, पाँच सितारा होटल, नहीं तो किसी शानदार फार्म-हाउस में। आज भी वह अखबार पढ़ता है। उसके लिए कब्ज से बचने को अखबार अनिवार्य है। खरीदना विवशता है। खाने-पीने के, अखबार के, नौकर के पैसे देकर, सचिव-काल के फ्री-फंडिया सरकारिया ठाठ तो होने से रहे! फिर भी भागते भूत की लँगोटी ही सही! कहाँ गवर्नरी के सपने थे, कहाँ यह कमीशन की नौकरी!

यह जो कालू-कल्चर है, सरकार में तो आकाश के प्रदूषण सा छाया ही हुआ है, समाज के भी हर वर्ग और क्षेत्र में व्याप्त है। आलम यह है कि देव-वाणी में निष्णात पंडित भी अपने जजमान को प्रभावित करने के लिए अंग्रेजी की गिटिर-पिटिर में यकीन रखते हैं। कहीं किसी योग-गुरु का आश्रम है, कहीं प्रवचन विशेषज्ञ का। सब में गोरी चमड़ी के भक्तों का सम्मान है। रोब है। रुतबा है। उनके लिए अलग भोजन है। रहने के कमरे हैं। अंग्रेजी पढ़े सेवकों की व्यवस्था है। ऐसे सिद्ध संत-महंतों के आश्रम ही नहीं, उद्योग भी हैं। इनमें जनता की भौतिक सेवा के लिए क्या-क्या उपलब्ध नहीं है? पेट के रोग का आयुर्वेदिक इलाज है, मधुमेह का भी, यहाँ तक कि असाध्य कैंसर तक का। खासे बड़े स्तर का धंधा है। विज्ञापन है। प्रचार है। कहीं चरक के नाम का चरका है, तो कहीं हिमालय से लाई गई जड़ी-

बूटियों का आश्वासन। भुलावा तो यही दिया जाता है। सच का राम मालिक है।

अपन को तो इतना पता है कि हमारे धर्मगुरु आध्यात्मिक ही नहीं, भारत और विश्व के भौतिक कल्याण में भी तत्पर हैं। यह उनका ही योगदान है कि हमारा अतीत महिमा-मंडित है और भविष्य भी होगा। बस वर्तमान का भरोसा नहीं है। असल में आज के पढ़े-लिखे युवक स्वभाव से शंकालु हैं। आसानी से वे न हिमालय से खासतौर पर लाई गई जड़ी-बूटियों से बनी दवाओं के प्रभाव पर विश्वास करते हैं, न प्रवचन के घिसे-पिटे नैतिक वाक्यों पर। फिर भी धर्मगुरु जानते हैं कि जब बच्चा बड़ा होगा तो उनकी ही शरण में आएगा। फिलहाल, कच्ची उम्र का है। दुनियावी आकर्षणों और प्रलोभनों में फँसा है। वक्त के साथ अक्ल आएगी। उम्र के ढलाव के साथ-साथ आध्यात्मिक रुझान भी बढना ही बढ़ना। यह जग और जीवन का नियम है! गुरुओं की आशा की किरण है। कहते हैं कि उम्मीद पर दुनिया कायम है, फिर गुरुओं का प्रवचन-धंधा और उपभोक्ता-उद्योग क्यों न हो!

भारतीय समाज में प्रचलित और लोकप्रिय एक अन्य कला भी इसी कालू-कल्चर की देन है। अमन के मसीहा और आम आदमी के प्रतीक गांधी को इंग्लैंड के प्रसिद्ध नेता और प्रधानमंत्री रहे चर्चिल अधनंगा फकीर कहते थे। कोई खोजे तो ऐसी कीचड़ उछालने के कई क्यों, सैकड़ों उदाहरण उपलब्ध हैं। हमने इस क्षेत्र में अंग्रेजों की तुलना में इतनी उन्नति कर ली है कि उनकी कालिख की कलाकृतियाँ हमारे देसी कलाकारों की रचनाओं के सामने कहीं भी नहीं टिकती हैं। कीचड़-कला के कई टाइप और प्रकार हैं।

कुछ कटार का इस्तेमाल करते हैं, कुछ कलम का। एक दिन दफ्तर की लिफ्ट में हमने कटार-कला का कमाल देखा। कलुष कला के इस कलुषित कलाकार ने महिला के गुप्तांगों के चित्र और नाम लिफ्ट के कंट्रोल पैनल के ऊपर गोद दिए हैं। महिलाएँ लिफ्ट की अल्प यात्रा के दौरान सिर झुकाकर खड़ी रहती, और पुरुष खी-खी करते, एक दूसरे को कोहनी या हाथ मारकर!

लिफ्ट चलाने के लिए सरकार, एक लिफ्ट पर दो या तीन के हिसाब से लिफ्ट चालक रखती है। यह उसकी रोजगार के मौके बढ़ाने की दरियादिली का एक छोटा सा उदाहरण है। हमें आजतक उसी लिफ्ट से ऊपर नीचे आते-जाते दस साल होने को आए, हमें किसी लिफ्ट-चालक की शक्ल तक नजर नहीं आई है। जनता से आयकर की कमाई का इससे अधिक कल्याणकारी उपयोग और क्या हो सकता है? तीन परिवार अदृश्य लिफ्ट चालकों के तो हमारी सीमित जानकारी में, बिना किसी अते-पते के पल रहे हैं, और न जाने कितने ऐसे होंगे! कुछ कम-

अक्ल भी हैं, जो सरकार की दरियादिली को फिजूलखर्ची का नाम देते हैं। ऐसों का कोई क्या करे। दुनिया में कम-अक्लों के कई टाइप हैं। कुछ सिर्फ कम-अक्ल हैं, कुछ अक्ल से कोरे हैं, और कुछ अक्ल के दुश्मन हैं, जैसे काशी की सँकरी गली में कोई मदमाता साँड़ हो। उसे जो दिखे, उसे वह सींग मारे!

हम उन अल्पसंख्यक निष्ठावान सरकारी सेवकों की सूची के सदस्य हैं, जो जिसका नमक खाते, उसका हक निभाते हैं। हम अपने सरकारी अन्नदाता को आश्वस्त करते हैं कि वह बरबादी की इस नेक मुहिम में लगन से लगा रहे, ऐसी आलोचना और आलोचकों में कोई दम नहीं है।

बात कलुष के कलाकारों की हो रही थी और अपने आप जिक्र सरकार का आ गया। यह स्वाभाविक भी है। सरकार काहिली, करप्शन, कपट, सोर्स, कनैक्शन और कलेक्शन की खान है। एक-दूसरे पर गुमनाम और छद्म नाम से कीचड़ उछालनेवालों की शासन में कमी नहीं है। किसी का प्रमोशन होनेवाला हो तो उसके खिलाफ शिकायतों का अंबार लगता है। कहावत है कि एक अनार सौ बीमार। सरकार में इसका पर्याय है, एक ईमानदार पर सौ बेईमान। एक सदाचारी तो सौ भ्रष्टाचारी। आदेश है कि गुमनाम शिकायतों पर कोई काररवाई नहीं होगी। पर यह 'विजिलैंस' विभाग की कृपा पर निर्भर है। जहाँ चाहा, वहाँ शिकायत फाइल कर दी, जहाँ मन आया वहाँ जाँच। निगरानी करनेवाले के ऊपर कौन निगरानी करेगा?

देश का सियासी और सार्वजनिक जीवन कालू-कल्चर के कीच-प्रभाव का साक्षात् दर्पण है। अपने दल का हो या विरोधी पार्टी का, सब पीठ पीछे एक-दूसरे पर कीचड़ उछालते हैं। अखबारों को अफवाहें लीक करते हैं। प्रतियोगिता यह नहीं है कि अपनी कमीज दूसरे से उजली हो, प्रतियोगिता यह है कि अधिक दागदार कौन है? जो है, वही बड़का नेता है। इस नजरिए से सोचें तो नेता एक-दूसरे की सहायता ही करते हैं, एक-दूसरे को दाग देकर। हर दल में कीचड़ कला के सिद्ध-हस्त कलाकार हैं। उनका काम ही यही है कि अतीत में झाँको और दागों की तलाश करो। सबका बहीखाता तैयार रखें। जब जरूरत हो, अखबारों के सोर्स बन अपनी खोज उछालें!

कौन कहता है कि अंग्रेज भारत छोड़ गए। हमें विश्वास है, वह इस शाश्वत कालू-कल्चर के जरिए हमेशा इस देश पर छाए रहेंगे!

□

साहित्यकार के शाश्वत तत्त्व

कुछ लोग ड्राई फ्रूट अपनी किस्मत में लिखवा के लाते हैं, कुछ मूँगफली। अपन दूसरी श्रेणी के हैं। सच्चाई यह है कि देश में हमारे ऐसों का बहुमत है। हमारे देसी प्रजातंत्र की विशेषता है। इसमें अल्पमत और अल्पसंख्यकों की चलती ही नहीं, उनकी चाँदी भी है। जिनके भाग्य में मूँगफली है, वह अकसर उसे ही टूँगते पाए जाते हैं। ऐसा नहीं है कि इस अवधारणा में अपवाद नहीं है। कुछ धीरूभाई ऐसे भी हैं। वह मूँगफली से पिश्ता-बादाम तक तरक्की कर गए। उनमें जरूर कामयाबी के कोई खास केमिकल रहे होंगे। वे क्या हैं, काश, हमें भी पता होता! अपन भी सरकारी दड़बे से कोठी-बँगले में शिफ्ट करते। टुटहे, बीमार स्कूटर की जगह अपने पास भी कारों का कारवाँ होता। जब अपनी कल्पना ज्यादा सक्रिय होती है तो हम इस दौलत से एकाध हवाई जहाज भी जोड़ लेते हैं। विद्वान् भी कहते हैं, बुजुर्ग भी। सुबह के सपने कभी-कभार सच हो जाते हैं। अगर एक फीसदी भी उनके सच होने की संभावना है तो बड़े सपने क्यों न देखे जाएँ!

बहरहाल, वर्तमान का सच तो मूँगफली है। हमने अपने परिचित मूँगफली वाले से दो रुपए की गरमागरम मूँगफली की फर्माइश की। उसने हमें ऐसे देखा जैसे हम किसी दूसरे प्लेनेट से आए आदमी हैं। फिर उसने सवाल उठाया—"बाबू! क्या बहुत दिनों बाद बाजार पधारे हो?" हमने इनकार किया। हम तो रोज बाजार का चक्कर लगाते हैं, इस उम्मीद में कि सुबह के अखबार में छपी कीमतें शाम तक शायद नीचे आएँ। अपने इस नियमित चक्कर से हमें यह ज्ञात हुआ है कि सवेरे से लेकर शाम तक मूल्यों में चार-पाँच फीसदी का इजाफा एक मामूली सी वारदात है। मूल्यों में गिरावट अपनी धीरूभाई बनने की कामना जैसी नामुमकिन है। कभी-कभी हमें यह भी आभास होता है कि भले अखबारों ने साहित्य से किनारा कर लिया हो, फिर भी

वह कथा-विधा से प्रभावित हैं। यह असर समाचारों में ही नहीं, उनकी मूल्यों की तालिका में भी नजर आता है।

जब तक झूठ से कोई स्वार्थ न सधता हो, हम सच बोलने में यकीन करते हैं। हमने ठेलेवाले से स्वीकारोक्ति की—"बाजार तो हम रोज ही आते हैं पर धूप देखकर आज मूँगफली की याद आई।" उसने हमें ज्ञान दिया कि "जब मूली तक उछाल पर है तो मूँगफली ने क्या गुनाह किया है? लाजमी है कि वह भी छलाँग लगाए। बाबू! अस्सी रुपए किलो है मूँगफली। दो रुपए की मूँगफली, आप निहारेंगे कि खाएँगे।"

उसने सुझाव तो दिया कि हम कम-से-कम दस रुपए का सौदा लें, पर अपनी जेब ने पाँच से ज्यादा की इजाजत नहीं दी। उसने यह भी बताया बाजार 'एक की कीमत में दो फ्री' का झूठा प्रचार करता है। कोई भी मूँगफली खरीदता है तो नमक और चटनी मुफ्त में पाता है। इस मामले में हमने उसकी हाँ-में-हाँ मिलाई। खुश होकर उसने हमें नमक और चटनी के दो-दो पैकेट दिए। हमने सोचा कि पाँच रुपए में मूँगफली के साथ-साथ चटनी या नमक रोटी खाने की सुविधा क्या बुरी है?

जब तक रबड़ी-रसगुल्ला न हो, हम हर चीज पत्नी-पप्पू के साथ बाँट के खाते हैं। घर आकर हमने मूँगफली का तीन हिस्सों में बराबर का बाँट किया। आज के जमाने में पूरा परिवार मिल-जुलकर समान लक्ष्य से कोई काम करे तो यह एक अजूबा है। हमें दुःख है कि किसी ने हम तीनों की सहयोगी भावना से मूँगफली टूँगने की तसवीर न ली वरना वह भविष्य की पीढ़ियों के लिए एक स्थायी यादगार बन जाती। मूँगफली कितनी देर चलती, वह भी पाँच रुपए की! उसके खत्म होते ही पुत्र पप्पू खेलने चले गए और पत्नी रसोई में। उनका दायित्व कठिन था। बटलोई भर के पानी में तीन-चार आलू डालकर उसे आलू का रसा घोषित किया जाना एक अविश्वसनीय कृत्य है। पर इधर वह दिन-प्रतिदिन ऐसे ही असंभव को संभव बनाने मे लगी हैं। इसी तरह पानी की दाल बनती है और इसी विधि से पानी के आलू। बस गनीमत है कि इसी विधि से किसी तरह मध्यवर्ग की इज्जत की चड्ढी सही-सलामत है।

बचत हमारे घर का पारंपरिक मिशन है। आठ-दस साल पुराने तकिए के गिलाफ, छेददार चद्दर-तौलिया, यहाँ तक कि प्लास्टिक की खाली बोतलें, टूटे कंघे-शीशी का एक आलीशान कूड़ेदान है, अपना तीन कमरे यानी एक बेडरूम, एक बैठक और रसोईवाला सरकारी दड़बा! हमें शक है कि थोड़े दिन यहाँ या तो बचत के कूड़े-कर्कट का वास होगा या अपना। फिर भी, आदत से वशीभूत हम मूँगफली के ठोंगे को उलट-पलटकर देखने लगे। ऐसे भी अपने अवचेतन में छपे शब्द का जाने क्यों, एक चुंबकीय आकर्षण है। हमारे घर में अखबार की रद्दी भी फेंकी नहीं, बचाई जाती

है, बेचे जाने के लिए।

हमने ठोंगे को खोला। हम आश्चर्य में डूब गए। यह तो हिंदी-साहित्यकार के शाश्वत तत्त्वों पर लिखा शोध-पत्र था। हमें दुःख भी हुआ। देश के बहुसंख्यक लोगों की जुबान का ऐसा अपमान! एक बार तो मन हुआ कि मूँगफलीवाले से खोज-खबर लें कि यह शोध-पत्र उसने कैसे प्राप्त किया। फिर अहसास हुआ कि इस प्रयास से क्या हासिल होना है? जाहिर है कि शोध-पत्र भी रद्दी के जरिए मूँगफली के ठेले पर पहुँचा होगा। क्या पता, मूँगफलीवाला खुद भी रद्दी साल भर खरीदने-बेचने का धंधा करता हो और सर्दियों में मूँगफली का ठेला भी लगा लेता हो।

अपने पल्ले पड़ा कि इस तरह के चिंतन में शर्तिया खामी है। जैसे पानी अपना स्तर पा लेता है, वैसे ही शोध भी। थीसिस उपयोगी तो है ही। इसके कागज के ठोंगे बनाते हैं। उनमें मूँगफली जैसी महत्त्वपूर्ण और महँगी चीज लिपट के आती है। कभी लैया-चना भी। इनसे मुल्क के हमारे ऐसे लोगों का कितना कल्याण होता है! यह भाषाई शोध का अपमान नहीं, उसका जनोपयोगी पक्ष है। क्या अंग्रेजी, अर्थशास्त्र, या दर्शन की थीसिस रद्दीवालों में इतनी ही लोकप्रिय हैं जितनी हिंदी की? हमने तो आज तक उसमें मूँगफली या चने-मुरमुरे के लिए उन्हें इस्तेमाल होते नहीं देखा। निष्कर्ष स्पष्ट है। पी-एच.डी., उन पर भले मिल जाए, रद्दीवालों के लिए वह निष्प्रयोज्य है। वह क्यों उनको घास डाले? हिंदी के ठोंगे में रखी मूँगफली और स्वादिष्ट बनती है। जैसा अपना निजी अनुभव है। इससे परिवार एक होते हैं। उनमें सौहार्द बढ़ता है।

ऐसा क्यों है, यह समाजशास्त्र में शोध का विषय है। आज तक हमने जितने ठोंगे देखे हैं, उनमें यह पहला है जो शोध से ताल्लुक रखता है। एक और अहम तथ्य है। हिंदी में ऐसी क्या खासियत है कि सबसे अधिक डॉक्टर साल में इसी के साहित्य पर होते हैं? एक जानकार और शोध प्रबंध लिखने के विशेषज्ञ हमें बता रहे थे कि वह अब तक थीसिस लिखने की सैन्चुरी बना चुके हैं। हमारे मन में उनके लिए एक नए सम्मान-भाव का उदय हुआ। हमने उनको हार्दिक बधाई दी और जानना चाहा—"श्रीमान! इसका अर्थ तो यह हुआ कि आप डॉक्टरेट का शतक ही नहीं लगा चुके, आपने हिंदी साहित्य के अलग-अलग एक सौ पक्षों पर गंभीरता से योगदान दिया है!"

उन्होंने तत्काल हमारी गलतफहमी दूर की—"नहीं-नहीं, ऐसा नहीं है। अपने पास तो एक ही डॉक्टरेट है, बाकी निन्यानबे तो हमने दूसरों को दिलवाई है।" वस्तुस्थिति यह है कि जैसे कवि, नाटककार, कहानीकार होते हैं, वैसे ही यह पेशेवर शोध-प्रबंध लेखक हैं। वह क्यों किसी सरकारी-गैर सरकारी केंद्र पर

निर्भर रहें? वह अपने प्रयास और अध्यवसाय से स्वत: अपना रोजगार केंद्र चलाते हैं। वह अपनी फीस लेकर शोध लेखन की जिम्मेदारी लेते हैं और आज तक उनकी सफलता सेंट-परसेंट है।

हमने अपना सामान्य ज्ञान बढ़ाने के लिए उनकी फीस की दर जाननी चाही। उन्होंने फौरन से पेश्तर इनकार कर दिया—"यह हमारे और पी-एच.डी. इच्छुक प्रत्याशी के बीच का निजी मामला है। आप क्या चाहते हैं कि आयकर अधिकारी वसूली का डर दिखाकर हमसे फ्री में काम करवाएँ। हमारी रोजी-रोटी पर लात मारें?" हम चुप हो गए। यही क्या कम है कि अपने ज्ञान में वृद्धि हुई, इस सूचना से!

इससे एक ओर तो अपनी अक्ल में यह आया कि हिंदी जन सेवा की भाषा है। हिंदी प्रेमी चाहते हैं कि हिंदी साहित्य में जनरुचि रखनेवाला कोई भी डॉक्टरेट के सुख से वंचित न रहे। दूसरे, हिंदी शोषण के विरुद्ध है। उचित दर से पारिश्रमिक चुकाइए, डॉक्टरेट पाइए। एक अन्य रोचक तथ्य है। अब हिंदी साहित्य का एक भी पहलू ऐसा नहीं है कि जिस पर शोध न हुई हो। यहाँ तक कि लेखक इधर कलम थामता है, उधर उसपर पी-एच.डी. हो जाती है।

अर्थशास्त्र का एक सर्वज्ञात नियम है। जब आपूर्ति माँग से ज्यादा हो तो माल की कीमत में कमी स्वाभाविक है। यह शिक्षा जगत् पर लागू नहीं है। लोग व्यर्थ आरोप लगाते हैं कि गुणवत्ता पी-एच.डी. की बढ़ती तादाद का शिकार है। इस विषय पर निर्णय के सुपात्र केवल हिंदी के ज्ञानी प्रोफेसर हैं।

हम तो सिर्फ इतना जानते हैं कि शोधार्थियों को अकसर गुरुकुल की परंपरा निभाते पाया गया है। वह अपने गुरुवर के प्रति अकूत श्रद्धा रखते हैं। शोधार्थियों की इकलौती तमन्ना रहती है कि गुरु को कोई कष्ट न हो। रियायती दर पर घी-दूध से लेकर सब्जी तक मुहैया कराना शोधार्थी अपना कर्तव्य मानते हैं और उसमें लगन से जुटे रहते हैं। इससे स्पष्ट होता है कि हिंदी में पी-एच.डी. करना एक श्रमसाध्य और महँगा काम है। इसके बावजूद, हिंदी साहित्य में शोध की व्यापकता का यह आलम है कि पढ़े-लिखों की भीड़ पर कोई कहीं भी पत्थर फेंके तो एकाध हिंदी साहित्य के शोधार्थी को जरूर लगे।

यह दीगर है कि हिंदी के क्षेत्र में रोजगार का संकट है। पर इसमें लोगों ने अपनी पहल और परिश्रम से नए रास्ते खोले हैं। कुछ थीसिस लिखवाने के पावन काम में जुटते हैं तो कुछ अपने डॉक्टर होने का गलत अर्थ समझकर मरीजों को राहत देने के पुण्य कर्म में। उनका अपना दर्शन और फलसफा है। हर रोगी की जान इधर भगवान् भरोसे है, चाहे वह सरकारी अस्पताल जाए या प्राइवेट नर्सिंग

होम, या फिर झोला-डॉक्टर के पास अन्यथा हिंदी के पी-एच.डी. के। यह सिर्फ खाम खयाली है कि डॉक्टर की दवा से मरीज रोग-मुक्त होगा। अगर जाना है तो जाना है वरना यह कैसे होता कि अच्छे खासे, सेहतमंद लोग, चलते-फिरते टें बोल जाते।

शोध की तमाम बातें हमारे मन में एकबारगी तेजी से चलते समय चक्र-सी घूम गईं।

हम ठोंगे के कागज को पढ़ने लगे। हमें महसूस हुआ कि यह किसी बेहद दिलजले शोधार्थी की शोध है। हमें खुद को पता नहीं है। पर बड़े-बड़े डॉक्टर-साहित्यकार फरमाते हैं कि साहित्य सत्य की खोज है, मानवीय भावनाओं का चित्रण है, बेजुबान, मजबूर, अभावग्रस्त, पीड़ित आदमी के अंतर की आवाज है, नए विचारों-सपनों का संप्रेषण है वगैरह-वगैरह। ठोंगे में समाए शोध के लेखक का कथन है कि साहित्य का हो न हो, साहित्यकार का शाश्वत तत्त्व आपसी द्वेष, जलन और ईर्ष्या है। अगर किसी और को ख्याति मिलती है, उसकी रचना की प्रशंसा होती है, तो साहित्य के दूसरे सेवक जल मरते हैं। सामने मुँह पर उसका यशगान करते हैं और पीठ होते ही शब्दों के खंजर से उसकी बखिया उधेड़ते हैं।

साहित्य हो न हो, उसके तथाकथित साहित्यकार क्या छोटे, क्या बड़े, हर तरह के पुरस्कार-सम्मान के ऐसे भूखे हैं कि जैसे आजादी-पूर्व बंगाल के अकाल पीड़ित हों। उनकी अपनी साहित्यकार जमात का कोई सदस्य पुरस्कार पाता है तो दर्द उनके पेट में होता है। ऐसा भयंकर शूल जिसका इलाज न हकीम लुकमान के पास है, न धन्वंतरि के। उनका चेहरा पीला पड़ता है, मुट्ठियाँ भिंचती हैं, मुँह विकृत होता है। कई बार तो, अदब के यह धाकड़, समाचार-पत्र में छपे पुरस्कृत साहित्यकार की फोटू को आग लगाते-लगाते अपने हाथ जला लेते हैं। इतने से भी उन्हें चैन नहीं है।

वह पुरस्कार-सम्मान के विरोध में मुहिम चलाते हैं। यह बिके हुए साहित्यकार हैं, जो सरक़ारी अकादमियों-संस्थाओं से अपनी 'सेवाओं' के इनाम बतौर कुत्ते के सम्मुख चबाने को हड्डी जैसे सम्मान से खुशी-खुशी पुरस्कृत होते हैं। इनमें न गैरत है, न आत्म-सम्मान। जिंदगी भर इन्होंने जो सरकार कुरसी पर है, उसके आगे दुम हिलाई है। सारी विरोध-आलोचना के पश्चात् अगर उनका नाम कहीं चयन की प्राथमिक सूची में भी आ जाए तो वह उसे अंतिम करवाने के लिए जी-जान की बाजी लगाते हैं। भूलते हैं कि कभी वही कहते थे कि "सच्चा साहित्यकार कभी सम्मान-पुरस्कार के लिए नहीं लिखता है। तुलसी, सूर, कबीर को कौन से

शिखर-सम्मान मिले? हम तो मानते हैं कि रचनात्मक लेखन अपने आप में किस पुरस्कार से कम है?''

आगे इस होनहार शोधकर्ता ने बड़े साहित्यकारों के एक और शाश्वत चारित्रिक तत्त्व का विश्लेषण किया है। उसे वह गिरोह बनाने की महारत और मानसिकता का नाम देता है। उसकी मान्यता है कि ऐसे साहित्यकार लिखने-पढ़ने में कम और अपना गैंग बनाने की फिराक में ज्यादा रहते हैं। उनका ध्यान हमेशा सरकारी कमेटी और कमीशन की सदस्यता की दौड़ में लगा रहता है जैसे सत्ताधीन नेता का वसूली में और सी.बी.आई.-पुलिस जैसी शासकीय एजेंसियाँ शिकार फाँसकर पैसा खींचने में।

वह वख्त अब यादों का अतीत है जब साहित्यकार गाय होते थे। उनका वास्ता अपने सृजन, अध्ययन, लेखन-मनन से था। वह न सत्ता की चिंता करते थे, न सत्ताधारियों की। वह अपने लेखन में ऐसे एकनिष्ठ थे जैसे कोई पुराने जमाने का संत अपने ईश-पूजन में। हम मानते हैं। कालजयी कृतियों की रचना ऐसों के वश की नहीं है। उन अहमकों को खबर भी नहीं थी कि जब तक उनकी अपनी टोल नहीं होगी, उन्हें कोई प्रकाशक तक नहीं मिलेगा।

केवल किताबें बाँचकर कोई वास्तविक जीवन के अनुभव पा सकता है क्या! तभी तो टोल के नेता-साहित्यकार जिंदगी की आपा-धापी, संघर्ष और इसको चित करना, उसे खुश रखना जैसे जीवन के वास्तविक तजुर्बों से जूझते हैं। उनका इरादा सिर्फ इतना रहता है कि उनकी रचना समाज और इनसान की क्षुद्रताओं और अंतरतम के टुच्चेपन से पाठकों को परिचित कराए। इस सारी प्रक्रिया में वह स्वयं टुच्चे और क्षुद्र बनते हैं तो इसका उन्हें अफसोस नहीं है। वह क्या करें? पाठकों के खातिर और पढ़नेवालों को सच्चाई से रूबरू कराने के चक्कर में दूसरे उन्हें गलत समझते हैं तो समझें।

यह साहित्यिक गिरोह का ही कमाल है कि इधर साहित्य चाट-पकौड़ी हो गया है, स्वस्थ सेहतमंद जीवन की नियमित खुराक नहीं। आलम यह है कि कई बार किसी टोल के सदस्य लिक्खाड़ की पुस्तक बाद में छपती है, उसकी प्रशंसात्मक आलोचना पहले आ जाती हैं।

अपने लिए आज भी यह राज, रहस्य ही है कि इस शोधकर्ता को डॉक्टरेट का तमगा मिला या नहीं या फिर उसने तंग आकर अपनी शोध को रद्दी की टोकरी में समर्पित कर दिया!

□

सत्तापुर के नकटे

सत्तापुर कतई सत्तापुर है। अंग्रेजों के साम्राज्य की याद दिलाता किलेनुमा सचिवालय है। बादशाहों की स्मृति सुरक्षित रखने को किले हैं। चौड़ी-खुली सड़कें संसद् तक जाती हैं। असुरक्षित सांसदों की सुरक्षा की व्यवस्था ऐसी है कि उसे चलता-फिरता किला कहना अनुचित न होगा।

चारों ओर चारपहियों के वाहनों का अनवरत शोर। इनमें से कुछ पर सत्ताधारी सवार हैं, कुछ पर उनके सुरक्षाकर्मी और बाकियों पर समृद्ध। पैदलपथ सड़क के पास है। उन पर सैलानियों और तरह-तरह के नए, पुराने और भविष्य में बननेवाले मंत्रालयों के बाबुओं की भीड़ है। बस वह आमजन नजर नहीं आता है, जिसे जनतंत्र की रीढ़ कहते हैं। अफवाहें हैं कि कतार के अंत में आनेवाले लोगों का कल्याण लोकतंत्र का लक्ष्य है। वह सत्तापुर में कैसे दिखे? उसके चमरौधे से सत्तापुर का चमचमाता रास्ता कहीं गँदला न जाए! विवशता में एकाध अपवाद आ फँसे तो सत्तापुर के बाबूनुमा बाहुबलियों से खौफजदा रहता है।

ऐसा नहीं है कि उसके गाँव या कस्बे में बाहुबली या दबंगों की कमी है। कभी जमींदार थे, आज उनके खस्ताहाल वंशज हैं। जात के ठेकेदार हैं। कट्टे-तमंचों से लैस समर्थकों से घिरे पंच-सरपंच हैं। कभी-कभार दिख जाते डॉक्टर, मास्टर हैं वरना टुटहे स्कूल-डिस्पेंसरी किसी भुतहा मकान से सुनसान पड़े रहते हैं। उसे इनकी आदत है।

सत्तापुर में तो आकर वह भौंचक है। कहाँ जाए? कैसे जाए? कदम-कदम पर वह जेब टटोलता है। ख्याति है कि यहाँ धोती की गाँठ खोलकर शातिर पैसे ले चंपत होते हैं। उसके गाँव में ट्रैक्टर हैं। विधायक की बड़की गाड़ी है, पंच-सरपंच की भी। पर यहाँ तो उनकी भरमार है। बसें हैं! सत्तापुर में इधर-उधर जाती रेलें हैं।

क्या खूब ट्यूब है। उसके यहाँ बहुत हुआ तो कच्चे रास्ते हैं। यह तो पटरी पर पूरा महानगर घुमाती है। वह डरा-सहमा है। कोई ठिकाना नहीं है। कब कौन गाड़ी जरा सी भटके। उसे कुचले। फूट ले। पुलसिया तो सर्वत्र समान हैं। कोई रपट तक नहीं लिखेगा।

गाँव-कस्बों में तो पंच-विधायक वरदी को हड़काते हैं। रपट वही दर्ज होती है, जिस पर उनकी सहमति हो। उनके विरुद्ध किसी भी शिकायत का वही हश्र है, जो सूरज-चाँद पर थूकने का। न सत्ता के बड़े का कुछ होता है, न पुलिस का। अगर बड़े के गुर्गों से बचा तो पुलिसवाले हड्डी-पसली का चूरन बनाने से नहीं चूकते हैं। पुलसिए और नेता की सूरत में फर्क है, सीरत सब जगह समान है। फिर यह तो सत्ता के सौदागरों और नुमाइंदों की बस्ती है। जैसे सब्जीमंडी में आलू-भटे थोक में पाए जाते हैं, वैसे ही सत्तापुर में छोटे-बड़े, नाटे-लंबे, दुबले-थुलथुल सत्ताधारी। यहाँ दुर्घटना हो जाए, वाहन से टक्कर या गाँठ का पैसा गँवाने की, तो रपट तो दूर की बात है, नकली हमदर्दी तक दिखाने को भी कोई प्रस्तुत नहीं है।

यों उसे पता है। गाँव हो या शहर, दूसरों का दुःख-दर्द अपना समझनेवाली मानवीय संवेदना पहले कभी शायद रही होगी, आज का इनसान सिर्फ तमाशबीन है। सहानुभूति का शाब्दिक नाटक सभ्य समाज की मान्य परिपाटी है। संवेदना कैसे हो? सबकी निजी समस्याएँ द्रौपदी के चीर सी हैं। बमुश्किल एक का हल निकले, तो दस आकर घेरें। घरों में मुँह लटकाए बैठे लोग, बाहर निकले नहीं कि चेहरे पर एक कृत्रिम मशीनी मुसकान चस्पाँ करते हैं।

इसकी रियाज उन्होंने शीशे के सामने ओठों को दो-तीन सेंटीमीटर दोनों ओर खींचकर की है। कितनी दूरी उनकी शक्ल को शोभा देती है? चेहरे के आकार के अनुपात में कितना खिंचाव उचित रहेगा, जो मंद स्मित की परिभाषा के अनुरूप हो! कहीं ऐसा तो नहीं है कि ओठों के अधिक फैलने से सभ्यों की अनुशासित भीड़ में वह फूहड़ घोषित हों। मंद मुसकान का अंदाज ऐसा हो कि यह तो आभास हो कि दाँत अंदर हैं, पर वे दिखें नहीं। ठीक वैसे ही, जैसे दरवाजे के दो पल्लों की संध से अंदर कमरा होने की खबर तो मिले, पर यह ज्ञात नहीं हो कि कैसा है!

बड़े अभ्यास से लोग चेहरे पर मुसकान चिपकाते हैं, असलियत छिपाने को। हाल-चाल जानने की औपचारिकता के अलावा कुछ बोलना उतना ही अशोभनीय है, जितना मंदिर की आरती के बीच बात करना या ठहाका लगाना। सभ्यता का तकाजा है कि लोग नपी-तुली, संकुचित, संयमित किंचित् स्मित का प्रदर्शन करते मिलें। खुद की दशा को भूलकर देश की दुर्दशा, मौसम, कीमतों को कोसें। कोई

'कैसे हो' पूछने की गुस्ताखी करे तो 'बहुत अच्छे' कहने की हिमाकत करना ही आज शिष्ट और सभ्य होने की पहचान है।

अभी इस भटके आगंतुक का गाँव ढोंग-ढकोसलों में इतना विकसित नहीं है। पर वह जानता है। सत् और सच का जमाना वहाँ भी नहीं है। पंच अपनी जात का काम करते हैं, कम रेट पर। फर्क यही है कि दूसरों से वसूली थोड़ी ज्यादा है। बस, इससे अधिक जात का लिहाज भी नहीं है। पर जैसे ही किसी दूसरी के आधिपत्य का खतरा हो, तो जात एकजुट हो जाती है। इतना ही क्या कम है कि जात-भाई काम करने की कोशिश तो करता है। मुसीबत-मुश्किल के वक्त सुनता तो है। दूसरे का क्या भरोसा? आन जात का है। अपनों से फुरसत पाएगा तभी तो दूसरों की ओर देखेगा।

उसे तो खैर, इतनी खबर नहीं है। कोई विदेशी समाजशास्त्री देखे तो सोचे कि भारत सिर्फ विभिन्न जातियों का जनतंत्र है। इनमें बस इतनी समानता है कि इनका प्रभु और पूजा पद्धति एक है। शहरीकरण, शिक्षा, यातायात की बढ़ती सुविधाएँ और आर्थिक कारणों से जात का बंधन कुछ कमजोर पड़ रहा है। पर बात-बात में जन और देशहित की दुहाई देनेवाले परोपकारी नेता अपने निजी हित में श्रम-परिश्रम, झूठे वादे, आश्वासनों से बनाए अपनी जात के वोट-बैंक को कैसे तजें? वे पूरी लगन से अतीत के इतिहास के अन्यायों का हवाला देकर आपसी विभाजन की विषबेल को सींचते हैं। कभी नौकरी में आरक्षण, तो कभी त्वरित प्रमोशन के लालच से। कौन इन्हें समझाए कि गरीबी का अपना गणित है। पारस्परिक वैमनस्य बढ़ाकर समृद्धि के सपने देखे भले जाएँ, सच नहीं होते हैं। चुनावी और विकसित देश के गणित का अंतर इन आकाओं की अक्ल में जाने क्यों नहीं आता है? समान रूप से निर्धनों का जीवन स्तर उठेगा, तभी मुल्क समेकित तरक्की करेगा, जैसे सामान्य तथ्य से यह भली-भाँति परिचित है, किंतु इन्हें अपना जातीय वोट पक्का करना है। इनके लिए चुनावी एवरेस्ट की फतह के सामने हर सिद्धांत बौना ही नहीं, व्यर्थ भी है। पान के लतियल इनसे हर हाल में श्रेष्ठ हैं। उन्हें पान में यकीन तो है। उनकी पीक से परहेज कोई करे तो करे, पर यह तो तुलना में कतई गए-बीते हैं। बिना रत्ती भर विश्वास करे, ये उसूलों की पीक जगह-जगह करते घूमते हैं।

सत्तापुर में पहली बार पधारे उस व्यक्ति ने फिर अपनी सदरी की जेब टटोली। इस बार उसकी चिंता पत्र की वह स्वीकृति थी, जो एम.पी. साहब ने उसकी अरजी के संदर्भ में भेजी थी। इसमें उनके निवास का पता और आवासीय फोन नंबर था। चुनाव के बाद सांसद अपने कर्तव्य के निर्वहन में इतने व्यस्त हो गए कि क्षेत्र में

आने की फुरसत उन्हें कैसे मिलती? इलेक्शन के समय वह जब गाँव आए थे, तो उसने भतीजे की नौकरी का जिक्र किया था उनसे। बड़े स्नेह से उन्होंने उसे आश्वस्त किया था कि चुनाव वह जीतें या हारें, इसके बाद पहला काम वह यही करेंगे।

उसके छोटे भाई रेल में कार्यरत थे। एक दुर्घटना में उन्होंने अपने प्राण गँवाए। प्रशासन की नीति के अनुसार उनका पुत्र नौकरी का हकदार था। आज की व्यवस्था का कमाल है। पैरवी के बगैर इसमें कुछ भी मुमकिन नहीं है। इसी भतीजे के कल्याण के लिए उन्होंने सांसद से कई बार संपर्क किया फोन से। पर सफलता न मिली। कभी वह मीटिंग में रहते, कभी दौरे पर। कभी देश, कभी विदेश। हारकर उसने भतीजे की नौकरी की अरजी पत्र के जरिए भेजी, उनके वादे का स्मरण कराते हुए इस बार उसे तत्काल पत्र का उत्तर मिला, इस आश्वासन के साथ कि उनकी चिट्ठी संबद्ध मंत्रालय को उचित काररवाई के लिए भेज दी गई है।

सांसद के पत्र को आए एक वर्ष होने आया। न नौकरी की सूचना, न कोई खबर। उसे एक जानकार ने बताया कि सांसद मंत्री बन गया है। मंत्री वह महान् हस्ती है, जो चाहे तो चुटकी बजाते इस न्यायसंगत मामूली से काम को निबटा सकता है। बस उसे पकड़ना डॉन से भी मुश्किल है। वह डॉन से अनजान था, पर उसे लगा कि क्या पता यह जनतंत्र की कोई हस्ती हो! मंत्री से मिलने को जनता के दर्शनार्थी ही नहीं, परिवारवाले तक तरसते हैं।

इसी चक्कर में सत्तापुर आकर वह मंत्रीजी का घर तलाश रहा था। वह उनके दफ्तर गया था, पर सुरक्षा की तामझाम और आलीशान इमारत की भूलभुलैया निहारकर सहम गया।

अंग्रेजों द्वारा बनवाए गए कार्यालयों की सिफत ऐसी है कि खुद को जनता का सेवक कहनेवाला कोई भी प्रवेश करे तो उसके अंदर अंग्रेजों की रूह घुसपैठ कर लेती है। फिर कैसी जनता, कौन सी जनता! वह सत्ता की संधों-सुरंगों में ऐसा खोता है कि अपने क्षेत्र, वहाँ किए वादे और इरादे, सब भुला बैठता है।

प्रजातंत्र का मंत्री अंग्रेजों के वक्त का जागीरदार है। एक बार उसने जागीर पा ली, फिर उसे जनता से क्या लेना-देना। वोट झटक लिया। कुछ सालों की छुट्टी। वह भविष्य में नहीं, वर्तमान में रहता है। अभी से अगले चुनाव की क्या चिंता? इतने वर्षों से उल्लू बनाने की कला में महारत यों ही तो हासिल नहीं की है। ऐसे भी, कितनी जुगतें हैं उल्लू बनाने की! जात का मत है। सैक्युलर के नाम पर अल्पसंख्यकों का और अंबेडकर का नारा लगाकर दलितों का। निर्धन-वंचित को

तो वह साड़ी, कंबल, दारू, नकदी बाँटकर अपनी ओर फोड़ ही लेता है। नहीं भी फूटा, तो कहाँ जाएगा? ऐसे वोटों के एक मुश्त ठेकेदार को उसने लाखों के ठेके फिजूल ही नहीं दिलवाए हैं।

सच्चाई तो यह है कि आजादी के बाद भारत में ठेकेदार-संस्कृति खूब फली-फूली है। पहले सिर्फ निर्माण के लिए ठेकेदार थे, अब हर काम ठेके पर है। नौकरी दिलवाने से लेकर विदेश भिजवाने तक। दफ्तरों में साफ-सफाई से लेकर अफसरों की मेज के गुलदान तक ठेके पर हैं। इतना ही नहीं, बाबू-टाइपिस्ट वगैरह भी ठेके पर उपलब्ध हैं। हमारे देश में अनर्गल आरोप लगानेवालों की इफरात है। कुछ तो कहते हैं कि सरकार भी पूँजीपतियों के ठेके पर है। काम उनके होते हैं, बदनामी सरकार की।

अपने सांसद से मिलने आया गाँववाला दृढ-निश्चयी है। उसने हार नहीं मानी। वह खोजता-हेरता मंत्री-निवास तक जा पहुँचा। वहाँ सुरक्षा की दो परतें थीं, एक बाहरी और उसके बाद दफ्तरी। बाहरी से कोई पार पा भी ले तो दफ्तरी नाकों चने चबवा दें। उसमें निजी सचिव, वैयक्तिक सहायक जैसे सफेदपोश बहानेबाज तैनात हैं, जो अच्छे-अच्छों के छक्के छुड़ा दें। इनकी इकलौती महत्त्वपूर्ण अर्हता शायद जनता और मंत्री के बीच लफ्जों की मजबूत दीवार बनना है, जिसे भेदना सामान्य दो पायों के लिए संभव नहीं है।

"आप ने साहब से मिलने का समय लिया है?" वैयक्तिक सहायक ने सांसद को लिखे पत्र की पावती को देखकर सवाल उछाला। वह हक्का-बक्का वैयक्तिक सहायक को देखता रहा।

"मंत्रीजी यहीं तो रहते हैं, फिर समय लेने की क्या जरूरत है? हम तो उन्हें उन्हीं का वादा याद दिलाने आए हैं।"

"वक्त लिये बिना आने से यही तो दिक्कत है। साहब शहर में नहीं हैं। वह अपने क्षेत्र का दौरा कर रहे हैं। कौन कहे, आपके गाँव गए हों।"

उसके चेहरे पर उभरे निराशा के भाव देखकर वैयक्तिक सहायक ने सहायता का अभिनय किया। उससे अरजी ली, पढ़ी और बोला, "यह भी कोई काम है। आप तो मंत्रीजी के क्षेत्र के हैं। हम आपकी मदद को ही बैठे हैं। अभी रेल मंत्री के दफ्तर में बात करके आदेश जारी करवाते हैं।"

सत्तापुर आकर पहली बार आगंतुक के चेहरे पर चमक आई। वह भावविभोर होकर बुदबुदाया—"भगवान् आपका भला करे।"

व्यक्तिगत सहायक फोन करने अंदर गया। कुछ देर बाद लौटा, यह बड़बड़ाते,

"क्या हो गया है लोगों को। न्यायसंगत काम के भी पैसे माँगते हैं।"

वह मक्कारी के नए मानक रचकर अंदर-ही-अंदर गद्‌गद था। वसूली की यह कला उसने अपने मंत्री से ही सीखी है। उसे खुशी हुई। वह उनका योग्य और पटु शिष्य है। आगंतुक के चेहरे पर हवाइयाँ उड़ते देख, उसने उन्हें आश्वस्त किया—यों वह कह रहा था, "रेट आठ लाख के ऊपर है, पर हम लोगों का काम दो लाख में चल जाएगा।"

उस आश्वस्ति से भी आगंतुक की मुखमुद्रा वैसी-की-वैसी उदास-की-उदास बनी रही। उसके मन में अंतर्द्वंद्व चल रहा था। भतीजे की नौकरी के लिए खेत बेच भी दे, तो वह खाएगा क्या? अब तो भाई का परिवार भी उसी पर निर्भर है।

वह जाने लगा तो वैयक्तिक सहायक ने उसे रोका, "आप साहब के वोटर हैं। कैसे खाली हाथ लौटेंगे? हम फिर कोशिश करते हैं।"

उसकी चिंता फँसे शिकार के मुफ्त छूटने की थी। वह कुछ देर बाद वापस लौटा वसूली की राशि घटाकर बोला, "वह एक लाख पर राजी हैं। जो कहिए, वह करें।"

आगंतुक निःशब्द लौट गया। उसके अंतर में एक ही विचार आ रहा था। कहाँ वह सत्तापुर की नकटों की नगरी में आ गया। यहाँ क्या मंत्री, क्या सांसद, क्या सत्ता के छोटे-बड़े कलपुर्जे, सब ही नकटे हैं। उसके गाँव में भी ऐसे हैं, पर उनकी संख्या सीमित है। वह नाकवालों से शरमाते हैं। सत्तापुर में तो उलटे नकटों के आगे नाकवालों की गुजर नहीं है। इन नकटों की बात पर दुनिया का महानतम मूर्ख भी शायद ही विश्वास करे। वह तो सिर्फ गाँव का गँवार है!

□

हर दफ्तर का चहेता जूता

जूतेवाले को अपने महत्त्व का पता है। ऐसे तो कई हैं, पर उसका एक खास सैलफोन है। उसका नंबर सिर्फ चुनिंदा बराबरी के और उसके ऊपर के बड़ों के पास है। इसकी रिंग टोन अलग है। यह वह खुद सुनता है, बाकी दो बजते रहते हैं। वह मिस्ड कॉल की सूची देखकर तय करता है कि किससे बात करे, किससे नहीं। जहिर है कि फिजूल के व्यक्तियों में वक्त बरबाद न हो। यह जो फिजूल की श्रेणी है, परिवर्तनशील है। जब पुत्र के स्कूल में प्रवेश का अवसर था, तब अंग्रेजी स्कूल के फादर पीटर अहम थे। उससे फोन पर वह बात करता। उसके बाद पीटर का नाम और नंबर 'मिस्ड कॉल' वाली श्रेणी में आ गया। जब बेटा कॉलेज पहुँचा तो फादर पीटर फोन से 'डिलीट' कर दिए गए।

यह जरूरी भी है। आजकल सब 'मैनेज' होता है, वक्त भी। बिना समय-प्रबंधन की कला में पारंगत हुए कैसे कोई सफल हो सकता है? उसने इसका कर्मठता से पालन किया है। राजधानी में 'बड़कों' की फौज है। ऐरे-गैरे नत्थूखैरों की भी। उसके पास चार नंबर और नाम हैं। चारों उसके सरकारी और सियासी दलाल हैं। इन्हें आजकल संपर्क सूत्र भी कहा जाता है। वह बिल्डर है। उससे संबंधित विभाग और मंत्रालय के काम इन्ही चारों के जिम्मे हैं। बिल से लेकर ठेके तक स्वीकृत करवाने की जुगत उसके पास है। हिंसा में उसका सीमित विश्वास है। इसका इस्तेमाल 'ब्रह्मा निर्माण कंपनी' के सुपरवाइजर मजदूरों पर करते हैं। भले इस छोटे मंदिर में एक पंडित रोज आते हैं। दिन का प्रारंभ ही पूजा-अर्चना से होता है।

सवेरे-सवेरे प्रभु को पटाकर वह अपने दिन का जायजा लेता है। वह लैपटाप पर देखता है कि आज उसका कौन सा टैंडर किस विभाग में है? यह सत्ता के किस

दलाल का दायरा है,। वह उसे आने का निर्देश देता है। गुपचुप मंत्रणा के बाद तय होता है कि कितने मोल का जूता जरूरी है। उस के अधिकतर ठेके इसी अमनपसंद जूते की देन हैं। किसी को भी चमड़े के जूते मारना उसकी व्यवहार-संहिता के विरुद्ध है। प्रभु से लेकर सत्ता के मंदिर तक उसकी कामयाबी का यही राज है। यह बड़ा जादू का जूता है। मंदिर के पुजारी के लगाइए तो दर्शनार्थियों की भीड़ क्यू में लगी की लगी रह जाती है और गर्भ-गृह के अंदर दर्शन-सुख और प्रसाद पाने की बारी जूते मारनेवाले की आती है। अनुभवी भक्त बताते हैं कि पूरब, पश्चिम, उत्तर, दक्षिण; चारों दिशाओं में किस्म-किस्म की विविधता के बीच जूते के प्रभाव की समानता है। यही दशा सरकारी दफ्तरों, बाबुओं और अफसरों की है। समाज, सियासत और सरकार में कामयाबी का इकलौता सिद्धि विनायक यह करामाती जूता है।

इसका प्रयोग करनेवाला सफल और झेलनेवाला सुखी रहता है। समाज में कद और सरकार में उसका पद बढ़ता है। प्रबंधन के निष्णात और विश्व प्रसिद्ध गुरु भारत में इसीलिए फेल हैं। वह देसी-प्रबंधन में जूते की अहमियत से अपरिचित हैं। वह बाजार का सर्वेक्षण, ब्रांड की लोकप्रियता, कीमत तय करने की विधियों वगैरह-वगैरह में उलझते हैं, भूलते हैं कि माल तभी तो दुकानों तक पहुँचेगा जब पहुँचने दिया जाएगा। उसका अखिल भारतीय वितरण उत्पादन पर निर्भर है। उत्पादन फैक्टरी में होता है। फैक्टरी बिजली और मजदूरों से चलती है। बिजली का विद्युत बोर्ड है। मजदूरों की यूनियन और नेता हैं। महीने में तीस दिन हैं और कमोबेश उतने ही या कुछ अधिक निरीक्षक। सब जूता खाते हैं, नहीं तो दिखाते हैं।

यह जो कानून का जूता है, काफी जटिल और जी का जंजाल है। कोई मालिक फैक्टरी चलाए या कानून के जाल से खुद को बचाए? देसी माहौल में पला-बढ़ा सलाहकार उसे ज्ञान देता है, 'सर! निरीक्षक के जूते के पहले आप अपना जूता चला दीजिए। जूता-प्रातियोगिता में जिसका जूता पहले चले, वही जीतता है।' मालिक खानदानी है। यानी उसकी पुश्त-दर-पुश्त व्यापार-धंधे में लगी है। जूते के कारगर गुर से वह भी वाकिफ है। उसने देखा है कि उसके बाबूजी कैसे जूता लगा-लगाकर अपने प्रतिद्वंदियों को मात पर मात देते रहे। भारत के अनूठे पारिवारिक प्रजातंत्र की हर पॉलिटिकल पार्टी में उनके जूते का जोर है। सब उनसे उपकृत हैं।

उनके दान-पुणय के बड़े चर्चे हैं। उन्होने हर धार्मिक शहर में मंदिर और धर्मशालाएँ बनवाई हैं। व्यापार बुद्धि इत्ती चौकस कि इन सबसे भी मुनाफा-ही-

मुनाफा। ऐसे पुण्य के नेक कर्म कि हर कमाई पर आध्यात्म का पावन परदा डाल देते हैं। भारत में धर्म–भीरुता की ऐसी छवि महानता की सीढ़ी का महत्त्वपूर्ण कदम है। प्रसिद्धि पाने के और भी तरीके हैं। वर्तमान में सबसे लोकप्रिय शिक्षा–संस्थानों की स्थापना है। अज्ञान के अँधेरे में ज्ञान की रोशनी का प्रज्वलन किसी की भी इमेज में चार–चाँद लगाने को काफी है। जनता की ऐसी सेवा या तो नेता करते हैं या उद्योगपति। दीगर है कि इन संस्थानों की कमाई किसी भी उद्योग को मात देती है। अनपढ़ नेता के नाम पर तकनीकी यूनिवर्सिटी कोई मजाक नहीं, आज के समाज का सच है। वह पॉलिटिक्स से रिटायर हुआ तो कहीं से तो कमाए। जब दूसरे वृद्ध माला जपते हैं, राम का नाम लेते हैं तो हमारा समाज सेवी बूढ़ा, डोनेशन, इम्तहान में नकल की रकम और शिक्षित बेकारों को रोजगार देने के कमीशन का रोकड़ा गिनता है।

बेटा जानता है। उसकी 'ब्रह्मा निर्माण कंपनी' का कारोबार अहिंसक जूते की ही बदौलत फला–फूला है। फैक्टरी भी इसी जुगत से फले–फूलेगी। उसने सलाहकार से सहमति जताई और कहा, 'आप नक्की बोलते हैं, बस जरा जूते के रेट पता कर लो। किसके सिर पर कित्ते का जूता फिट रहेगा।'

जूते की रेट तय नहीं है। व्यक्ति, उसके महत्त्व और वक्त के साथ बदलती है। बेईमान वह हैं, जो जूता भी खाते और नियम का पलीता भी लगाते हैं। ईमानदार को पैसा मिला तो वह हर नियम को ताख पर रखता है।

उसका जूता महँगा है। वह उपयोगी है। उसका सम्मान है। रुतबा, ख्याति है। वह जूता पाता है तो उसका रिश्ता भी निभाता है। जाहिर है कि समय के साथ मानव–निर्मित जीवन–मूल्य भी बदलें। इतना ही नहीं, पुरानी घिसी–पिटी मान्यताएँ भी।

सरकार उधार पर चलती है तो पान की दुकान पर लिखा सुभाषित कि 'उधार प्यार की कैंची है' किसे रास आएगा? हमें तो जेब में पर्स रखकर बाजार से सब्जी खरीदने तक में डर लगता है। हमें आज भी याद है। वेतन मिलने के पहले पूँजीवादी सप्ताह में हम ढेर सारी तरकारी खरीदने की साध सँजोए मंडी गए थे। झोला अभी आधा ही भरा था कि परिचित दुकानदार ने चेताया, 'बाबू! आज क्या इरादा है? ढाई सौ की खरीद हो चुकी है।'

हमने उसे आश्वस्त किया कि दो–तीन दिन की छुट्टी हो जाएगी। फ्रिज भरा–भरा रहेगा। पर्स निकालने को हाथ डाला तो पाया कि कोई भविष्य का वित्त मंत्री जेब साफ कर चुका है। वह तो दुकानदार ने इनायत की, ''पैसे कल दे देना, बाबू! आजकल कैश लेकर सावधानी से रखना चाहिए।'' हम उसे कैसे बताते कि

पर्स में नकदी ही नहीं, अपना इकलौता क्रेडिट कार्ड भी था। जेबकतरे आदमी को दार्शनिक बना देते हैं।

घर लौटते हम रास्ते भर यही सोचते रहे कि जब साँसों का नहीं है तो जेब का भरोसा कैसे हो। हमें लगा कि जरूर दुनिया के नामी-गिरामी चिंतकों-विचारकों की कभी-न-कभी जेब कटी होगी, फिर हमें ख्याल आया कि क्या अरस्तू-सुकरात जैसों के जमाने में पॉकेटमार रहे होंगे? बर्बरता-हिंसा आदमी के इतिहास की विशेषता है। तब राजा और उनके दरबारी ही छोटी-छोटी बातों पर सिर कलम करने को प्रस्तुत थे। उनके रहते बेचारे जेबकतरों की हैसियत ही क्या थी! कतई अफसर के सामने आम आदमी!

हम इस नतीजे पर पहुँचे कि पॉकेटमारी जैसी नन्ही वारदातें सभ्यता की प्रगति का प्रतीक है। जब पढ़े-लिखे सफेदपोश जनसेवा के नाम पर करोड़ों-अरबों की धाँधली कर जाते हैं तो इन गरीबों की बिसात ही क्या है? जाने क्यों, हमें जेबकतरे पर कोफ्त के साथ हमदर्दी होने लगी।

रेट पर विचार करते-करते सलाहकार को व्यवस्था की नाइनसाफी का ध्यान आया। उसे अहसास हुआ कि जब जन के तंत्र में हर काम रेट पर मयस्सर है तो उसके लचीलेपन में एकरुपता तो लाई ही जा सकती है। 'बेईमान' के मुकाबले 'ईमानदार' को प्रोत्साहन देना तो सरकार का ही कार्यक्षेत्र है। यह तो हद दर्जे का अन्याय है कि पैसे भी हड़पो और ठेंगा भी दिखाओ। ईमानदार खतरा उठाते हैं। कभी-कभार दुश्मनों की साजिश से नियमों की अवहेलना की सजा भी उन्हें भुगतनी पड़ती है।

दरों के निर्धारण से सरकार की कार्यकुशलता में इजाफा होगा, ईमानदार बेखौफ होकर काम और कमाई करेंगे। कम-से-कम सरकार से संपर्क में आनेवाले रोजमर्रा के झंझटों से तो छुटकारा पाएँगे। नहीं तो कभी बॉइलर का इंस्पेक्टर सिर पर सवार रहता है, कभी एक्साइज का। फैक्टरी किस किसका पेट भरे, नियमों का कि निरीक्षकों का? दोनों के पेट भरने से भी उसे एतराज नहीं है। दिक्कत तो तब आती है जब बेईमान जूता खाकर, नियमों के गड़े मुर्दे भी उखाड़ते हैं। कदाचार की ऐसी कुतुबमीनार का कोई क्या करे?

फैक्टरी के युवा स्वामी सलाहकार की चुप्पी से चिंतित हुए, "क्यों क्या हो गया? आप किस चिंता में डूबे हैं? क्या रेट की जानकारी मुश्किल है?"

"नहीं, ऐसा नहीं है। हम तो सरकारी दर की वैयक्तिक विभिन्नता से परेशान हैं। एक ही काम के कुछ कम, कुछ ज्यादा जूते माँगते हैं। कहीं तो समानता हो!"

"सरकार होने का यही तो फायदा है। चित भी उसकी, पट भी उस की। जो जी में आए करे। कानून से मात खाए तो उसे बदल दे। बाबुओं की यही तो ताकत है।"

"हम यही तो सोच रहे थे। ढेर सारे कायदे-कानून और उनका अनुपालन करवाने को नियमित पधारता कारिंदों का कारवाँ। सबकी एक ही हसरत, कितने जूते वसूलें।"

युवा स्वामी मुसकराया—"आपने तो बाबूजी के साथ काम किया है। वह तो कहते भी थे कि सरकार और भगवान् में एक ही समानता है। दोनों को प्रसाद चढ़ाना पड़ता है। कभी पटते हैं, कभी नहीं। जो यह कर पाया, समझो, गंगा नहाया।"

सलाहकार कुछ पल के लिए अतीत की यादों में खो गया। युवा के पिता गंभीर स्वभाव के व्यक्ति थे। आजादी की लड़ाई के समय से वह देश के नेताओं से जुड़े रहे। इसका लाभ भी उन्हें मिला। स्वतंत्र भारत की सरकार में वह भले ऊपर के मंत्री को जानते हों, नीचे के बाबुओं से मिलने में भी नहीं हिचकते। उन्होंने अपने प्रिय तीर्थ स्थलों पर दान-पुण्य किया। मंदिर बनवाए। कभी-कभी मजाक में कहते भी कि इस मुल्क में पैरों के परिधान की कितनी विविधता और महत्ता है। गाँवों में आज भी लोग उस से वंचित हैं। कहीं चमरौधा, कहीं मोजरी, कहीं कोल्हापुरी चप्पल, कहीं रबर की] तो कहीं पंप शू। चेतन में तो हैं ही, जड़ तक में प्राण हैं। पेड़ तक पूजे जाते हैं। कबीर जैसे संत तो कहते भी थे, 'पाहन पूजे हरि मिले, तो मैं पूजूँ पहाड़।' उनके समय में ही अंग्रेजी की स्थापित परंपरा के अनुरूप, डाली-भेंट का सिलसिला शुरू हो गया था, जूता मारकर काम करवाने का भी।

वह हिंसा और अपमान का जूता था। पहली बार जब उनके विश्वास पात्र सहायक और वर्तमान सलाहकार ने ठेके आदि में जूते का प्रयोग सुना तो उसे अचंभा हुआ। वह बाबू के मुँह लगा था। उसने जानना चाहा—"बाबू जूता खाकर कौन आपका काम करेगा?"

"तुम्हें अभी दफ्तरों का अनुभव नहीं है। अंग्रेजों ने जूता चलाकर शासन किया। आज सरकार जूता खाकर ही चलती है। कोई दफ्तर में ठेका या बिल फँसेगा तो तुम्हे भेजेंगे, इस बार।"

वह आशंकित हुआ, "कहीं बाबू, ऐसा न हो कि हम जूता खिलाने जाएँ और खुद खाकर लौटें।"

''हम सामान्य की नहीं, चाँदी के जूते की बात कर रहे हैं। बिना इस के आजकल, सरकारी दफ्तरों में कोई भी काम मुमकिन नहीं है।''

इसके बाद बाबू ने पहली बार सहायक को अपनी अनूठी अवधारणा बताई, ''हम इतनी इमारतें और दफ्तर वगैरह बनवाते हैं, क्यों न चाँदी के जूते का एक पूजाघर बनवा दें। यहाँ सरकार द्वारा जूते के अभाव में अटके कागजों के सताए आकर, जूते का नमन-पूजन करें। इसमें पुजारी जूता-सिद्धि का हवन-यज्ञ भी करवाएँ। हमें विश्वास है। हनुमान-चालीसा की तर्ज पर कोई-न-कोई श्रद्धालु कवि 'जूता-जाप' का सृजन भी कर लेगा। हम जान-बूझकर जूता-पूजाघर कह रहे हैं, जूता-मंदिर नहीं। जैसे हर धर्म के अनुयायी साँईं बाबा के भक्त हैं, अजमेर शरीफ में मनोकामना की पूर्ति हेतु सब चादर चढ़ाते हैं, वैसे ही यह इक्कीसवीं सदी का एकमात्र सैक्युलर जूता-पूजाघर होगा। इससे आध्यात्म के कलेवर में भौतिक, खासकर सरकार संबंधित लक्ष्यों की प्राप्ति का मार्ग प्रशस्त होगा।''

पहली बार सहायक ने सुना तो यह बड़ा जूता छाप विचार लगा, फिर भी इससे एक तथ्य स्पष्ट हो गया। उनके आदर्श आचरण के निजी मापदंड थे। वह नास्तिक नहीं थे, उनकी आस्था एक अदृश्य शक्ति में थी, पर उनके व्यक्तित्व का एक घोर व्यावहारिक पक्ष भी था। उनके घूस लेने का प्रश्न ही नहीं था, क्योंकि वह सत्ता के गलियारे में घूमे-फिरे भले हों, अधिकार की कुरसी से हमेशा दूर रहे। पर उन्हें घूस देने से परहेज भी नहीं था। एक-दो करोड़ का बिल कहीं अटके तो वह दो तीन लाख खर्च कर उसे पास करवाने में विश्वास करते। ऊपर से नीचे तक व्यवस्था की चाय में चीनी सी घुली घूस के प्रति उनके अंतर का तिरस्कार चाँदी के जूते जैसी शब्दावली से जाहिर था। उन्होंने घूस नहीं दी-दिलवाई, हमेशा चाँदी का जूता मारा। जूते के पूजाघर जैसी कल्पना में उनका यही विद्रूप उजागर था। सलाहकार यादों से उबरा तो उसे भी जूता-पूजाघर के विचार ने प्रभावित किया।

सैक्यूलर सरकार मंदिर, मसजिद, गुरुद्वारे आदि व्यक्तिगत आस्था के लिए छोड़ दे, पर चाँदी के जूते का पूजाघर तो आज की व्यवस्था का सार्वजनिक सच है। अगर सरकार कार्यप्रणाली में पारदर्शिता लाना चाहती है तो कार्यों की रेट-लिस्ट भी लगा सकती है। भ्रष्टाचार के जड़ से उन्मूलन की ऊलजलूल और निहायत मिथ्या बकवास से बेहतर है कि सरकार अपनी कमजोरी स्वीकार कर ले।

उसकी विश्वसनीयता बढ़ेगी। भ्रष्टाचार व्यवस्था को लगा रक्त का कैंसर है। वह साँस लेती रहे। इसके लिए घूस की डायलेसिस अनिवार्य है। हर सियासी दल इस व्यवस्था को बदलने में नहीं, उसे जिंदा रखने को कटिबद्ध है।

महँगे चुनाव की खर्चा-वसूली का यह आवश्यक अंग है। कौन ऐसा कालिदास है, जो जिस डाल पर बैठा है, उसी को काटे। यह दीगर है कि नेता निजी हित में जिसमें खाए, उसी थाली में छेद करे। यही कर भी रहे हैं। मुल्क की थाली में छेद करना, अपना घर भरने को कुछ खुद का अधिकार और कर्तव्य मानते हैं।

जब तक ऐसे तथाकथित जनसेवक मौजूद हैं, चाँदी का जूता चलेगा और खूब चलेगा। लोग जूता खाएँगे और अपनी किस्मत पर इतराएँगे। जी-तोड़ प्रयास करेंगे कि ऐसी ही कुरसी पर जमे रहें, जहाँ कि जमकर चाँदी के जूते खाने का मौका मिले। आज की नौकरशाही की प्रतिबद्धिता न किसी आदर्श से है, न संविधान से। यदि है तो केवल करप्शन से है।

□

आजादी, जुगाड़ और विद्वान्

तुलसीदासजी ने बहुत पहले कहा था—'पराधीन सपनेहु सुख नाहीं।' सच ही है। आजादी का आनंद गूँगे का गुड़ है। वर्णन के परे है। मोहल्ले की गली में दिन-दहाड़े दो-तीन मोटर साइकिल धड़धड़ाती हुई पधारती हैं। एक निश्चित घर उनका लक्ष्य है। वहीं वह रुकती हैं। कॉलबेल पर दरवाजा खुला नहीं कि वह अंदर घुसकर मकान मालिक को बाहर घसीटते हुए लाते हैं। लात-घूँसों से दनादन उसकी धुनाई होती है। न कोई उसे बचाने आता है, न कोई तमाशा देखने। जाने लोग क्यों कहते हैं कि भारत तमाशबीनों का देश है। आलम यह है कि घरों के दरवाजे बंद हैं। खिड़कियों से झाँकनेवालों की भीड़ है।

ताकत और गिनती की असमानता का अध्याय अधमरे इनसान की चेतावनी के साथ खत्म होता है—'यह तो सिर्फ शुरुआत है। सुधरे नहीं तो लात से नहीं तो गोली से बात होगी।' एक पटाखे जैसी आवाज गूँजती है। वह हवा में दागे देसी कट्टे की है और वास्तविकता के नाटक का समापन होता है।

मोहल्ले के नागरिक चैतन्य हैं। उनमें किसी के पीटने पर उसे बचाने का जज्बा है, पर दूसरे के फटे में क्यों पैर डालें? पिटित के हित में पुलिस को सूचित करने से वह चूके नहीं हैं। वह भी बिना अपना नाम बताए! वरदी और कोर्ट-कचहरी से दूर रहने में ही भलाई है। मोहल्ले के शरीफों में पुलिस और कानून की इतनी इज्जत है कि वे उससे जान-बूझकर नजरें चुराते हैं।

हमें अपनी आजादी पर गर्व है। कुछ को यहाँ पिटने की आजादी है, कुछ को पीटने की। सबको पता है। सफल प्रजातंत्र संख्या-बल का खेल है। चार-छह ने एक को धुना तो इसमें गलत क्या है? चुनाव में भी तो यही होता है। यों हम अल्पसंख्यकों के अधिकारों के प्रति सचेत हैं। पुलिस आएगी और शर्तिया अपना

हक लेकर प्राथमिकी यानी एफ.आई.आर. दर्ज करेगी। इसके बाद गंभीरता से पूरे पिटाई प्रकरण की जाँच होगी। मामले की तह में जाना जरूरी है। इसी गहरे पानी में पैठकर उसे अपराधियों से 'हक' का मोती हासिल होगा। तत्पश्चात् मामला रफा-दफा होना ही होना है। भाई ने भाई को जायदाद के लिए पिटवा दिया तो यह भी कोई जुर्म है?

आजादी के बाद से अनौपचारिक हक का संक्रामक रोग दफ्तर-दफ्तर और थाने-थाने फैला है। सचिवालय-मंत्रालय के हिमालय का कहना ही क्या! हक की इस प्रदूषित, गंदी, गटर बनी प्रशासनिक परनाले की गंगा का स्रोत ही वहाँ है। हक-पीड़ित इसे घूस भी कहते हैं। भ्रष्टाचार के उद्‌गम पर कुछ विद्वान् विवाद उठाते हैं। वह कहते हैं कि अधिकार की सत्ता के शीर्ष पर बैठे दूध से धुले हैं। कीचड़ के कमल हैं। आलम यह है कि दूध निजी हो या सरकारी, उसमें पानी या कैमिकल की मिलावट से कोई अनजान नहीं है। पर विद्वानों को कमेटी, कमीशन की मैंबरी नहीं तो कहीं सलाहकार के पद की तलाश है। आजादी का एक और सुखद परिणाम है। इसमें पहुँचे हुए गुंडे-बदमाशों के साथ नेता-बाबू की हैसियत बढ़ी है। ज्ञान से किसी की पहचान बनती है क्या? जब तक मंत्री, बाबू से दुआ-सलाम का सिलसिला न हो, पूछता कौन है?

सरकारी विद्वान् बनने के फायदे ही फायदे हैं। दूसरों की ही नहीं, विद्वान् अपनी नजर में भी ऊँचा उठता है। इतने उच्च शिक्षा के कारखाने हैं। कहीं-न-कहीं कुलपति बनने के द्वार खुलते हैं। अंदर जाना आसान नहीं है। नेता-मंत्री के चहेते द्वारपाल पहरे पर हैं। पहले उनसे पार पाओ, तब कहीं मंत्री के मंदिर में जाओ। प्रतियोगी माहौल है। पटाने को निजी सचिव, सहायक और विशेष कार्य अधिकारी जैसों की पूरी फौज है। अनवरत होड़ के इस समय से परिचित नहीं हैं लोग। समझते हैं कि ज्ञान की साधना ही काफी है। जानते नहीं हैं कि जुगाड़ की महारत आज बाजार की नहीं, हर घर-बार की जरूरत है। इसके बगैर गुजारा नहीं है। सफलता का तो खैर सवाल ही नहीं उठता है।

स्वतंत्रता के पहले के विद्वान् बड़े गुमनाम किस्म के लोग थे। मेहनत की। किताबें लिखीं। छात्रों ने मदद माँगी तो दी। किसी ने बुलाया तो भाषण झाड़ आए। आजादी के बाद, सत्ता की कुरसियाँ, सियासत और बाबूशाही में ही नहीं, शिक्षा के दायरे में भी बढ़ी हैं। उन्हें हथियाने का कंपटीशन भी। इसी वजह से नया फॉर्मूला ईजाद हुआ है।

विद्वत्ता में जुगाड़ का जोड़ आज सफलता की पहली शर्त है। यह भी सच है

कि जो जितना बड़ा जुगाड़ू है, वह उससे उतनी ही ना-नुकुर करता है। उस की मानें तो वह पढ़ने-लिखने में ऐसा गुम है कि उसे जुगाड़ के 'जु' तक की खबर नहीं है। यों उसे खुशी है। शासन ने उसकी योग्यता को पहचाना है। उसे सम्मान दिया है। कहने को वह कहता है कि यह विद्वानों की पूरी बिरादरी का सम्मान है। वह जानता है कि असलियत में ऐसा कुछ नहीं है। उसके कुलपति बनने से उसके ही निकटतम सहयोगी-मित्र जले-भुने हैं। सब पीठ पीछे उसके ऐसे गुण गाते हैं कि सुने तो दुश्मन को भी यकीन न आए कि ये उसके दोस्त हैं।

आजादी की यह एक और उपलब्धि है। बढ़ते अवसर और हर क्षेत्र के सियासीकरण ने साबित कर दिया है कि सामान्य इनसान और विद्वान् में खास अंतर नहीं है। दोनों पीठ पीछे दूसरों की धज्जियाँ उड़ाते हैं, विद्वान् कुछ ज्यादा ही। एक-दूसरे की विद्वत्ता में नुक्स निकालने में भी उनका जवाब नहीं है। कभी-कभी तो ऐसा वह गिरोह बनाकर करते हैं। सार्वजनिक मंच पर उनके बयान आते हैं कि गुटबंदी, खेमेबाजी, पारस्परिक पीठ-खुजाई निंदनीय है। कहने में क्या जाता है? आदर्श वाक्य उच्चारना और उसूलों पर अमल करना दो अलग-अलग मसले हैं। सुविधानुसार वह दोनों का इस्तेमाल करते हैं। उन्होंने ढेर सारा पढ़कर अनुभव से यही देखा, जाना और गुना है कि आचार-व्यवहार, खान-पान, बातचीत, पोशाक-परिधान, उसूल-सिद्धांत समय के अनुरूप ही अच्छे लगते हैं। टट्टू अड़ियल का अड़ियल है। इसीलिए कभी गधा नहीं बना। लचीलापन महानता का आभूषण है। गांधी ने साउथ अफ्रीका में सूट पहना, हिंदुस्तान में धोती। हैट पहनने वाले नेहरू टोपी पर आ गए।

बदलाव पढ़े-लिखों की सिफत है। वकील पढ़ा-लिखा है। हत्यारे से फीस मिले तो उसकी पैरवी करता है, पुलिस से पाए तो उसके विरुद्ध। विद्वान् तो वकील से कहीं अधिक किताबी कीड़ा है। जाहिर है कि उससे ज्यादा लचीला भी हो। इसीलिए देखने में आता है कि अधिकांश विद्वान् किसी जीवन-दर्शन से न जुड़कर केवल सत्ता के सगे हैं।

ऐसे कुरसी के कौरव खूब फल-फूल रहे हैं। इनकी न किसी दल से वैचारिक प्रतिबद्धता है, न लगन। उलटे यह सिर्फ बख्ती तौर पर उस दल के साथ हैं, जो अधिकार की कुरसी पर काबिज है। स्वतंत्रता के पहले अधिकतर बुद्धिजीवी मुल्क की आजादी के आदर्श से ओत-प्रोत थे, आज जब हर वर्ग स्वतंत्रता की सुख-सुविधा भोग रहा है तो बुद्धिजीवी क्यों न भोगें।

जब कोई जुगाड़ू बुद्धिजीवी अपनी मन की मुराद पाता है तो हमें न क्रोध

आता है, न कोफ्त होती है। उलटे हमें खुशी है। बुद्धिजीवी है, कुछ पढ़ा-लिखा तो है। उस अनपढ़ बिचौलिये से तो शर्तिया बेहतर है, जो किसी-न-किसी सियासी हस्ती से जोर लगवाकर, नहीं तो दान-चंदा देकर कुलपति का पद खरीदने की फिराक में रहा है।

स्वतंत्रता के सबसे बड़े सुख के भागीदार आज देश के उच्च शिक्षा संस्थान हैं। कभी इनका स्वर्णिम अतीत था, जब यह शिक्षा के पूजाघर रहे होंगे। आज इनका चमकदार वर्तमान तब है, जब यह सियासी प्रशिक्षण की प्राइमरी पाठशाला है। टोपी उछालने, पैसा वूसलने, छवि बनाने, बिगाड़ने, आंदोलन चलाने, पत्थर फेंकने, कट्टा-तमंचे के प्रयोग, रंगदारी, गुंडई-दबंगई हर प्रकार की ट्रेनिंग यहाँ इच्छुकों को उपलब्ध है।

हमें आज भी याद है। प्रयाग विश्वविद्यालय के हमारे एक साथी लोकसेवा आयोग की क्लास वन सेवाओं में असफल होकर अपने गृह नगर लौटे और वहाँ की रिक्शा यूनियन के अध्यक्ष बन गए। यह उनकी पढ़ाई के साथ छात्र राजनीति में महारत का ही खुशनुमा नतीजा था। पढ़ाई के दौरान भी रिक्शा चालकों से उनके भाईचारे के ताल्लुकात थे। वह अकसर छात्रावास से कुछ पैदल चलकर आगे जाते और किसी अजनबी रिक्शा चालक को पकड़ लेते। उनका तै किराया चवन्नी थी। वह चाहे कॉफी हाउस जाएँ या चौक। इससे ज्यादा मेहनताने को वह सर्वहारा वर्ग द्वारा दयालु सवारी का शोषण मानते। जिस रिक्शेवाले ने भी उनसे चवन्नी से अधिक किराए की माँग की, उन्होंने उसे गाली, लात, थप्पड़ का इनसाफ दिया। उसकी माँ-बहन से नजदीकी या शारीरिक संबंध बनाए। परिचित रिक्शा चालक इस चवन्नी छाप बाबू से कतराते। अनजानों को वह स्नेह का प्रसाद बख्शते। धीरे-धीरे पूरे शहर के रिक्शा-चालक उन से मुँह छिपाने लगे थे। कौन इस हिंसक बाबू के लात-जूते खाए? नेतृत्व का यही लक्षण है। आज वह उन्हीं के हित-साधक हैं।

उत्तर भारत के उच्च शिक्षा संस्थानों ने मुल्क को कई जुझारू नेता दिए हैं। यह हमेशा निजी बनाम जनहित जैसे सवालों से जूझते हैं। उनका मध्य मार्ग सीधा है। उनके शब्दों में जन कल्याण का शहद टपकता है, कामों से अपने स्वार्थ की हद। वह दिन लद गए, जब जो बंगाल कल सोचता था, वह पूरा देश आज, अब यह आलम है कि उत्तर भारत का होनहार छात्र नेता जो भी कुछ करता है, पूरे देश का नेतृत्व उसे दोहराता है।

उसने अपना घर भरा तो सबने उसकी नकल की। उसकी वसूली-दबंगई की सिर्फ चर्चा ही नहीं है, अनुकरण भी है। वह यूनिवर्सिटी के छटे हुए गुंडों का

सरताज है। मुल्क के बड़के नेता भी हैं। उसने शान से नियमों का उल्लंघन किया। कोई भी उसका क्या बिगाड़ पाया। उस ने अपनी हर ऊलजलूल हरकत, जैसे लैक्चरर की पिटाई, रजिस्ट्रार और कुलपति के जानलेवा घेराव के लिए छात्र-हित की दुहाई दी और बच निकला। भ्रष्ट कर्मों में लिप्त राष्ट्रीय स्तर के उसके सम्माननीय अग्रज भी फँसे तो यही जताते हैं कि उनका यकीन जनता की अदालत में है। उनका अपना जाती तजुर्बा भी है कि जनता के मत का हो या कानून के, इंसाफ का, हर ताला पैसे की चाभी से खुल ही जाता है।

उत्तर भारत के छात्र नेताओं के एक अन्य प्रशंसनीय कारनामे के साक्षी उनके जुगाड़ू कुलपति हैं। ऐसे विद्वानों को मुगालता था कि जुगाड़ की तकनीक के वह ऐसे निष्णात डी.लिट्. हैं कि दूसरे उनके सामने पानी भरें। यूनिवर्सिटी की क्या, वह पूरे राज्य को उँगली पर नचाने की कूबत रखते हैं। उन्होंने राष्ट्रीय राजनीति में अच्छे-अच्छों को उल्लू बनाकर यह पद पाया है। छात्रों की सियासत की क्या बात है। वह उनके गुरुओं को भी ठिकाने लगा दे! अपनी इसी गलतफहमी की वह कीमत चुकाते हैं।

गुरु कौन कम हैं? वह भी इन्हीं शिक्षा-संस्थानों के प्रशिक्षित उस्ताद हैं। उनकी अपनी हैसियत है। वह परीक्षा के प्रश्नपत्र भी बनाते हैं। उन्हें 'आउट' भी करते हैं। छात्रों के नंबर बढ़ाने-बढ़वाने का धंधा भी चलाते हैं। छात्रों में उनकी लोकप्रियता का सानी नहीं है। विश्वविद्यालय प्रशासन भी उनके गुण गाता है। कभी रजिस्ट्रार को छात्र-नेताओं के आक्रोश से बचाया, कभी कुलपति को। कभी किसी विरोधी की हड्डी-पसली तुड़वा दी। कुलपति पहले उन्हें मुँह लगाते हैं, फिर दूसरे गुरुओं को उनसे भिड़वाते हैं। पर यह गुरु जुगाड़-नीति का चाणक्य है। गुरु-घंटाल अगले दिन छात्र नेताओं को उकसाकर शिक्षा संस्थान में हड़ताल करवा देता है।

कुलपति का साजिशन, अपमान होता है। उनके घेराव में कोई उनकी गंजी चाँद पर तबला बजाता है, कोई उनकी पतलून उतारता है। विद्वान् को सिर्फ छठी का दूध ही याद नहीं आता, वह अपनी सारी चतुराई भूल जाते हैं। इतना अपमान सह कर कौन भला सतत ग्लानि की इन यादों में रहना चाहेगा? वह इस्तीफा दे देते हैं।

हमें लगता है कि उच्च शिक्षा केंद्र न केवल छात्रों के लिए सियासी दाँव-पेचों की कसरत का अखाड़ा है, वह जुगाड़ू विद्वानों की अक्ल ठिकाने करने का सुधार-गृह भी है। इस प्रयोगशाला में उनके जुगाड़ के धोबी-पाट उलटे पड़ते हैं।

उनकी रियाज और स्टाइल पुरानी पड़ चुकी है। वह अभी डैस्क-टॉप का 'माउस' घुमा रहे हैं, जबकि यहाँ छात्र 'आई-पैड' का नया मॉडल तलाश रहे हैं। हमें उनसे हार्दिक हमदर्दी है। बेचारे ने जुगाड़ से पद तो हथियाया पर, शिकार भी उसी के बने। नाक भी गँवाई और साख भी।

स्वतंत्रता के कई सुख हैं। उसमें जुगाड़ की बदौलत पछाड़ खाकर गिरने का सुख भी शरीक है। आजादी के बाद लीडर, अफसर, ठेकेदार, भ्रष्टाचार, बिचौलिए सरदार, बाजार, जुगाड़ का कारोबार वगैरह-वगैरह खूब पनपा और फला-फूला है।

हमें संदेह है कि इन तक समृद्धि, दौलत, संपदा लानेवाला जन, इन्हीं के बनाए तंत्र में ऐसा उलझा है कि उसे जनतंत्र का आभास तक नहीं है। उसके सुख का सवाल कहाँ उठता है?

□

भारत के नैतिक सुधार संस्थान

पिछले दशक से देश में महिलाओं पर नृशंस अपराधों का न रुकनेवाला दौर शुरू हुआ है। निर्भया की बर्बर हत्या के बाद हर प्राकृतिक या मानवीय आपदा को कैश करनेवाले भी सक्रिय हैं। इनमें समाजसेवक, गैर-सरकारी संस्थान और कवि सम्मेलनों तथा साहित्यिक गोष्ठियों के आयोजक क्यों न शामिल हों? जैसे जनसेवा एक कमाऊ धंधा है, ये भी तो पैसा कमाने के कुटीर उद्योग हैं।

इसमें सबसे पहली पहल समाज-सेवक ने की है। वह हमारे भी मोहल्ले की शोभा हैं। वह क्या काम करते हैं? उनका घर और स्कूटर कैसे चलता है? उनका बँगले का स्वामित्व किसका है? लड़का विदेश में पढ़ता है और लड़की एक प्रतिष्ठित संस्था से एम.बी.ए. कर रही है। राजकीय राज तो अकसर खुल जाते हैं, सेवकजी की आय का स्रोत अब भी गोपनीय है। हमें इतना पता है कि माँ-बाप ने कुछ भी नामकरण किया हो, अपने सेवा के पेशे के अनुरूप वह सेवक के संबोधन से ही जाने जाते हैं।

शहर में जब दिन-दहाड़े अपहरण और बलात्कार की घटनाएँ होने लगीं तो सेवकजी ने पूरे मोहल्ले में इसका मौन विरोध में मोमबत्ती जुलूस निकाला। छुट्टी का दिन था तो चालीस-पचास स्त्री-पुरुष, युवा, बच्चे इस में शामिल हुए। मोमबत्तियों की फ्री सप्लाई सेवकजी ने की और समापन पर प्रेरक संबोधन भी दिया।

उसका आशय था कि नारी-सम्मान की रक्षा सिर्फ पुलिस का ही नहीं, हर जागरूक नागरिक का कर्तव्य है, 'हमें ऐसे समाज विरोधी तत्त्वों की पहचान करनी और उनपर नजर रखनी है।' पुलिस थाने के इंचार्ज भी जुलूस की समाप्ति पर पधार गए थे। उनकी ओर इशारा कर सेवकजी ने सलाह दी, 'मोहल्ले के अवांछित लोगों की सूचना आप थानेदार साहब को दें, इन्होंने महिलाओं की सुरक्षा का व्रत लिया

है। हमारा सौभाग्य है कि ऐसे अनुभवी अधिकारी की नियुक्ति मोहल्ले के थाने में हुई है।'

इसके बाद उन्होने पत्रकार-सम्मेलन को सूचित किया कि नारी से दहेज, दुर्व्यवहार, अपहरण, बलात्कार जैसे हर अत्याचार के विरुद्ध जनमत बनाने की उनकी योजना शहर के हर मोहल्ले में मोमबत्ती जुलूस द्वारा अलख जगाने की है। पुलिस और जिला प्रशासन पूरी तरह से उनके साथ है। वह समाचार-पत्रों और टी.वी. चैनलों के सहयोग के लिए हृदय से आभारी हैं। बिना सकारात्मक प्रचार के इनसाफ की किसी भी मुहिम की सफलता संदिग्ध है।

जुलूस की इकलौती वारदात के बाद काफी दिनों से मोहल्ले में खामोशी है, हमें शक है। सेवकजी मोहल्ले-मोहल्ले में समाज-सुधार की मोमबत्ती जला रहे हैं। इस बीच थानेदार एक दुर्घटना के शिकार हो गए हैं। दुर्घटना का क्या? बिना बताए आती है और बिना बात धर दबोचती है। यूँ सिपहिये का क्या दोष? एक तो अपने पुरुष होने का दंभ, उसपर वरदी प्रदत्त तू-तड़ाक की आदत। यह तो मजबूरी है कि वह अधिकारियों की माँ-बहन से रिश्ते कायम नहीं करते हैं, परंतु थाने आनेवाला तो अफसर नहीं, सिर्फ उनसे हर हाल में छोटा व सामान्य इनसान है, वरना पहले ऊपर से फोन आता, फिर वह पधारता!

मोहल्ले के मोमबत्ती जुलूस में एक छात्रा की भी भूमिका थी। समाज-सेवक ने थानेदार की कर्तव्यपरायणता के गुण गाए थे। कॉलेज में एक शोहदे की हरकतों से लड़की तंग आ चुकी थी। वह उसका पीछा ही नहीं करता, अश्लील फब्तियाँ भी कसता। दो-तीन दिनों से तो हद हो गई है। वह उसे उठाने की धमकियाँ भी देने लगा है। वृद्ध माँ-बाप को बताना बेकार है। वह परेशान होने के अलावा क्या कर लेंगे? शायद यही सुझाव दें कि बहुत पढ़ाई कर ली, अब घर बैठो। विवाह की प्रतीक्षा करो। उसका इरादा नौकरी का है। वह भारतीय प्रशासनिक सेवा की परीक्षा में सफल होना चाहती है, अपने बड़े भाई की तरह वह दूसरे सूबे में हैं, वरना लड़की उससे सलाह लेती। इसी पसोपेश में वह शिकायत करने थाने गई।

शाम थाने के लिए संक्रांति का समय है। थानेदार को सूरज डूबने से कोई ताल्लुक नहीं है। घर जाने के पहले वह नियम से अपने दस्तूरी दो-तीन पैग चढ़ाते हैं। इसके बाद जैसा भी मूड बने, वह घर जाए या कहीं और, इसमें कोई संदेह नहीं है कि अनजाने ही लड़की ने थाने जाने का गलत वक्त चुना। बड़े पुलसिये के दर्शन के पूर्व छोटे से उसकी तकरार हुई। छोटे ने टोका, 'साहब इस वक्त किसी से नहीं मिलते हैं।' उसने जिद की, 'मुझे उनसे ही मिलना है।' यानी आ बैल मुझे मार। यह

तो साँप को डसने का आमंत्रण है, या इससे भी बदतर। किसी पेशेवर प्रवचनकर्ता से त्याग या मंत्री से सच की उम्मीद।

शोर सुनकर थानेदार के अहं को धक्का लगा। उसके थाने में कौन पिनपिनाने का दुस्साहस कर रहा है? वह भी उसका द्रव्य, ध्यान-योग की वेला में। वह तेजी से उठा, झूमते-झामते बाहर आया। लड़की दिखी तो जैसे उसे अँधेरे में मोमबत्ती नजर आई। उसे लगा कि दारू के देव ने मन की मुराद पूरी की है। आवाज में मिठास घोलने का असफल प्रयास करते हुए वह बोला, 'तू अंदर आना चाहती है तो आ।' इतना कहते-कहते उस ने लड़की का हाथ पकड़कर अंदर खींचने की कोशिश की। इस अनपेक्षित आक्रमण की लड़की को आशा न थी। वह एक पल को लड़खड़ाई और फिर जोर लगाकर, हाथ छुड़ाकर भागी। उसके अंतर में निराशा और आँखों में विवशता के आँसू थे।

कुछ दूर जाकर उसने अपने आप पर नियंत्रण पाया। उसके फोन में भाई का सैल नंबर था। अभी तक वह सब अपने बूते झेल रही है। जिस समाज में रक्षक ही भक्षक बनते हैं, उसका भविष्य क्या है? व्यवस्था के अंधे कुएँ में शिकायत की गुहार कोई लगाए तो लौटकर आवाज अपने कानों से ही टकराती है। आज के हालात में या तो सत्ता का जोड़-तोड़ प्रभावी है या फिर जुगाड़। लड़की ने भाई से रोना रोया। सुख-दुःख दोनों आदमी की निजी स्थिति हैं। आज की परिस्थित में दुःख बताने से बँटता नहीं है। सिर्फ सुननेवाले को सुख देता है। वहीं एक की खुशी दूसरे के दुःख की जनक है। अपने हैं ही कितने? अगर कोई वाकई अपना है तो दुःख उसको बताने से कम तो नहीं होता, बस उसकी अनुभूति घट जाती है। भाई ने थाने की वारदात सुनी।

समय और संयोग के सम्मिलन से इतिहास बनता है। शहर के पुलिस सहायक कप्तान उसी के बैच के थे। उसने उनसे बात की, बहन ने लिखित शिकायत। नाइनसाफी का नक्कारखाने में इनसाफ की भिन-भिन कौन सुनता है? थाने का प्रभार, योग्यता और कार्यकुशलता पर नहीं, जाति के सही समीकरण में निर्भर है। सूबे का हर नया-पुराना अफसर, अपने संवैधानिक दायित्व से हो-न-हो, शासन का इस अहम तथ्य से परिचित है, फिर भी वह थाने गया। उसने दारू चढ़ाते थानेदार को रंगे हाथों पकड़ा। उसे डाँटा-डपटा और इस नतीजे पर पहुँचा कि थानों की सफाई स्वच्छ गंगा-अभियान से भी कठिन है। थानेदार पहले लाइन-हाजिर रहा। सियासी जाति-भाइयों की कृपा से अब वह फिर दूसरे थाने में है और शोहदा जेल में।

समाज-सुधारक अपने नाम और नामा कमाने के मिशन में कामयाब हैं। उन्होंने समाज-कल्याण अभियान की एक रंगारंग स्मारिका निकाली है। इसमें सिर्फ राष्ट्रपति से लेकर प्रधानमंत्री तथा सूबे के राज्यपाल और मुख्यमंत्री व मंत्रियों की शुभकामनाओं का खाली-पीली संदेश और विज्ञापन हैं। इस महत्त्वपूर्ण और ज्ञानवर्धक स्मारिका का मूल्य केवल पाँच सौ रुपए है। अब तक एक हजार प्रतियों में से आधी वह संस्थाओं और समाज कल्याण विभाग को बेच चुके हैं। उनकी योजना बाकी को राज्य के पुस्तकालयों को टिकाने की है। शिक्षा मंत्री ने कमीशन की शर्त पर इस नैतिक और उपयोगी कार्य में उनकी भरपूर सहायता का आश्वासन दिया है। सेवकजी एकल नैतिक सुधार के मिशन में जी-जान से जुटे हैं।

हमारे मोहल्ले की ही एक अन्य विभूति हैं। शासन की मदद से वह गैर-सरकारी संस्थान चलाकर जन-सेवा करते हैं। सेवकजी की प्रतिभा का कायल कौन न होगा? वह भी हैं। बस उनकी सफलता उन्हें कैसे रास आए? हर इनसान को बड़प्पन का मुगालता होना-ही-होना। इसके अलावा अपनी नेकनीयती का भी। बलात्कारी तक को भ्रम रहता है कि वह महिला-उद्धार में व्यस्त है और यह कैसी अजीब औरत है, जो आभार जताने की जगह चीख-चिल्ला रही है? सेवकजी से उलट, उन्होंने अपने गैर-सरकारी संस्थान से निर्धन को सहारा और निरक्षर को शिक्षा देने का व्रत लिया है। विद्वानों की हाजरी बजाकर और उनके सुझाने पर उन्होंने संस्था का नाम ही 'आलंबन' रखा है।

कइयों को आश्चर्य है। 'आलंबन' उनके भरण-पोषण का साधन है कि निरक्षर और निर्धन का। देश का दुर्भाग्य है। इसमें छिद्रान्वेषकों की भरमार है। तय करना मुश्किल है कि कौन सूप है, कौन छलनी? जितने मुँह हैं, उतनी तौहमतें। गैर-सरकारी संस्थान ही उनका आवास है। वहीं एक दरवाजे पर 'आलंबन' का बोर्ड है, दूसरे पर किन्ही 'राजकुमार' का। हमने एक बार उनका दर्शन किया है। दीन-दुखियों की सेवा की उनकी लगन विरल है। कोई भी उससे प्रभावित हो। उनकी शक्ल पर ऐसा दुखिया भाव है जैसा हर दुखिया का होता है। कतई किसी अस्पताल के गलियारे में पड़े मरणासन्न मरीज का।

जानकार बताते हैं कि इसी मरणासन्न मुद्रा को लेकर वह पिछले चालीस-पचास वर्षों से जिंदा हैं। दूसरों के दु:ख-दर्द को उन्होंने इतनी गंभीरता से अपनाया है कि अब पीड़ितों की असीमित व्यथा स्थायी रूप से उनके चेहरे का शृंगार ही नहीं, पहचान भी है। लोग उन्हें 'दुखिया' के नाम से ही जानते हैं। माँ-बाप क्यों उन्हें राजकुमार पुकारते होंगे, यह शोध का विषय है। उनके कुछ हमदर्द कहते हैं

कि यदि वह दानपात्र साथ लेकर चलें तो माँगें, न माँगें, उनके चेहरे पर अंकित अजानी त्रासदी के कारण नोट और सिक्कों से वह भर जाएगा।

उन्होंने शादी नहीं की है। क्यों नहीं की? क्या वह किसी से प्रेम करते थे? यह एक अनसुलझा राज है। लड़कियाँ दयावान होती हैं। हमें यकीन है, यदि वह सुंदर-से-सुंदर लड़की से 'प्रपोज' करते तो वह इनकार न कर पाती। दरअसल, उनको देखकर दया आती है। मुमकिन है कि 'आलंबन' के राज्य, केंद्र व विदेशों से मिलते अनुदान का यही प्रमुख कारण हो।

यूँ दफ्तर की ओर अकसर सन्नाटा ही पसरा रहता है। दीगर है कि घर के हिस्से में चहल-पहल है। उनसे या उनकी तात्कालिक 'संगिनी' से मिलने कई आते हैं। हम इसे दुखिया के अंतर का सेवा संकल्प ही कहेंगे, जिससे प्रेरित होकर वह इन असहाय महिलाओं को गाहे-बगाहे शरण देते रहते हैं। चूँकि हम उन्हें जानते नहीं हैं, इस कारण यह निश्चित रूप से कहने में असमर्थ हैं कि महिलाएँ समर्थ हैं कि असहाय।

इतना निश्चित है कि दुखियाजी हर नए अफसर का 'आलंबन' में स्वागत समारोह बिना नागा करते हैं। निर्भया के साथ हुई अमानविक वारदात के पश्चात् वह भी सबके नैतिक सुधार की ओर अग्रसर हैं। वह अब तक निरक्षरों को अक्षर ज्ञान ही देते आए हैं, अब उनका चरित्र निर्माण भी करेंगे। बड़ी धूमधाम से इस कार्यक्रम का श्रीगणेश एक मंत्री ने किया है। पूरा मोहल्ला उसमें आमंत्रित है। चाय-पान के लालच में हॉल की हर कुरसी भरी है। मंत्रीजी पास के ही जिले के हैं। उनके भ्रष्ट आचरण की ख्याति से सारा सूबा परिचित है। टॉफी-चॉकलेट की मुफ्तिया भेंट से आकर्षित लड़के-लड़कियाँ मंच के दोनों ओर कुरसियों पर स्थापित हैं। कोई नहीं जानता है कि वे निरक्षर हैं या अक्षरज्ञानी। औपचारिक घोषणा के अनुसार सब अनपढ़ हैं।

मंत्रीजी का स्वागत एक परंपरा है। दुखियाजी ने यह निभाई। उनकी तकरीर में एक उल्लेखनीय तथ्य निम्नलिखित वाक्य है—'आज माननीय मंत्रीजी के कर-कमलों से इस अभियान का प्रारंभ हुआ है। चरित्र-निर्माण का आधा लक्ष्य तो उनके जुड़ने से हमने हासिल कर लिया है।' इस घोषणा का स्वागत तालियों की गड़गड़ाहट से हुआ। श्रोताओं को इस योजना के अंधकारमय भविष्य का विश्वास हो गया। खजाने की रखवाली कोई दुर्दांत डाकू भले कर ले, मंत्रीजी के उदाहरण से चरित्र-निर्माण संभव होने की गुंजाइश कम है।

समारोह का नतीजा दुखियाजी के लिए लाभप्रद रहा है। 'आलंबन' की अनुदान

राशि में इजाफा हुआ है। दुखियाजी अब भी दुखिया हैं। जीवन-शैली में कितना भी सुधार हो, दुखियाजी की नियति केवल दुःखी दिखना है। उन्हें सिद्ध करना है कि वह दीन-दुखियों से एकाकार हैं।

धाकड़ कवि-आयोजक क्यों यह स्वर्ण अवसर गँवाए? उन्होंने शहर के हर रईस से चंदा उगाहा है कि कवि सम्मेलन के आयोजन में उनका व्यक्तिगत योगदान फोटो के रूप में हर बैनर-पोस्टर में नजर आएगा। चरित्र-निर्माण कविता से ही मुमकिन है। श्रोता इससे शुद्ध चिंतन और नैतिक जीवन का सबक सीखेंगे। भले ही कवि के निजी चरित्र पर कविता का कुछ असर न पड़े। उन्होने कवियों से निवेदन किया है कि वह युवा-कल्याण की पावन मुहिम में उनका हाथ बँटाएँ। उनके आने-जाने का व्यय और रहने-खाने की व्यवस्था है, बस पारिश्रमिक बख्श दें। उनका नुक्कड़ कवि-सम्मेलन हर मोहल्ले में सफल रहा है। आयोजक प्रसन्न हैं। उन्होंने भी चरित्र-निर्माण के चक्कर में लाख के ऊपर कमाया है। अब उन्हें किसी और नृशंस हादसे का इंतजार है। कमाई का मौका किसे बुरा लगता है?

मुल्क के नैतिक सुधार संस्थानों की गतिविधियाँ जोर-शोर से चालू हैं। वसूली के माहिर दिग्गजों को भरोसा है कि उनकी कोशिशों से कदाचार, भ्रष्टाचार, बलात्कार वगैरह का अंत होकर रहेगा!

□

प्रशासन, पान की दुकान और बियाबान

हमें इतिहास की खास जानकारी नहीं है। इस विषय में अपन मुल्क के बड़ों के समान हैं। उन्हें भी नहीं है। वह तो हम पान की दुकान में, जानकार किस्म के एक इनसान से अचानक टकरा गए। हमें खुशी हुई। पान खाने अपने ऐसे गँवार ही नहीं आते, कुछ पढ़े-लिखे भी पधारते हैं। यूँ अपन ने देखा है, कुछ बड़बोले हर बात में जुबान अड़ाकर अपने विद्वान् होने का भ्रम उत्पन्न करते हैं, कुछ वाकई होते हैं। इस ज्ञानी का पानवाले ने 'प्रोफेसर साहब' कहकर स्वागत किया तो अपनी जिज्ञासा जगी। ऐसे भी यह पानवाला ऐसा-वैसा नहीं है। इसे आदमी की पहचान है, वरना हमें उधार क्यों देता? अपन दफ्तर के बाबू हैं। वह बाबू ही कैसा, जो हर परिचित-अपरिचित से कुछ लेने में यकीन न करे! दफ्तर हो या बाहर, हम वसूली के अपने उसूल से कभी नहीं डिगे हैं। यह तो प्रोफेसर है। न इसका बिल दफ्तर में है, न इसका कुछ काम पड़ने का प्रश्न है। लिहाजा इससे पैसे-कौड़ी का सौदा तो संभव नहीं है। ज्ञान का मुमकिन है।

दफ्तर के चपरासीनुमा चपरकनाती अफसरों को देखकर अब हम हर ऐरे-गैरे को 'सर' कहकर संबोधित करते हैं। पता नहीं कब किस रूप में अफसर मिल जाए। अब तो दुर्दशा ऐसी है कि वह हमारी, यानी बाबुओं की चवन्नी तक पर आँख गड़ाए हैं। ऐसा नहीं है कि उसने अपने 'रुपए' का लालच तज दिया है। पर साथ में चवन्नी भी हथिया लें तो बुराई क्या है। यदि एकाध बाबू को पकड़ लिया तो ईमानदारी की छवि भी बनेगी और अधिक कमाई का 'स्कोप' भी। आज के अफसर पान नहीं, सिर्फ पैसा खाते हैं। पान चबाते प्रोफेसर से हम आश्वस्त हुए, हमने उससे जानना चाहा—"सर, आपका विषय क्या है?"

वह शायद अपनी सारी मौखिक ऊर्जा अपनी क्लास के लिए बचाता हो।

उसने सिर्फ एक शब्द में उत्तर दिया, 'इतिहास'। हम हतोत्साहित नहीं हुए। पान का हर लतियल वाणी-संयम का कायल है। जब पान बंद मुँह के अंदर, जरदे-किवाम के साथ घुलता है तो बोल कैसे फूटें? अगर अंदर आत्मा है तो इस दिव्य आनंद की अनुभूति में वह भी डूबती है। यूँ दफ्तर के दार्शनिक यह भी कहते हैं कि आदमी के अंदर से आत्मा नामक गौरैया कब की पलायन कर चुकी है, नहीं तो अफसर-मंत्री बाबू जैसी हरकत क्यों करते? बहरहाल, आत्मा हो, तब भी और न हो, तब भी, घुलते पान का सुगंधित रस दिलो-दिमाग को ऐसा सराबोर करता है कि इनसान हर भौतिक चिंतन से ऊपर उठता है। इसे पान की आध्यात्मिक ध्यानावस्था भी निरूपित किया जा सकता है। त्रासद है कि विदेशी ड्रग्स, शराब, सिगार की बढ़ती लोकप्रियता के सम्मुख, देशी पान-समर्पित पीढ़ी, लुप्त होने के कगार पर है।

हम और प्रोफेसर कुछ मिनटों तक पान-जनित चुप्पी के सुख में खोए रहे। हमें प्रतीक्षा थी उनकी प्रथम पीक की। पान-ध्यान टूटने का यह पहला लक्षण है। जरूरी नहीं है कि यह सामान्य नियम सब पर लागू हो। इसके कुछ गुणी अपवाद भी हैं। वह विशेषज्ञ हैं। कभी पान दाएँ, तो कभी बाएँ गाल में दबाते हैं। बोलते भी हैं यहाँ तक कि पान भरे मुँह के साथ, चाय सुड़कने में ही नहीं, समोसा तक चबाने में माहिर हैं। ऐसे आठ-दस खाऊ हमारे मोहल्ले की शान हैं। कई तो पान दबाकर ज्ञान की पाठशाला खोल बैठते हैं।

यह अलग है कि लोग उनसे कतराएँ। फोकटिया फिलासफी कम को ही भाती है। फिर यह तो पान दबाकर पॉलटिक्स पर तकरीर झाड़ने के शौकीन हैं। आज हालात ऐसे हैं कि ज्यादातर भले मानुस नेता का नाम सुनते ही जबरन पीक की मुद्रा अपनाते हैं। हमें दोनों से हमदर्दी है। दोनों दिल के गुबार निकालते हैं, विशेषज्ञ बोलकर, अनाड़ी पीककर।

उनका कहना है कि वर्तमान पॉलिटिक्स से पान खाने की कला हर हाल में महान् है। एक दिन हमने पूछने की गुस्ताखी की थी कि 'क्यों'? उनका उत्तर हमें अभी भी याद है। उन्होंने बिना पीक किए धाराप्रवाह तकरीर की—"पहले लोग घर में पानदान रखते थे। अब गाहे-बगाहे ग्राहक या रोजमर्रा के लतियल दुकान पर पधारते हैं। पान लगाने में पारंगत पानवाला चूने, कत्थे, डली, किवाम के सही मिश्रण से बीड़ा बनाता है। सादी पत्ती या तंबाकू, खानेवाले की इच्छा पर निर्भर है। पान जमाना रोजमर्रा की रियाज से आता है, वरना नौसिखिए कच्ची रोटी की तरह चबाकर पान थूक देते हैं। सच्चे पीक के पिकासो वह हैं, जो इस अलौकिक रस

का जब तक मुमकिन हो, मजा लेकर, सही समय, पगडंडी, सड़क या दफ्तर की दीवार पर अमूर्त कला के नमूनों के जनक हैं।''

हमें लगा कि यह व्यर्थ की मगज-पच्ची कर रहे हैं। हमने उन्हें टोका— ''पान बनाने और खाने की महत्ता तो सबको पता है। इसका राजनीति से क्या ताल्लुक है?''

हमारी नादानी पर जैसे वक्र मुसकराहट के साथ उन्होंने पान बाएँ से दाएँ गाल में शिफ्ट किया और बोले, ''यही तो आपके चिंतन की चूक है। पूरी पीढ़ी को हम दोष नहीं देते हैं, पर आप लोग जल्दी में रहते हो। कतई कंपू भैया की तरह। इधर चिट्ठी टाइप की, पता पंच किया और उधर मेल पहुँचा। पान चबाना आसान है, जमाना धीरज से आता है। हमने कहा था न कि पानदान घरों से हट गए हैं। पर जीवन से कुछ भी हटता नहीं है, बस जगह बदल लेता है। ठीक वैसे ही जैसे कंप्यूटर से 'डिलीट' सूचना 'बिन' में जा छिपती है। पानदान घरों से निष्कासित होकर पॉलिटिकल परिवारों में जा बसे हैं।''

वह पलभर को चुप हुए, पान के रस को एक दूसरे गाल में स्थानांतरित करने। हम उन्हें टोकने का सोचते भी कि वह फिर चालू हो गए—''आज हर सियासी दल का एक खानदानी पानदान है। चाहे वह किसी भी विचारधारा के हों। अनिवार्य है कि उसका नेता इसी पानदान का प्रॉडक्ट है। जाहिर है कि ऐसे पान पानवाले की अभ्यास और प्रतिभा के उत्पाद नहीं हैं। परिणाम यह है कि किसी में चूना ज्यादा है, किसी में कत्था तो किसी में सुपारी। नतीजा जनता भुगतती है। जनसेवा में प्रशिक्षित और देश को समर्पित खानदानी पानदान के पटेल ऐसे नेता शायद ऐसा न करते। पर अब तो पुत्र-मोह से ग्रसित और सत्ता के स्वार्थी स्वामी ही बचे हैं। पारिवारिक उन्हें जनता को खिलाना-ही-खिलाना। मतदाता के पास विकल्प क्या है?''

जब वह बोल गए तो हमने चैन की साँस ली। एकाध हफ्ते के लिए इतना ज्ञान काफी है, वरना अपच की संभावना है। इतने में हमने देखा कि प्रोफेसर भी कोने में जाकर पीक-मुक्त हो गए हैं। हमने उनसे एक पान और खाने की प्रार्थना की, साथ ही यह जानना चाहा कि वह इतिहास के प्राचीन, मध्यकालीन और आधुनिक किस काल के विशेषज्ञ हैं। उनके चेहरे की चमक से हमें यह आभास हुआ कि अब वह बोलने के मूड में हैं।

उन्होंने शुरुआत एक सामान्य कथन से की कि बंदर का वंशज, यानी आदमी इतिहास की भूलों से सीखने के बजाय, उनको दोहराने से बाज नहीं आता है। हमें

वानर के वंशज का सोचकर हँसी आई। बंदर के असली उत्तराधिकारी तो बाबू हैं। जब तक उसके साथ कुछ प्रलोभन न हो, हम हर प्रस्ताव के विध्वंस पर उतारू हैं। कतई उस बंदर की तरह, जो हनुमानजी के मंदिर से किसी भक्त के प्रसाद का दोना ले उड़े और पेड़ पर विराजमान होकर उसको इधर-उधर फेंके।

प्रोफेसर ने आपत्ति की—"आप हँस क्यों रहे हैं?" हमने उन्हें अपने काम की जानकारी देकर बताया—"अपनी करतूतों पर।" उन्होंने विस्तार से हमें समझाया कि आदिमानव कैसे गुफाओं में गुजारा करते थे। कैसे इनसान ने तरक्की की। आग, पहिये तथा डायनामाइट और बाद में प्रेस के आविष्कार ने कैसे दुनिया बदल दी। कैसे जंगलों को उजाड़कर बस्तियों और शहरों का विकास हुआ। कैसे युद्ध की विभीषिका से आज भी हमने सबक नहीं लिया है। अभी भी हम एक-दूसरे को मिटाने पर आमादा हैं। हमने उनकी बातों को गौर से सुना, विशेषकर उस न्योते को, जो उन्होंने चलते-चलते हमें पान खाने के लिए दिया।

हम उनसे प्रभावित हुए, यहाँ छोटे-मोटे मास्टर एडमीशन के सीजन में सीधे मुँह बात नहीं करते हैं, वहीं इस विद्वान् में कतई अकड़-फूँ नहीं है। उलटे एक स्वभावगत विनम्रता है। यह उदार भी है, वरना हमें ज्ञान और पान दोनों से क्यों कृतार्थ करता? अपनी स्मृति में वह पहला व्यक्ति है, जिसे हमने अपने उधार के खाते से पान खाने का आमंत्रण दिया है। अपने सैद्धांतिक पलायन से हमें कुछ चारित्रिक पतन जैसी ग्लानि हुई। हमने खुद को दिलासा दिया कि गनीमत है, दफ्तर का कोई सहयोगी साथ नहीं है। यदि यह सूचना दफ्तर में सार्वजनिक होती तो हम किसी को मुँह दिखाने के काबिल न रहते। इतने वर्षों से मुफ्तिया चाय पीने की चालाकी, चालबाजी और परिश्रम से बनाई कीर्ति पर धब्बा लगना शर्मनाक है।

प्रोफेसर के पान को मुँह में सँजोए, जब हम फ्री फंडिया अखबार पढ़ने कैंटीन में दाखिल हुए तो अंदर-ही-अंदर मगन थे। खबरों से हमें अहसास हुआ कि प्रोफेसर कितना दुरुस्त फरमा रहे थे। आत्मविश्वास के अतिरेक से लबरेज मूर्ख अपनी मूर्खता को महानता से समकक्ष मानते हैं। तभी तो अपहरण, हत्याएँ, बलात्कार सीमा पार के पड़ोसियों के दुर्व्यवहार में दिनोदिन इजाफा हो रहा है और हम हाथ-पर-हाथ धरे बैठे हैं।

शासक वोटरों को उल्लू बनाने की नई योजनाओं के अन्वेषण में व्यस्त हैं। कहाँ किस जात का आधिक्य है? उसके किस मुखिया को कैसे फोड़ें? संप्रदाय के सामंतों को पद की हड्डी देकर पटाएँ कि नकदी की? खानदानी पानदान से निकले राजकुँवरों की छवि कैसे और कौन गढ़े कि वह जनप्रिय बनें? अपनी

पालतू निगरानी एजेंसियों को किस प्रतिद्वंद्वी पर भौंकने-काटने का हुकुम जारी करें कि वह चुनाव में सिर उठाने योग्य न रहे? पार्लियामेंट से लेकर पंचायत तक मुल्क में भ्रष्टाचार की पुख्ता एकता है। इसे और मजबूत बनाने को पंचों को कौन सा नया चारा डाला जाए? नरेगा-मनरेगा के अलावा मतदाताओं को बिना हाथ-पैर हिलाए पैसा देकर निकम्मा बनाने की और किस योजना की ईजाद संभव है? आकाओं की इकलौती चिंता है कि सीमा का अतिक्रमण जाए न जाए, सत्ता न जाए।

बिजली-पानी, रोटी-दाल, साक्षरता जैसे मसलों से जूझना मुश्किल है, गरीबों को लैपटॉप, सस्ते मकान, लड़कियों को पढ़ने पर नकदी देने जैसे वादे करना आसान। कोई पूछे तो वह बताते हैं—"हमने हर चुनावी वादा निभाया है। आम नागरिकों और महिलाओं को सुरक्षा देने जैसा कोई मुद्दा हमारे घोषणा-पत्र में है ही नहीं। जनता ने हमें जिस कार्यक्रम के आधार पर चुना है, उसे हम जी-जान से पूरा करने में जुटे हैं।"

इनसे भी एक कदम आगे वे हैं, जो अपनी जात का मत पक्का करने दूसरों के प्रति केवल जहर उगलते हैं। ऐसे घोषणा पत्र बनाते ही नहीं हैं कि बाद में किसी को शिकायत का मौका मिले। हमें कभी शक होता है। आजादी की लड़ाई की त्याग और कुरबानी की विरासत से हम कितनी तरक्की कर चुके हैं। कभी स्वतंत्रता का था, अब सिर्फ सत्ता का सपना है। खंड-खंड पाखंड के प्रभावी कलाकार आज के प्रतिभाशाली लीडर हैं। जिनकी जात में जड़ें गहरी हैं, चुनावी जमीन से वही जुड़े हैं। मौकापरस्त सियासी संत ही सच्चे सेक्युलर हैं। मिल-जुलकर मुल्क को लूट खाना ही उनका धर्म है। ऐसों का ही कमाल है कि इन्होंने जनतंत्र को जाततंत्र बना दिया है और भारत जैसे सदियों से धार्मिक देश को धर्म-विहीन।

कुछ इनसे भी बढ़कर हैं। उनके खानदानी त्याग के राग को मुल्क का बच्चा-बच्चा जानता है। उनके प्रचार का भोंपू-तंत्र इसी की दुहाई देता है। छूत की बीमारी से फैले खानदानी पानदान की शुरुआत इन्होंने की है। प्रजातंत्र के व्यापक क्षेत्र को चंद परिवारों तक सीमित करना जनतंत्र की व्यवस्था को एकतंत्र बनाने का नया और मौलिक प्रयोग है। देश और दुनिया को इसके लिए उनका कृतज्ञ होना चाहिए। जो नहीं हैं, वे नाशुक्रे हैं।

अखबार की एक खबर पर हमारी नजर पड़ी तो हम चौंक उठे। कल रात हमारे मोहल्ले के ही एक घर में डाका पड़ गया। डकैतों ने नकदी-जेवर तो लूटा ही, बूढे युगल की हत्या भी कर दी। हमने अपने को धिक्कारा। हम कितने संवेदनहीन हैं। पास में ऐसा भयंकर हादसा होने की हमें सूचना तक नहीं है।

हम रोजमर्रा की मुफ्तखोरी में खोए हैं। प्रोफेसर साहब ने बताया था कि जंगलों को उजाड़कर ही शहर बसे हैं। शहरों में बसे हम इनसान क्या जानवरों से भी बदतर हैं। अपने से कमजोर को नोच खाने पर उतारू हम दोपाये हर चौपाये से गए-बीते हैं। अंतर की भावनाओं को हमने ऐसी तिलाजंलि दी है कि अब अपन सिर्फ कैश की कमाई के यंत्र चालित कंप्यूटर हैं। कहना कठिन है, भीड़ के बियाबान कि हम जंगल में बसे हैं या जंगल हमारे अंदर!

□

भैंस और सरकार

भारत की भैंस संसार में अनूठी है। वह कतई विशुद्ध, इस देश की उपज है। दुनिया में उसका सानी नहीं है। हमारा प्रशासन भी अपनी तरह का इकलौता उदाहरण है। यह मुल्क को अंग्रेजों का अनमोल तोहफा है और आज भी रिआया की, अपने गोरी चमड़ी के पूर्वजों के समान ही 'सेवा' करता है। प्रजातंत्र से इन कालू अंग्रेजों में इतना अंतर जरूर आया है कि इन्होंने अपने जात-भाई, मंत्री-मुख्यमंत्री गाँठ लिये हैं और यह उनको सुभीता-तंत्र का मंत्र पढ़ाते हैं। इतना ही नहीं, उनके इशारे पर किसी भी प्रस्ताव-योजना को स्याह-सफेद सिद्ध करना इनके बाएँ हाथ का खेल है। जनहित के बहाने निजी और मंत्री-हित साधना इनकी प्रशासनिक विशेषज्ञता का नमूना है।

कभी कोई मोहनदास करमचंद गांधी हुआ करते थे। लोग उन्हें अहिंसा की परंपरा में बुद्ध-महावीर का उत्तराधिकारी मानते हैं। वह तो उनका नाम पाठ्य-पुस्तकों में है, इस कारण बच्चे उनसे परिचित हैं वरना जमाना आज दूसरे गांधियों के गुण गाता है। सुनते हैं कि वह बकरी का दूध पीते थे। उनका समय अलग था। आज के प्रतियोगी समय में महात्मा गांधी शर्तिया भैंस का दूध पीते। कौन कहे, उनके स्वभाव की अहिंसक प्रवृत्ति का जनक बकरी का दूध रहा हो?

वर्तमान में भैंस का दूध बकरी के दूध से कहीं ज्यादा लोकप्रिय है। कहते हैं कि उससे ताकत आती है, पर अकल मोटी होती है। यह दावा आधिकारिक रूप से नहीं किया जा सकता कि समाज की बढ़ती हिंसा में शक्ति और कमअक्ली का कितना योगदान है। यों लोगों का जातिगत गुणों के आधार पर आकलन करनेवालों में एक प्रबुद्ध समाजशास्त्री है। उनकी मान्यता है कि गांधी की अहिंसा का बकरी के दूध से कोई ताल्लुक नहीं है। क्या पता, उससे शरीर में शक्ति और स्फूर्ति का

संचार होता है? उनके चरित्र का पहचान-पत्र उनकी जात है।

उनकी मान्यता है कि गांधी खालिस बनिए थे। व्यापार में माहिर, सौदेबाजी में चतुर-चालाक। तब व्यापार बाहुबल से नहीं, अक्ल से चलता था। इसके लिए शांत-संयत स्वभाव भी जरूरी था। आज की बात अलग है। टेंडर मिलने में दादा-माफिया, अफसर-सियासी आका की मिलीभगत है। किसी ने इस मौखिक संधि का उल्लंघन किया तो उसकी खैर नहीं है। फॉर्म लेने, टेंडर भरने, दाखिल करने में गोली चलने की नौबत आती है। 'ऑन-लाइन' की आधुनिक तकनीक से गोलीबारी कैसे रुके? यह पता करना कहाँ कठिन है कि टेंडर में कौन-कौन शामिल है? गांधी की अमन-पसंदगी का आज हर प्रशासन कायल है।

समाजशास्त्री के अनुसार लेन-देन की वणिक बुद्धि उसमें भी आ गई है। वह पैसा लेता और सूचना देता है। आज बाजार के युग में यह अपेक्षा कि सरकार लेन-देन से अछूती रहे, कोरी काम-खयाली है। इसे भ्रष्टाचार का नाम देना नाइनसाफी है। बदलाव वक्त की शर्त है। समय आ गया है कि आज के इस सामान्य दैनिक आचार-व्यवहार को हम सदाचार मानें। शब्दकोश से हटाना न हो तो जहाँ शारीरिक जोर-जबरदस्ती का मामला है तो उसे भ्रष्टाचार की संज्ञा दी जा सकती है। मसलन, बाबू की गटई दबाकर कोई जानकारी माँगना।

जहाँ दो समझदार पारस्परिक सहमति से लेने और सूचना देने का सौदा कर रहे हैं तो इसमें तीसरे की दखलंदाजी सर्वथा अनुचित है। यह सरकार के हर दफ्तर का स्वीकृत सदाचार है। इसमें जाँच एजेंसियों का जबरन और अनधिकृत प्रवेश न सिर्फ सौदों को महँगा करता है, बल्कि मुल्क की दूध से धुली नैतिकता की छवि में कलंक के दाग भी लगाता है। यदि हम गांधी के अहिंसक आदर्शों के अनुकरण को उत्सुक हैं तो सिर्फ बल-प्रयोग की सच्चाई की जाँच होनी चाहिए। जाहिर है कि ऐसी अवांछित हरकत के दोषी को दंडित किया जाए। दफ्तर जैसे कार्य के पावन-पूजाघर में दबंगई का कोई स्थान नहीं है।

भैंस और दफ्तर दोनों अमन में यकीन रखते हैं। इस तथ्य से सब वाकिफ हैं कि भैंस के शारीरिक आकार की तुलना में उसकी दुम कतई नन्ही-मुन्नी है, वहीं चूहे की, उसके बदन के बराबर। हमें लगता है कि यह ऊपरवाले ने जान-बूझकर किया है। चूहा इधर-उधर फुदकता कुछ भी कुतरता रहता है, भैंस अपेक्षाकृत शांत है। सड़क के बीचो-बीच खड़ी है तो खड़ी है, कोई उसे इस ध्यानावस्था से हटा के तो दिखाए? दफ्तर का बाबू भी कुछ इसी मुद्रा में अपनी सीट पर कागजों के बीच आँख मूँदे, मक्खी मारते या कैंटीन में जुबान चलाता नजर आता है। भैंस की शांतप्रियता

की इंतिहा है कि दुम की छोटी परिधि में पधारी मक्खी तक पीठ पर बैठी रहे तो उसे कोई परहेज नहीं है। यह केवल आलस नहीं, अमन की लगन है। कौन अपने से कमजोर मक्खी को सताए, 'दुर्बल को न सताइए, जाकी मोटी हाय'! दुबली-पतली मक्खी की 'हाय' कितनी मोटी है, इस का अंदाज हमें नहीं है, कौन जाने भैंस को हो!

नेहरूजी ने कभी नारा दिया था कि आराम हराम है। वह भविष्य द्रष्टा थे, इससे कौन इनकार कर सकता है? सामान्य आदमी के लिए मूल्य वृद्धि से लेकर, नरेगा-मनरेगा तक भ्रष्टाचार निरंतर तनाव का कारक है। उसका आराम वाकई हराम है। सरकारी बाबू उसूलन इस मत का है कि काम हराम है। वह डील-डौल में कैसा भी हो, हृदय से भैंस है। वह क्रांतिकारी सुभाष का अनुयायी है। उन्होंने कहा था कि तुम मुझे खून दो, मैं तुम्हें आजादी दूँगा। अपनी अहिंसक प्रवृत्ति से विवश बाबू खून की जगह घूस का पक्षधर है और चूँकि मुल्क आजाद हो चुका है, इसलिए घूस के बदले संबद्ध फाइल को अपनी मेज की कारा से मुक्त कर सकता है। भैंस दूसरों के ठेलने पर अपने ठौर से हिलती है, बाबू की कलम सिर्फ घूस की प्रेरणा से चलती है।

भैंस और सरकार में एक अहम अंतर भी है। सरकार को सिर्फ वसूलना आता है। यह वसूली औपचारिक और अनौपचारिक दोनों प्रकार की है। औपचारिक रूप से वह कभी करों की दर घटाती-बढ़ाती है, कभी सेवा कर का दायरा। अनौपचारिक कर की दर तय नहीं है। यह वसूलने वाले की क्षमता और देनेवाले के काम की महत्ता पर निर्भर है। कोई अपने अटके बिल के निकलने की धैर्य से प्रतीक्षा में समर्थ है तो दूसरा उसे पाने की हड़बड़ी में है। बाबू और ज्योतिषी दोनों को आदमी की परख है। वे जानते हैं कि उनके पास आनेवाला कितने संकट में है। एक का लक्ष्य जल्दी काम करने की मुँहमाँगी कीमत वसूलना है, दूसरे का कभी सेहत, कभी नौकरी, कभी प्रमोशन के सपने दिखाना।

भैंस का स्वभाव इनसे भिन्न है। वह मनुष्य को दूध का वरदान देती है। दूध और ग्वालों की ईजाद साथ-साथ हुई है और तब से ही दूध में पानी मिलाने के शुभ कर्म की भी। अब मानवीय पाचन-तंत्र को मिलावट की ऐसी लत लगी है कि शुद्धता से उसमें गड़बड़ी की आशंका है। निष्कर्ष यही है कि आदमी स्वार्थी है, भैंस उदार।

सरकार और भैंस में एक और अंतर भी है। भैंस जैसी दिखती है, वैसी ही है। उसके आचरण और अंतर में कोई फर्क नहीं है। आदमी के साथ ऐसा नहीं है। आदमी, छोटा हो या बड़ा, सबके मुख पर असलियत से अलहदा एक मुखौटा जड़ा है। आधे वक्त वह जो कहता है, उसे करने का उसका कोई इरादा तक नहीं होता है। भैंस को

एक स्वाभाविक लाभ है। उसे पगुराने से फुरसत ही नहीं मिलती कि वह और कुछ करे।

समाज में मुखौटा-संस्कृति का एकाध अपवाद संभव है, सरकार में यह कतई नामुमकिन है। यहाँ के सब पेशेवर सफेदपोश चोर-डाकू सज्जनता के अभिनय में निष्णात हैं। यह तब है जबकि आज के साधु भी सज्जन नहीं रहे हैं।

हमारे एक सहपाठी हैं। जब वह सरकार में घुसे तो उन्हे खयाल आया कि उनके साथ पढ़े और निजी नौकरी-धंधों में लगे राजधानी के साथियों को अपनी सत्ता में प्रवेश की इस महती उपलब्धि से प्रभावित किया जाए। यह वह घर पर भी सबको बुलाकर कर सकते थे, पर भारत के शासकीय दफ्तर प्रतिष्ठित सामाजिक मिलन केंद्र का दर्जा रखते हैं। वहाँ सिक्योरिटी है, प्रवेश का पास है, ऊँघते चपरासी और बाबू हैं, कबूतर और बंदर हैं। एक कैंटीन भी है, जहाँ सुबह मँगाई चाय शाम तक आ जाए तो गनीमत है। यह सब सुना-सुनाया नहीं, भोगा-भुगाया है। मित्र जिले की हुकूमत से सचिवालय की इस जलालत में पधारे हैं। वह दफ्तर पहुँचते ही, चार-पाँच चाय, इडली-डोसे का ऑर्डर दे चुके हैं। हम सब भाग्यशाली लंच के लिए बुलाए गए हैं।

हम सचिवालय की औपचारिकताओं से हड़के उनके कमरे में पहुँचे तो उनसे बाद में, लाल मुँह के बंदर से पहले भेंट हुई। वह पास के सेक्शन से किसी बाबू का लंच-बॉक्स उड़ाकर, किसी वरिष्ठ कर्मचारी की तरह गलियारे में टहल रहा था। जब पीछे 'शू-शू' कर बाबुओं की जमात ने उसे दौड़ाया तो वह उछलकर सामने के पेड़ पर जा बैठा। हम इस मनोरंजक दृश्य के श्रोता बनकर उसका आनंद उठा रहे थे कि अफसर-सहपाठी ने बाहर आकर हमें अंदर बुलाया, 'हमें लगा कि आप लोगों के आगमन में देर क्यों हो रही है?' हमने उसे सामने लंच के डिब्बे और उसके अंदर के खाद्य-पदार्थ का विनाश करता बंदर दिखाया। उसने बताया कि यह रोजमर्रा की सामान्य वारदात है।

हम लोग कमरे के अंदर सोफायित हुए। चपरासी ने आकर साहब को सूचित किया, 'सर! गृह-सचिव की प्रेस-कॉन्फ्रेंस में सब व्यस्त हैं, कैंटीन के मैनेजर ने वादा किया है, आधे घंटे में ऑर्डर की तामील हो जाएगी।'

सहपाठी के चेहरे पर कुछ क्रोध और तनाव झलका, 'पर हमारा ऑर्डर तो सुबह का है, यह क्या तमाशा है?' चपरासी ने शांत स्वर में स्थिति बताई, 'सर! क्या करें? सबके ऊपर 'प्रायरटी' गृह सचिव की है। अफसरी की नाक अकेले में कटे तो चलता है। पर यहाँ तो साहब की हैसियत की सार्वजनिक छीछालेदर हो रही है।

उन्होंने वैयक्तिक सहायक को 'बजर' दिया। कोई उत्तर नहीं आया। वह बिगड़े। चपरासी सामने था, 'पी.ए. कहाँ मर गया है?' 'सर, लंच पर।'

उन्होंने डायरेक्टरी से देखकर कैंटीन का नंबर मिलाया। हमने क्यों एकतरफा संवाद सुना। 'आप लोग दस बजे का दिया ऑर्डर एक बजे तक सर्व कुछ नहीं करते हैं?' मैनेजर ने क्या कहा, हम नहीं जानते हैं। पर अफसर तत्काल घिघियाने पर उतर आए, 'मेहरबानी कर अब तो जल्दी भिजवाइए।'

प्रतीक्षा के भारी पड़ रहे अंतराल में हमने उनकी खिसियाहट और कमरे की सजावट देखी। सामने राष्ट्रपति और प्रधानमंत्री के चित्र थे। एक ओर उनका व्यक्तिगत योगदान विवेकानंद का सूत्र-वाक्य फ्रेम किया लटक रहा है, ''इसकी हमें क्या चिंता कि बुद्ध अच्छे थे या मुहम्मद। आओ, हम अपनी ही जिम्मेदारी पर अच्छे बने।''

हमें आभास हुआ कि सरकार में सब ही अपनी जिम्मेदारी पर अच्छे हैं। साहब और दोस्त इंतजार में बैठे हैं। कैंटीन भूखे रखने का अपना दायित्व निभा रही है। मेज पर कागजों-फाइलों का अंबार हैं। उनके प्रति हमारे मित्र अपनी जिम्मेदारी में सजग हैं, तीन बजने को हैं। चपरासी गायब है। पी.ए. लंच पर ऐसा मरा है कि अबतक जिंदा नहीं हुआ है। हम लोग भूख से मरणासन्न हैं। एक मित्र को दावत देते हैं, 'चलिए पास के रेस्तराँ में कुछ खा आते हैं। कैंटीन की सेवा तो ठप्प ही समझिए।' मित्र प्रस्ताव ठुकराने के अलावा क्या करें? झेंपते हुए बहाना बनाते हैं, 'चार बजे जरूरी मीटिंग है। तैयारी भी करनी है। आज के लिए सॉरी, फिर मिलेंगे।'

सचिवालय के सुरक्षित परिसर के बाहर आकर हम सब चैन की साँस लेते हैं। सामने के हरे-भरे मैदान में एक भैंस खड़ी है। राजधानी में गाय-भैंस का रहना-आना वर्जित है। फिर यह तो वह सुरक्षित मैदान है जहाँ सामान्य आम आदमी भी डरता-सहमता आता है, वह भी मजबूरी में। हमारे एक मित्र भैंस की ओर इशारा कर फरमाते हैं, 'यार! सरकारी साँड़ों के इस आरक्षित क्षेत्र में भैंस कैसे भटक गई?'

दूसरे बताते हैं, 'भैया! यह किसी मंत्री की वी.आई.पी. भैंस है। हवाखोरी के लिए आई होगी।'

हम सब अकाल-पीड़ित मित्र की कार में बैठकर रेस्तराँ रवाना होते हैं। हमारे दोस्त का ध्यान अभी भी भैंस प्रकरण में लगा है, 'कौन कहे बेचारी भैंस पर क्या बीतेगी? मान लो, मंत्री की नहीं है तो पुलिस के पोरस तो बेरहम हैं। उसकी जान लेकर छोड़ेंगे।' एक अन्य उन्हें आश्वस्त करते हैं, 'इस देश में कोई भरोसा नहीं है कि पुलिस भैंस को हटाने से यह कह करके इनकार कर दे कि वह इनसानों को सताने के लिए बनी है, जानवर उसके कार्यक्षेत्र में नहीं आते हैं। तब तक जो छोड़

गया है, क्या पता, उसे चेत आए और वह भैंस को इस निर्मम सरकारी बस्ती से ले ही जाए!'

हमें खबर नहीं है कि भैंस पर क्या बीती। हमें इतना अहसास है कि दफ्तर की कैंटीन की तरह और सरकारी कर्मचारियों के समान भैंस अपने दूध देने के कर्तव्य से नहीं चूकती है। न वह वैयक्तिक सहायक के समान गायब होती है और न चपरासी के समान अंतर्ध्यान। भैंस यदि कहीं है तो उसकी उपस्थिति को स्पर्श और नजर दोनों से पुष्टि की जा सकती है। कोई उसकी पीठ पर हाथ फेरे तो भैंस को कोई परहेज नहीं है।

सरकार की सिफत है। वह एक पल पहले दिखती है, पलक झपकते अदृश्य हो जाती है। ऐसा अकसर अपराधी वारदातों या कुदरती आपदाओं के समय होता है। उत्तराखंड में चार धाम की यात्रा के दौरान नदियाँ उफन आईं तो लगा कि वह अपने साथ श्रद्धालुओं को तो बहा ले ही गईं, स्थानीय प्रशासन भी कहीं जा छिपा। जो भी बचाव कार्य हुआ, वह या तो फौज ने किया या आई.टी.बी.पी. के निष्ठावान जवानों ने।

अब राहत कार्यों का समय है। गुम प्रशासन अब अचानक उजागर होगा। राहत की रकम, खाद्य-सामग्री, कपड़े-कंबल बिना प्रशासन की सक्रिय भागीदारी के कैसे जनता तक पहुँचेंगे? अगर उनकी भागीदारी है तो हिस्सेदारी भी होगी। राहत का ऑपरेशन किसी मरीज के आपात ऑपरेशन जैसा है। डॉक्टरों की पूरी टीम फीस के वास्ते जुटी है। सर्जन की अलग रकम है, बेहोशीवाले डॉक्टर की अलग। यदि डॉक्टर ऐसा कर सकते हैं तो प्रशासन को तो लूट का प्रशिक्षण और अनुभव है। सीनियर अफसरों ने उन्हें यही सब तो सिखाया है। कब गुम होना, कब प्रगट होना, कैसे लूटो कि पकड़े न जाओ, वगैरह-वगैरह।

विवेकानंद ने नारा दिया था कि जागो, उठो और लक्ष्य की प्राप्ति में लग जाओ। प्रशासन उनकी प्रेरक वाणी पर अमल करता है। राहत का समय आया तो जागता है, उठता है और राहत की अधिक-से-अधिक रकम डकारने के लक्ष्य में जुट जाता है। भैंस बेचारी का कोई निजी लक्ष्य नहीं है। उसकी एक ही आदत है। वह खाती कम, पगुराती ज्यादा है। सरकार खाती ज्यादा और दिखाती कम है!

□

साँझ के समझौते

वे बँगले के बरामदे में अकेले बैठे हैं, कुरसी के सामने रखी दूसरी कुरसी पर पैर फैलाए। उनके पास की मेज पर ढेर है अखबारों का, यह साबित करने को कि वे मक्खियाँ नहीं मार रहे, समसामयिक खबरों के अध्ययन में व्यस्त हैं। यों सच है कि उन्होंने जीवन में मक्खियाँ नहीं मारीं, बस मीटिंगें की हैं। कोई नतीजे का अंदाज लगाए तो दोनों में खास फर्क नहीं है। मक्खी कभी-कभी मर भी जाती है, मीटिंग अंतहीन है।

दफ्तर के वातानुकूलित कक्ष की ऐसी साफ-सफाई रहती थी कि क्या मजाल कि कोई मक्खी-मच्छर अंदर झाँक भी ले। अब तो बँगले के गेट पर न गार्ड है, न चौकीदार। कई बार सड़क के कुत्ते तक घुस आते हैं। वह तो उनका पालतू टॉमी अभी जिंदा है। उन्हे भौंक-भौंककर खदेड़ता है वरना वे बाहर बैठकर और असुरक्षित हो जाते। अभी भी तीन तालों की सुरक्षा में रात बीतती है, एक गेट का, दूसरा घर का और तीसरा बैडरूम का।

अचानक वे पास में रखी घंटी उठाकर बजाते हैं। अफसरी के अतीत से उन्हें चाय की तलब है। दिन में चाय और शाम को घर या क्लब में स्कॉच। इतने सालों की रुटीन है, अचानक कैसे छूटे? घंटी से जो अवतरित होती हैं, वे उनकी पत्नी हैं। उनका स्वर क्रुद्ध है, भौंहें चढ़ी हुई, ''तुम्हें कुछ याद भी रहता है कि नहीं? रामू कल बिना बताए भाग चुका है। अब सिर्फ ड्राइवर है, वह तुम्हारे सामने ही सब्जी लेने गया है। तुम घंटी ऐसे बजा रहे हो जैसे घर में नहीं, दफ्तर में विराजमान हो। वही चाय की फरमाइश होगी। बनानी है तो खुद बना लो।''

एक पल को वे सकपका गए। उन्होंने पिछले तीस-पैंतीस साल से किचन में झाँका तक नहीं है। क्या गैस का चूल्हा जला पाएँगे? घर में इलेक्ट्रिक कैटल भी है।

पर उसे ढूँढ़ना पड़ेगा। उन्हें लगा कि व्यर्थ के बवाल में उनकी सुबह बरबाद हो रही है। उन्होंने रूठी पत्नी को मनाने के बतौर बैठने का इशारा किया। बुदबुदाए, ''सॉरी, रामू का भागना कतई मेरे दिमाग से उतर गया। जाने इन नौकरों को क्या बीमारी है, टिकते ही नहीं हैं। गाँव में भले भूखों मरें, पर शहर में काम से परहेज है।''

पत्नी ने फिर असहमति जताई, ''ऐसा कुछ नहीं है। घर के नौकरों की 'शॉर्टेज' है। किसी ने ज्यादा वेतन का लालच दिया होगा, वहीं फूट लिया।''

''लंच का क्या होगा?'' पत्नी को वर्तमान का संकट याद आया। वे चाय की हुड़क में गुम थे। बोले, ''उसका क्या? क्लब में खा लेंगे। तब तक ड्राइवर भी आ ही जाएगा।''

फिर उन्होंने दबी जुबान चाय की प्रार्थना की। पहले यह मसला सिर्फ छुट्टी के दिन उठता था। पत्नी समझातीं कि अति हर चीज की बुरी है, चाय हो या स्कॉच। पर तब नौकरों की पलटन थी। हर घंटे-दो घंटे पर चाय का बनना कैसे अखरता?

मिलने वाले भी थे। ताँता लगा रहता था। जो आता, कुछ लेकर आता और विदा चाय पीकर होता। अफसर की छवि ईमानदारी की थी, पर मेम साहब का लोहा पूरा बाजार मानता। साड़ी, सूट-शर्टिंग जैसा छिटपुट सामान पसंद करतीं और हिदायत देतीं, ''बिल घर पर भिजवा देना।'' अब कलेक्टर और कभी कमिश्नर जैसे ओहदेदार के घर बिल भेजने का दुस्साहस कौन करेगा? इससे तो बेहतर है कि 'मेम साहब' से छोटी-मोटी सिफारिश के सौहार्दमय संबंध रखे जाएँ। धीरे-धीरे मेम साहब की हिम्मत खुलती गई।

स्वर्ण आभूषण किस महिला को आकर्षित नहीं करते हैं! पत्नी अफसर की हो या मिनिस्टर की अथवा स्वयं कहीं अफसर हो, महिला तो रहती ही है। मेम साहब ज्वैलर्स के यहाँ भी गाहे-बगाहे चक्कर लगाने लगीं। उनके मुँह में मुफ्तखोरी लग चुकी थी। आदतन वे जेवर पसंद करतीं, बिल घर भेजने का आदेश देकर। दुकानदार दान में यकीन करे तो उसका दीवाला पिटे। वह भी जब माल हजारों का हो। बाजारू अफवाहों के पैर नहीं, पंख होते हैं। बात अफसर तक पहुँची। दूसरा होता तो चुप बैठा रहता, पर वे संस्कारों के धनी थे। घर आकर उन्होंने पत्नी की खबर ली। अपने पी.एफ. के खाते से उधार लाए गए जेवरों का भुगतान भी किया। हालाँकि आज के जमाने में झूठ के बिना गुजर नहीं है। पी.एफ. से गलतबयानी से पैसे निकालना भी बेईमानी है। पर छोटी है। उनके सहयोगी-साथी तो भ्रष्टाचार के शिखर रच चुके थे।

इस एक घटना से उनकी छवि ऐसी बनी कि बाद तक सदाचार की बीमारी की ख्याति ने उसका साथ नहीं छोड़ा। कई बार उन्होंने भी भ्रष्टाचार के गटर में आचमन

का मन बनाया, पर अपनी ही छवि उनके आड़े आ गई। घूस देनेवाले भी डरते। कहीं व्यर्थ का बखेड़ा न खड़ा हो जाए। पुलिस बुला ली तो जेल भी जाना पड़ेगा और वकील के अलावा कानून के रखवाले भी अपना हिस्सा वसूलेंगे।

अधिकतर भ्रष्टाचारी सुपात्र का चयन ठोक-बजाकर किया जाता है। पहले कहाँ रहा? उस दौरान कितना खाया-कमाया? जो जितना ज्यादा उसूल-ईमान का ढिंढोरा पीटते हैं, देखने में आया है कि वे ही भ्रष्ट होने को उतने ही आतुर रहते हैं। इस प्राथमिक चयन के बाद ही ऐसे अधिकारी की ओर पेंगें बढ़ाने की नौबत आती है।

इस प्राथमिक प्रक्रिया के दौरान ही हमारा नायक असफल घोषित हो जाता। राज्य सरकार के मंत्री उससे परहेज करते। ऐसा अफसर किस काम का, जो चुनाव का फंड जुटाने में भी मददगार न हो? कार्यकुशल होना कौन सी योग्यता है? जब तक उसमें गधे को घोड़ा सिद्ध करने की कूवत न हो, कौन पैसे देने आएगा? यदि सब न्यायसंगत और नियमानुकूल ही होना है तो कोई भी लोअर डिवीजन क्लर्क काफी है विभाग चलाने को। किसी भारतीय प्रशासनिक सेवा के अधिकारी की दरकार ही क्या है? इससे तो कुछ भी कहो, तो सिर्फ 'रूल' और 'प्रिसीडेंट' बताता है। कई बार तो जो सज्जन मंत्री के पास प्रस्ताव लेकर आए, उनके सामने ही वह नियमों का नकारात्मक बखान लेकर बैठ जाता।

सरकार कब तक बरदाश्त कर पाती? उसने इसे ऐसे विभाग देना प्रारंभ किया, जिनका नाममात्र का अस्तित्व था। कई विभागों की तो किसी को खबर तक न थी। 'धर्मार्थ' का अता-पता कौन जानता है? बस उसके अंतर्गत एक-दो मंदिर हैं। इतना अवश्य है कि सचिवालय में सजा कमरा, कार, चोबदार, घर, पी.ए. वगैरह की सुविधा है। राज्य में राजनीतिक आकाओं को सताकर उसने केंद्र में जाने की सहमति दी। राज्य सरकार ने बाकायदा उसकी सहायता की। वह गया और वहीं टिक गया।

केंद्र से एक मंत्री राज्य के मुख्यमंत्री बने तो उसे अपने साथ मुख्य सचिव बनाकर ले आए। राज्य का सर्वोच्च अधिकारी कौन नहीं बनना चाहता है? उसने सेवा-निवृत्ति तक काबिल, पर कठोर अधिकारी की छवि अर्जित कर ली। ऐसों से कोई भी सरकार शीघ्र-से-शीघ्र छुटकारा चाहती है। न वह किसी ट्रिब्यूनल का अध्यक्ष बन पाया, न राज्य लोक सेवा आयोग का। ईमानदार अफसर ऐसा साँप है, जो भले डसे न डसे, पर सब उससे डरते हैं। कोई भरोसा नहीं, कब किसी बेईमान को विषैला डंक मार दे। ऐसे से दूर रहने गें ही भलाई है।

रिटायर होने के बाद जब भी वह क्लब जाता, तो इसी अनौपचारिक उपेक्षा का शिकार होता। लोग उसे दूर से सलाम कर कन्नी काट जाते। ऐसे अफसर भी, जिनकी

उसने मदद की थी। नहीं तो भला मुमकिन है कि अवकाश प्राप्त मुख्य सचिव के घर का काम करनेवालों के लाले पड़ें? कोई भी विभाग किसी एवजी कर्मचारी को उसके घर भेज सकता है। पर इस नियम-कानून के आका से ऐसा खतरा कौन उठाए? सूबे में पत्नी के द्वारा उधार लाए जेवरों की अफसर द्वारा उनके भुगतान की घटना एक किंवदंती बन चुकी थी। अधिकारी उसे देखते और चटखारे लेकर एक-दूसरे को सुनाते। यह ध्यान जरूर रखते कि कहीं आवाज उसके कानों से न टकराए।

बेईमानों और सुविधापरस्तों के बीच ईमानदारी की असुविधा एक उपहास-योग्य विषय है। असुविधा में परिवार का बिखराव भी शामिल है। तभी तो उसका इकलौता और लाड़ला बेटा उससे खफा हो गया था। वह अपने पिता की एक नगर और पद से दूसरे की लगातार 'शंटिग' का साक्षी था। शुरू से अच्छे बोर्डिंग स्कूल और बाद में आई.आई.टी. में पढ़ाई करने के कारण उसकी शिक्षा पर कोई प्रतिकूल प्रभाव नहीं पड़ा, पर उसने सरकारी नौकरी न करने की ठान ली थी। आर्थिक सुधार के माहौल में भारत में कई बहु-उद्देशीय कंपनियाँ आईं। उसे भी अच्छे वेतन पर उनमें से एक में काम मिल गया।

एक ठेके के मसले पर उसने अपने पिता से सिफारिश की। मामला दूसरे केंद्रीय सचिव का था। वे चाहते तो उससे कह सकते थे। पर उन्होंने नहीं कहा। इन मामलों में पारस्परिक पीठ-खुजाई का उसूल चलता है। वे एक का कहते तो दूसरा अपेक्षा रखता कि वह दस का करेगा तो यह करेंगे। फिर कागजी नियम-कायदे धरे रह जाते हैं। जहाँ नियम हैं, वहाँ उसका अपवाद भी है, 'तुम्हीं ने दर्द दिया है, तुम्हीं दवा देना' की तर्ज पर। सिद्धांतों की लीक पीटनेवाला इनसे बचता है। बेटा ऐसा रूठा कि कुछ दिन बातचीत बंद रही। अब इसका सवाल ही नहीं था। उसकी नियुक्ति दुबई में हो गई है।

उसकी माँ उसे रोज फोन करती। बस पिता से अनबोलाचाली थी। शादी के प्रस्ताव पर वह ना-नुकुर करता रहता। उसने माँ को सूचित किया था कि प्रमोशन पर वह अब अमेरिका जानेवाला है। तब एक बार पिता ने उसे बधाई दी थी। तब से फिर चुप्पी का आलम है। कौन कह सकता है कि संबंधों में आई शीत लहर का कब अंत हो? या कभी हो भी कि नहीं?

अचानक उन्हें सुखद आश्चर्य हुआ, लंच की चिंता से मुक्त होकर पत्नी उनके लिए ही नहीं, अपने लिए भी चाय लेकर आ गईं। बातों का सिलसिला छिड़ गया। जब वर्तमान अँधेरे में और भविष्य अनिश्चित लगे तो अतीत का मोह आ घेरता है। पत्नी सेवा-काल की स्मृतियों में खोकर बोलीं, ''तब और कुछ हो न हो, नौकरों का

अकाल न था। अब देखिए न, आपके पहले वर्मा मुख्य सचिव थे। उनके यहाँ आज भी वही स्टाफ है। वैसे ही ठाट से रहते हैं। गेट पर सिक्योरिटी तक लगी है।''

उनके पति ने चाय का 'सिप' लेकर रूखे स्वर में उत्तर दिया, ''हम न वर्मा हैं, न हो सकते हैं।''

दरअसल, वे वर्मा से भलीभाँति परिचित थे। अव्वल दरजे का भ्रष्ट और सियासी आकाओं को पटाकर रखनेवाला। अब भी उनसे संपर्क में माहिर। वह मुख्यमंत्री के प्रशासनिक सलाहकार के पद को सुशोभित कर रहा है। आज से नहीं, जब से रिटायर हुआ है, तब से। इन परिस्थितियों में उनका और वर्मा का वाकई क्या मुकाबला? जाहिर है कि वर्मा का अमला बरकरार रहना ही रहना है। ताज्जुब है कि और बढ़ा क्यों नहीं?

ऐसे भी वर्मा समाज के श्रेष्ठ वर्ग में है। उसके घर आयकर की 'रेड' से लेकर सी.बी.आई. का छापा तक पड़ चुका है। उसके बाद खामोशी छा गई। पता लगा कि सब रफा-दफा हो गया है। वर्तमान बड़प्पन की हर कसौटी पर वर्मा खरा सोना साबित हुआ है। उससे बराबरी का सपना वे कैसे देखें?

उन्हें अपने बेटे की याद आ गई। उसमें उन्हीं के संस्कार हैं। वह भी दृढ़ निश्चयी और लगन का पक्का है। वे उसे कैसे समझाते कि बहुत चाहकर भी वे उसके काम न आ सके। वे अपने बैचमेट से कह भी देते, पर जानते थे कि इतना काफी नहीं है। वह मंत्री के इशारों पर चलता है। वहाँ हर काम का निर्धारित दाम है। कौन सी मल्टीनेशनल ऐसी है, जो भारत में प्रवेश के दौरान और उसके बाद इस वास्तविकता से वाकिफ न हो?

आज की दुनिया का सच है—बाजार हो या सरकार, माल से लेकर ठेके तक सब बिकाऊ है। सरकार में तो और भी दुर्दशा है। जो बिकने को तैयार नहीं है, वह अवांछित है। जो हर प्रकार के प्रलोभन को ठुकराए, उसे झूठे मामलों में फँसाने के लगातार प्रयास होते हैं। वे शुक्रगुजार हैं कि वे काजल की कोठरी से बेदाग निकल आए। फँसते तो टूट जाते। वर्मा जैसे दंद-फँद तो उन्हें आते नहीं हैं।

बेटे का बिछोह उन्हें और पत्नी को सालता है। उसके बगैर वे कतई अकेले पड़ गए हैं। यह भौतिक कम, मानसिक अकेलापन अधिक है। बेटे से उनका भावनात्मक रिश्ता है। वह है कि उनसे बात नहीं करता है। व्यक्ति एक ऐसा टापू है कि एक ही घर में रहकर भी अपनों से अजनबी है। पता नहीं, बेटे के मन में क्या अनबूझ नाराजी है? पिता से संवादहीनता क्या उसे नहीं खलती होगी?

पत्नी नौकर के अभाव को लेकर चिंतित हैं। रोज तो सुबह-शाम खाने के लिए क्लब जा नहीं सकते हैं। घर के दसियों काम हैं। कौन करेगा? उन्होंने पति को प्रेरित

किया, ''तुम भी क्यों नहीं सक्सेना से बात कर लेते। तुम्हारा जूनियर रहा है। इतनी इज्जत करता है तुम्हारी।'' वे बुत बने सोचते रहे। क्या यह उचित है? यदि सक्सेना ने टाल दिया तो?

उनके अंतर्मन ने याद दिलाया। यह भी तो भ्रष्टाचार है। पर इतना तो सब करते हैं। सेवा-काल में उन्होंने भी किया है। फिर उन्होंने खुद को यह कहकर संतोष दिया कि यह तो निहायत अस्थायी व्यवस्था है। जैसे ही कोई विकल्प मिला, वे आभार सहित सरकार के सेवक को वापस कर देंगे।

अपने अंतस से जूझकर उन्होंने पत्नी की ओर देखा। ''कर भी दो फोन। अभी सक्सेना मिल जाएगा, वरना तुम लोग दिन भर तो लाल बत्ती लगाकर मीटिंग करते हो।'' उनके तकाजे से उन्होंने सक्सेना को सेल फोन लगाया। ''कैसे हैं सर!'' सक्सेना ने जानना चाहा।''

''और तो सब ठीक है, बस नौकर भाग गया है।'' वे बोले।

''पहले क्यों नहीं बताया, सर! कल तक इंतजार कर लें, सर, सबेरे ही कोई-न-कोई बंदा आप को रिपोर्ट करेगा।''

''थैंक्स, सक्सेना। बस थोड़े दिनों की बात है। जैसे ही कोई मिला, हम इसे लौटा देंगे।''

''इसमें कैसा थैंक्स? यह तो हम लोगों का कर्तव्य है।''

सक्सेना की बात सुनकर उनकी मुदित पत्नी क्लब जाने को तैयार होने चली गईं। वे अनमने हो गए। कुछ अपराध-बोध से ग्रस्त। क्या उनका जीवन सिर्फ ईमानदारी का नाटक भर है? क्या वे वाकई ईमानदार हैं? उन्होंने भी तो गाड़ी और सेवकों का दुरुपयोग किया है। उन्होंने खुद को कोसा। वे बेईमान तो हैं, पर दूसरों से कम। कैंसर या तो होता है या नहीं होता है। उसमें कम-ज्यादा क्या है? ऐसा सोचना मन को बहलाने का झूठा दिलासा है।

जब वे नहाने गए तो बेचैन थे। उन्हें लगा कि बेईमान को हो न हो, ईमानदार को कहीं चैन नहीं है। वे नहाकर भी तरो-ताजा नहीं हैं। वह आत्मसम्मान जिसे उन्होंने उधार लेकर जीवित रखा था, आज फिर छोटे सुभीते के लिए काम आ गया। वे सोचने लगे कि क्या जीवन सिर्फ समझौतों का अनवरत सिलसिला है? कभी उसका अंत संभव है कि सिर्फ वह भी साँसों के साथ जुड़ा है? सूरज तो साँझ को डूबता और फिर उग आता है। उनके भविष्य में क्या केवल अँधेरा है?

□□□